PRIÈRE DE NE PAS TUER

RICHARD COLES

Traduit de l'anglais
par Rosa Bachir

City
Roman

Retrouvez tous les titres City Editions :

www.city-editions.com

Publié pour la première fois au Royaume-Uni sous le titre *Murder before evensong*
par Weidenfeld & Nicolson, une marque de The Orion Publishing Group Ltd,
une entreprise d'Hachette.
Couverture : Weidenfeld & Nicolson
ISBN : 978-2-8246-2240-8
Code Hachette : 77 7928 1

Collection dirigée par Christian English & Frédéric Thibaud
Catalogues et manuscrits : city-editions.com

Dépôt légal : Août 2023

Pour Lorna
(qui lit toujours la dernière page en premier)

Sois notre lumière dans les ténèbres, Seigneur,
et dans ta miséricorde infinie, protège-nous
des dangers de la nuit qui vient.

TROISIÈME COLLECTE POUR LES PRIÈRES DU SOIR,
LIVRE DE LA PRIÈRE COMMUNE

1

Le chanoine Daniel Clement, recteur de l'église St. Mary de Champton, observait ses paroissiens depuis sa chaire. Son texte était tiré du livre des Nombres et relatait l'histoire des Israélites qui se retournaient contre Moïse pour les avoir conduits non pas à la Terre promise mais dans le désert. Une histoire évocatrice, non seulement pour lui mais aussi, il n'en doutait pas, pour ses cinquante-huit prédécesseurs, car les troupeaux, aujourd'hui comme hier, étaient susceptibles de se retourner. Moïse avait évité la mutinerie en frappant un rocher, duquel une cataracte d'eau avait jailli miraculeusement, afin que son peuple assoiffé et rétif puisse boire ; une tactique ingénieuse qui convenait également aux objectifs de Daniel.

—Comme Moïse et les marcheurs aux pieds meurtris d'Israël, prêcha-t-il, nous devons, nous aussi, apprendre à vivre dans l'espoir, à regarder vers l'avenir, et à trouver dans notre situation actuelle les ressources pour affronter ses défis. Moïse a frappé le rocher de Mériba, et, soudain, une eau cristalline s'en est déversée ; comme lui, nous devons, nous aussi, permettre à de nouvelles eaux de couler, ou plutôt, de jaillir mes chers fidèles, nous devons installer des toilettes.

Un frisson parcourut l'assemblée, accompagnant l'écho de ce dernier mot, lourd de sens. On aurait dit que quelqu'un avait réellement déversé quelque chose d'innommable au sein de l'église.

St. Mary, joyau du style gothique perpendiculaire anglais, remarquée pour sa qualité architecturale et sa beauté pastorale, se débrouillait sans toilettes depuis quatre cents ans. De nombreux Champtoniens au fil des siècles avaient supporté des services bien plus longs et bien plus fréquents que ceux d'aujourd'hui sans encombre ; et les membres du clergé, même ceux qui étaient allés jusqu'à leurs quatre-vingt-dix et quelques années, y étaient également parvenus. Daniel soupçonnait qu'il n'était pas le premier titulaire de la paroisse à avoir découvert l'espace entre le contrefort et le mur nord (non visible depuis le chemin) dans lequel un pasteur, à l'abri des regards, pouvait s'occuper de ses besoins tout en attendant une mariée en retard.

Le frisson s'était dissipé quand vint le moment de la communion, et Daniel attendit au centre des marches de l'autel, une hostie consacrée à la main, que son troupeau arrive jusqu'à la rampe. Cela prenait toujours plus de temps que nécessaire. St. Mary, comme bien des églises, se remplissait en partant du fond, laissant les bancs à l'avant pour les faibles, afin qu'ils puissent mieux voir et entendre (une fois que le sifflement du retour de leur aide auditive s'était tu).

—Approchez avec foi, déclama Daniel, sans étouffer entièrement l'exaspération modérée dans sa voix, recevez le corps de notre Seigneur Jésus Christ qu'il a donné pour vous, et son sang qu'il a versé pour vous.

On aurait pu penser que ceux qui étaient avides de vie éternelle se dépêcheraient d'accepter une offre aussi généreuse. La chorale arriva en bon ordre afin d'être nourrie, avant de retourner rapidement à ses stalles pour chanter l'hymne, mais de l'autre côté de l'arche du chœur, personne ne bougea, jusqu'à ce que lord de Floures – protecteur, propriétaire terrien, employeur, fréquemment absent, mais présent aujourd'hui à la demande de Daniel – s'avance. S'extirpant du banc familial à l'avant, qui était orné de l'emblème des Floures, un cercle fleuri, il marcha d'un pas incertain jusqu'au chœur, dans son costume en tweed du dimanche (« vénérable » serait un mot charitable pour le décrire, pensa Daniel, et il se demanda si le costume s'était efforcé de contenir le père de Bernard avant lui). C'étaient les effets des rafraîchissements de la veille, plutôt que les cinquante-sept ans de Bernard, qui ralentissaient son pas, et il chancela légèrement en passant devant les tombeaux de sa famille dans la chapelle sur sa gauche, où ses ancêtres gisaient en effigie, attendant sa propre arrivée.

Juste derrière lui se trouvait Margaret Porteous, qui rattrapa l'autre occupant du banc des Floures, Anthony Bowness, cousin de Bernard et archiviste récemment nommé à Champton. Elle le doubla sur la marche du chœur. Elle aussi portait un costume en tweed, mais pas aussi ancien que ceux de Bernard et d'Anthony, ainsi qu'un foulard en Liberty sur les épaules. Margaret n'était pas de la famille, ni du village ; elle se situait quelque part entre les deux, et était responsable de la coordination des volontaires qui faisaient visiter Champton House et ses trésors pendant les deux mois par an où lord de Floures ouvrait le domaine au public – un arrangement avec le fisc pour réduire les droits de succession (pas étonnant qu'il ait un air sinistre, pensa Daniel, avec sa future tombe d'un côté, et ses droits de succession de l'autre). Mme Porteous, agile dans ses mocassins, rattrapa Bernard près de la rampe. Ils arrivèrent côte à côte et s'agenouillèrent ensemble. Une lente file des fidèles suivit et s'agenouilla, emplissant la rampe de gauche à droite, comme un texte écrit sur une page – un texte qui racontait l'histoire de Champton, sa hiérarchie, ses ombres et ses lumières, ceux qui étaient là, ceux qui n'étaient plus là, les chanceux, les malchanceux, les vertueux et les vertueux en devenir.

D'abord, il y eut Norman Staveley, conseiller du comté, en pantalon de velours côtelé et blazer, pour qui l'estime du monde était importante, et qui marcha vers la rampe avec un peu trop d'empressement. Ensuite vint Katrina Gauchet, la directrice de l'école primaire, avec ses deux garçons mais sans son mari athée, Hervé, qui était à la maison en train de préparer un brunch (et un Bloody Mary, qu'il servait quand le son de la cloche l'avertissait qu'il lui restait quinze minutes avant le retour de Katrina). Les demoiselles Sharman, Dora et Kath, vieilles filles jumelles, minuscules dans leurs costumes amidonnés du dimanche, se glissèrent à côté des fils Gauchet qui s'agitaient.

Daniel avança le long de la file, distribuant leur Seigneur incarné.

—Le corps du Christ…

—Amen.

—Le corps du Christ…

—Amen.

—Le corps du Christ…

—Merci… dit Norman poliment, comme s'il venait de recevoir un amuse-bouche.

L'organiste, Jane Thwaite, mariée à Ned, qui était toujours présent mais ne recevait jamais la communion, joua les premières notes de l'hymne, *Tu visites la terre*, l'un des préférés de Daniel.

—Tu courooonnes l'aaannée de tes bieeens…

Et l'année semblait bonne en effet, tandis que le soleil printanier inondait la claire-voie et que les particules y dansaient, pendant que la file d'attente pour la communion s'étendait sur la longueur de la nef. Les gens vinrent, s'agenouillèrent, reçurent la communion et repartirent, la plupart à leurs bancs, mais quelques-uns passèrent devant leur place sans s'arrêter, pour éviter d'avoir à croiser leurs voisins – ou le recteur – à la porte.

Tandis que l'hymne final s'achevait, Daniel sortit pour reprendre sa place près du porche. Il observa le cimetière et ses pierres tombales – la plupart illisibles à présent, réarrangées en lignes ordonnées afin que le sacristain puisse tondre plus facilement – et au-delà, après le saut-de-loup, le parc, transformé en œuvre moderne et désordonnée par le paysagiste Humphry Repton, dans les années 1790. Un lac avait été créé et des folies avaient été construites pour un lord de Floures captivé par l'esprit romantique de l'époque.

Son successeur, l'actuel lord de Floures, fut le premier dehors, comme toujours.

—Des toilettes, Dan ? On aurait dit que vous les aviez insultés.

—Oui, étrange, n'est-ce pas ? Pourquoi pensez-vous qu'ils aient frémi de cette manière ?

—Pipis et cacas. On ne veut pas penser à ça à l'église. Nous avons peut-être lancé une bataille, je le crains. Si vous passiez me voir cet après-midi ? Pour le thé ? Et venez avec votre mère, surtout.

—Merci.

Margaret Porteous, fidèle suiveuse du maître, fut la seconde à sortir.

—Recteur, quelle charmante messe ! lança-t-elle en lui jetant un coup d'œil, tout en hâtant le pas pour rattraper Bernard.

Le rayon fleurs suivit : l'impressionnante Mme Stella Harper et son acolyte Mme Anne Dollinger. Comme beaucoup de leurs semblables, elles avaient une obsession pour les fleurs qui excluait presque tout le reste. Elles étaient vêtues de robes du dimanche similaires – bien que pas tout à fait assorties – à imprimé floral, achetées à prix coûtant dans la boutique de Mme Harper. En guise d'insigne de grade, Mme Harper avait accroché une fleur en soie flétrie sur le revers de sa veste. La nature, hélas, n'avait conféré à aucune des dames la fraîcheur du printemps ; Mme Harper était mince, filiforme et épineuse, et la mère de Daniel l'avait un jour décrite comme « un cardon aigri » ; Mme Dollinger était corpulente, carrée et bavait légèrement (« un chien d'équarrisseur travesti »). Toutes deux étaient des piliers du village et venaient régulièrement à l'église, mais elles ne portaient pas un grand intérêt aux éléments du symbole de Nicée ni aux propriétés liturgiques des saisons ; avec elles, tout tournait autour des fleurs. Il y avait eu des tensions pendant le carême, comme il y en avait chaque année quand Mme Dollinger cherchait à enfreindre la règle « pas de fleurs » appliquée à cette saison très austère. Selon elle, « la variété la plus sombre d'hyacinthe » n'était pas une infraction, et Daniel avait dû réaffirmer que c'en était une. Il se disait parfois que les deux femmes avaient commencé à voir l'église avant tout comme une sorte de pot de fleurs géant – les fonts baptismaux étaient une oasis pratique, l'autel, un stand immense pour exposer les compositions florales, et les enfants du village, des piédestaux ambulants qui portaient des cerceaux fleuris et un bouquet pour le couronnement de la reine de Mai, chaque 1er mai. Les enfants Gauchet, comme s'ils s'entraînaient pour le défilé du couronnement, faisaient des tours du cimetière, propulsés par une énergie emmagasinée pendant l'immobilité forcée de la messe. Stella Harper fronça le nez.

—Bonjour, Recteur, dit-elle, s'adressant à lui avec une formalité inhabituelle. Ces… améliorations. Une idée de la date ?

—Pas encore, Stella. Ce n'est pour le moment qu'une proposition que le conseil paroissial de l'église doit étudier. Qu'en pensez-vous ?

—Tout à fait inutile. Et la plomberie serait très compliquée.

—Je pense que d'autres ne seraient pas de cet avis. De nombreuses églises ont des toilettes maintenant, et la plomberie ne semble présenter aucune difficulté. Vous avez un robinet et un évier, après tout, pour les fleurs.

—Oui, mais c'est très différent. Les bruits, Daniel, les bruits. Personne ne veut entendre une chasse d'eau pendant l'adoration divine.

—Personne, ajouta Mme Dollinger avec emphase.

—Aucune plainte dans ma dernière paroisse quand nous y avons installé des toilettes. Au contraire. Les gens étaient heureux de les avoir, dit Daniel.

—Là-bas, ce n'est pas ici, souligna Mme Harper.

—Il faudrait que nous les suivions, comme des moutons de Panurge ? demanda Mme Dollinger.

—Et où sont-elles censées être installées ? Dans votre sacristie, peut-être, ou dans la tour ?

—Il y a beaucoup de place, Stella, à l'arrière. Nous avons bien plus de places assises que nécessaire. Pensez à ce que nous pourrions faire de cet espace…

—Je le savais ! s'exclama Stella. Pourquoi vous, les pasteurs, détestez-vous les bancs à ce point ? Je n'en ai jamais rencontré aucun qui ne veuille par les transformer en bois d'allumettes.

—Ils sont notre patrimoine, renchérit Mme Dollinger.

—Ils sont victoriens, pour la plupart, donc assez récents. Les gens se sont débrouillés sans eux pendant des centaines d'années.

—Alors, où s'asseyaient-ils ?

—Ils ne s'asseyaient pas. La plupart, en tout cas. Ils restaient debout, du mieux qu'ils pouvaient. Les personnes âgées et les faibles étaient assis sur des bancs, contre les murs, expliqua Daniel.

—Alors, vous allez démonter nos charmants bancs et nous obliger à rester debout pour la prière du soir ?

—Non, juste quelques rangées au fond. Mais, comme je l'ai dit, tout doit être discuté, rappela Daniel, claquant des mains dans un geste qu'il pensait conciliant. Vous ne restez pas pour le café ?

Anthony Bowness, de service ce jour-là, versait de l'eau fumante dans des tasses en polystyrène rendues un peu plus élégantes par des supports en plastique délicats. Ce n'était pas suffisant pour apaiser Mme Harper.

—D'autres discussions ? Jusqu'à ce que vous obteniez gain de cause ? Votre choix est fait, je suppose. Pourquoi personne ne veut nous écouter ?

—Je vous écoute, Stella. J'écoute tout le monde. C'est une proposition. Si les gens n'en veulent pas, nous ne ferons rien.

—C'est ce que vous dites ! Mais vous ne pouvez pas simplement vous débarrasser de bancs aussi facilement. Ce sont des pièces historiques. Que pensez-vous que l'English Heritage dira ?

—Victoriens, déclara Ned Thwaite, l'ancien directeur de l'école primaire, qui avait décidé d'intervenir. Ils n'ont rien de spécial, Stella.

—Merci, Ned, répondit-elle sans le regarder, mais je parle au recteur.

Ned, qui redevenait un homme bourru du Yorkshire quand cela lui convenait, répliqua :

—Je siège au conseil paroissial de l'église, Stella, et c'est une question qui relève de ses compétences. Si vous avez un problème, cessez d'importuner le recteur et allez voir le conseil.

Ned leva le menton et agita ses clés, accrochées par une pince à sa ceinture, un accessoire si chargé de pochettes, de pinces et de canifs que Daniel se demanda comment il arrivait à retenir le pantalon aux multiples poches.

Les arguments de Ned n'étaient toujours pas suffisants.

—Oh, je le ferai, je le ferai, rétorqua Stella. N'oubliez pas, Recteur, c'est l'assemblée générale annuelle du comité des fleurs demain soir. Il y a un sujet au programme qui pourrait vous faire réfléchir.

Le ton n'était pas tout à fait agressif, mais le regard qu'elle lui lança en partant indiqua à Daniel qu'il ne bénéficiait pas d'autant de sympathie qu'il le pensait. Il ressentit une petite pointe d'inquiétude.

—Je vous l'avais dit, glissa Ned.

—Comment ça ?

—Je vous avais dit que ça ferait des histoires. C'est un changement.

2

Que Daniel soit parti une semaine ou un quart d'heure, ses deux teckels, Cosmo et Hilda, l'accueillaient par les mêmes aboiements sonores et dissonants, et cela, dès qu'il tournait la clé dans la serrure. La profession de pasteur convient aux chiens. Les pasteurs travaillent de chez eux ; les pasteurs de campagne, même dans les périodes économiques difficiles, disposent d'un jardin ; les églises avec des membres du clergé tels que le chanoine Clement sont adaptées aux chiens, l'accueil particulier de ces créatures de Dieu étant indiqué par un bol d'eau devant le porche sud. Daniel avait aussi des objectifs plus sombres : à l'approche de visiteurs, leurs aboiements frénétiques, que Daniel avait décidé de ne pas réprimander, agissaient comme un triage utile, nécessaire quand on vit dans une maison dont la porte est officiellement ouverte à tous – si ce n'est qu'elle ne l'est pas, et qu'elle ne pourrait jamais l'être. Lorsque Daniel promenait les teckels, ils servaient à la fois d'invitation et de barrière, et Daniel tentait de les employer judicieusement. Mais ce qu'il préférait chez les chiens, c'était leur innocence face aux motivations humaines, aux stratagèmes d'autopromotion et à l'égoïsme, leur affection n'étant pas influencée par la familiarité et la réciprocité. C'est pourquoi la reine s'entourait de corgis, pensait-il parfois : l'amour sans la déférence.

Il siffla la fanfare qu'il s'était mis à utiliser pour annoncer son arrivée à sa mère. L'emménagement de cette dernière dans le presbytère avait forcé à une révision des règles de la maison, mais celles-ci – comme la mystérieuse somme de lois et de principes de la Constitution britannique – étaient souvent plus perceptibles lorsqu'elles étaient enfreintes que lorsqu'elles étaient observées. Si on lui avait posé la question, Audrey aurait dit qu'elle n'aimait pas les sifflements et les trouvait vulgaires, mais elle avait acquis au cours de sa vie la capacité à siffler comme un ouvrier du bâtiment, et répondait à Daniel avec une variation aiguë de son thème. « Je suis là » sifflait-il, « je suis là aussi », répliquait-elle.

Et Audrey Clement était bien là. Sa personnalité, forte quand elle était dans la fleur de l'âge, n'était pas moins puissante avec le poids des années, augmentant même proportionnellement à la diminution de sa force physique. Elle lui rappelait parfois le pape Pie IX, qui avait réagi à la perte de pouvoirs souverains sur les États pontificaux en se rendant infaillible.

Daniel se baissa pour caresser les oreilles des chiens, rangea les clés dans le tiroir et alla dans ce qui était autrefois le petit salon, désormais le salon de sa mère. Elle avait toujours aimé le soleil, et lorsqu'elle avait vieilli et que sa vue avait commencé à baisser, elle était devenue avide de lumière. Daniel – aux habitudes de vieux garçon, tatillon et difficile – passait autrefois l'essentiel de son temps à travailler, mais l'arrivée de sa mère l'avait éloigné de son bureau, et le salon d'Audrey était devenu le sien, étant plus facile à chauffer et plus agréable que le salon principal, réservé à présent aux affaires de la paroisse et au tourbillon mondain (une expression au dynamisme trompeur).

—Bonjour, chéri, dit-elle, tendant la joue afin qu'il l'embrasse.

—Bonjour, Maman. Tu veux un café ? demanda-t-il.

Il était déjà en route pour la cuisine car il connaissait la réponse.

Sa mère avait récemment découvert le déca, et affirmait que c'était la garantie d'un sommeil ininterrompu ; mais Daniel n'était pas prêt à ce que sa matinée soit privée de son ingrédient actif. Donc, deux cafetières étaient posées à côté de la bouilloire, ainsi que deux pots en verre, l'un contenant son café, l'autre, celui de sa mère. Daniel oubliait parfois lequel était lequel, et aucun d'eux n'avait remarqué aucune différence, ce qui suggérait que leur esprit était plus sensible à la caféine que leur corps.

—Et un biscuit ! cria Audrey.

Tandis que les cafés infusaient dans leurs cafetières, Daniel prit sur une étagère la boîte à biscuits. Elle était ronde, verte, en métal, comme il se doit, avec un couvercle qui se fermait encore bien qu'il soit aussi cabossé qu'un tacot, et orné d'une rose jaune qui, en cinquante ans, s'était un peu décolorée. Sur les côtés, un bouquet de roses jaunes sur un fond de feuilles vertes continuait le thème.

Ce n'était qu'une boîte à biscuits, mais elle était aussi précieuse pour lui qu'un reliquaire, même si elle ne contenait que des biscuits au chocolat et pas le doigt séché d'une carmélite déchaussée. C'était la boîte à biscuits de son enfance, sauvée du bungalow de ses parents après la mort de son père, et que Daniel avait apportée au presbytère. C'était un cadeau de mariage, plutôt modeste, mais qui servait depuis plus d'un demi-siècle, et pour cette raison, cette boîte contenait plus que des biscuits. Elle contenait une promesse, une récompense, une satisfaction ; et des souvenirs aussi, qu'elle pouvait réveiller aussi sûrement que la madeleine de Proust.

Le cliquetis des biscuits fit venir les chiens, et le bruit de leurs pattes sur le sol, d'abord lointain, augmenta en volume jusqu'à ce qu'ils surgissent dans la cuisine et s'arrêtent aux pieds de Daniel, Hilda menant Cosmo, la queue en mouvement et les narines frémissantes.

Le thé du dimanche à Champton n'était pas tout à fait l'événement splendide qu'Audrey Clement avait espéré. Une assiette de petites génoises à la crème Mr Kipling's French Fancies, et un cake aux fruits qui avait le goût d'un gâteau de la Bristish Rail, cela semblait déplacé dans la bibliothèque de la magnifique maison que les Floures occupaient depuis bien avant Azincourt. La bibliothèque était l'un des ajouts de l'époque géorgienne et faisait partie d'une aile construite par un pair partisan des Whigs pour fournir des pièces de vie plus conviviales que ses prédécesseurs ne l'avaient jugé nécessaire. La partie la plus ancienne de la maison, composée d'une salle médiévale et d'une chapelle, était à peu près aussi chaleureuse qu'un monastère cistercien ; ces pièces étaient entourées par une maison de style Tudor aspirant à être un palais à la hauteur de la fortune croissante des Floures, fastueuse mais manquant de confort. Une splendide façade baroque avait été créée à la fin du XVIIe siècle, lorsqu'un pair conquérant était revenu des guerres avec une très grande fortune en dédommagement de ses efforts, mais les habitants avaient dû attendre le XVIIIe siècle pour que la demeure soit réellement confortable, quand la bibliothèque, la salle de bal et un nouveau salon furent bâtis (et le XIXe pour qu'elle soit sportive, avec une autre aile de chambres simples érigée au-dessus d'une suite pour les parties de chasse, comprenant un fumoir, une salle de billard et un salon).

La bibliothèque donnait sur le parc, l'une des plus belles vues d'Angleterre, pensa Audrey qui admirait, comme à chaque visite, les marronniers d'Inde, les cyprès et les chênes, les moutons au loin en train de paître et, encore plus loin, à côté du lac, les cerfs qui broutaient l'herbe, des points brunâtres se détachant sur le ciel argenté de cette fin d'après-midi. Sa vue était légèrement entravée par Jove, l'un des chats des Floures, à la robe duveteuse et blanche comme un nuage, qui dormait habituellement sur les marches de la bibliothèque, mais qui aujourd'hui regardait les cerfs dans le parc, tapotant de sa patte la vitre, avec un air de prédation nonchalante.

—Encore un peu de thé ? demanda Bernard, approchant une théière en inox qui gouttait.

—Merci, dit-elle, et elle essaya, en vain, de capturer le flot imprévisible dans sa tasse.

Au moins, c'était une tasse, et plutôt élégante, bien qu'Audrey n'ait pas eu l'occasion de regarder la marque dessous. Quand Daniel et elle avaient été invités à déjeuner dans cette maison la première fois, le désintérêt des Floures pour les trésors dont ils avaient hérité l'avait déçue. À leurs yeux, les tasses et les soucoupes n'étaient que de la vaisselle pour le thé, pensa Audrey, qui savait différencier une tasse Spode d'une Derby, et les nombreux portraits accrochés aux murs, juste un bel album d'ancêtres oubliés depuis plus ou moins longtemps – bien que les cheveux roux et les yeux bleus récurrents les annoncent comme des Floures aussi sûrement qu'un maître de cérémonie à un bal. D'autres déceptions avaient suivi. Lors de leur première rencontre, Bernard avait répondu à son emploi poli de son titre en l'appelant par son prénom, sans préciser son propre prénom en retour. Résultat, huit ans plus tard, elle ne savait toujours pas comment l'appeler. Alors, elle ne l'appelait pas. Son fils ne partageait aucunement son embarras, et dès le départ, « Daniel » avait répondu à « Bernard ». Daniel avait foi en un monde plus grand que celui auquel ils appartenaient. Il ne semblait pas se soucier du rang ou du titre des gens, contrairement à elle, ce qui, supposait-elle, était une conséquence de sa vocation plutôt que de son caractère. Enfant, il était tout aussi attentif aux nuances de ton qu'elle. Mais il fallait dire qu'elle lui avait appris à l'être.

Elle n'avait en revanche aucune difficulté à appeler par leur prénom les Floures de la génération suivante, fruits du second mariage de Bernard. Honoria, la fille, vint vers elle, portant un pull de cachemire rose et un jean moulant qu'Audrey supposait être un « jean de créateur ».

—Audrey, que pensez-vous du drame des toilettes ? questionna la jeune femme.

—Je pense que c'est une tempête dans une tasse de thé – elle fit cliqueter la sienne sur sa soucoupe – et quand elles seront installées, tout le monde sera content et oubliera toute cette histoire. N'êtes-vous pas de mon avis ?

—Si, je suppose, répondit Honoria, écartant une mèche de cheveux de son joli visage (malin, pensa Audrey, de choisir du cachemire rose avec des cheveux roux). Mais il y a quelque chose dans les toilettes et l'église qui ne va pas ensemble.

—Attendez d'être aussi vieille que moi.

—Vous savez, à l'époque de mon arrière-grand-père, il n'y avait que deux salles de bains. Des dizaines de chambres, si on compte les combles. Un cabinet de toilette pour… je ne sais pas, vingt personnes ? Dans le village, il y avait un seul cabinet pour douze maisons, selon Anthony. Je crois qu'il a lu quelque chose là-dessus dans les comptes rendus de l'Association caritative de Champton. Vous imaginez ? Pas de toilettes dans les maisons ?

—Je pense qu'ils se lavaient dans une bassine avec l'eau d'une cruche, si toutefois ils se lavaient. Je me souviens que c'était comme ça quand j'étais enfant. À l'école, les fenêtres du dortoir étaient ouvertes par tous les temps, et en hiver, de la glace se formait à l'intérieur. Essayez de vous laver avec une cruche et une bassine dans un froid pareil. Je me souviens qu'une fois, alors que je devais faire pipi dans la nuit, la pensée des toilettes glaciales m'était tellement insupportable que je me suis servie de la bassine.

Honoria rit.

—Je ne peux pas supporter l'idée qu'il n'y ait pas assez de salles de bains. Je veux dire, je ne peux pas supporter l'idée de ne pas avoir ma propre salle de bains.

Honoria vivait à Londres, son argent de poche étant complété par son travail de « consultante de direction », dans un grand hôtel, un poste qui avait créé chez elle le besoin d'avoir une salle de bains privative.

Son jeune frère, Alex, vint s'asseoir avec elles. C'était un Floures aussi, manifestement, avec ses cheveux brun roux et ses yeux bleus. Il était grand et fin, comme sa sœur, mais avec une physionomie moins heureuse – la tête de grenouille caractéristique d'un aristocrate anglais, bien que sa tenue soit plus branchée que chic.

Il était techniquement le colocataire d'Honoria à Londres, mais depuis qu'il avait quitté l'Institut Courtauld (il y avait étudié l'histoire de l'art), désenchanté et sans diplôme, il passait davantage de temps à Champton, où il y avait plus de place pour ce qu'il appelait sa « pratique artistique ». Audrey se demandait pourquoi il avait pris la peine d'aller étudier à

Londres pour regarder de vieux tableaux alors qu'il y en avait tant à regarder ici, mais Alex n'était pas vraiment intéressé par les portraits du XVIIIe siècle, ou les portraits de toute autre période, même si c'étaient ceux de ses propres ancêtres. Il avait commencé à fréquenter des membres du *Long Pig* – un mouvement qui avait commencé dans les franges radicales des écoles d'art de la banlieue londonienne – dont il trouvait les animations anarchiques irrésistibles, et il affichait leurs couleurs. Aujourd'hui, il portait un tee-shirt Julien Temple créé pour l'avant-garde punk, montrant deux cow-boys qui se saluaient mais qui étaient nus de la taille jusqu'aux pieds. Audrey, observant le dessin, remarqua que leurs pistolets étaient en fait leurs organes génitaux.

—Bonté divine, il y a de sacrés divertissements dans le *Grand Chaparral* !

Étrangement, ce fut Alex qui fut le plus embarrassé, comme l'indiquait la rougeur qui lui monta au visage. Il changea de sujet.

—Comment vont les chiens ? s'enquit-il poliment. Les avez-vous amenés ?

—Non, ils sont à la maison. Dangereux pour le patrimoine, je le crains.

Elle se souvenait d'avoir vu Cosmo lever la patte dans le salon, pour marquer le coin d'un tapis persan si ancien et si précieux que même Bernard avait tressailli.

—Le patrimoine est terriblement vulnérable, enchérit Anthony, surtout ici. Dieu sait combien de vases Ming nous avons cassé au fil des années.

Il croisa le regard d'Honoria.

Audrey sourit. Par-dessus l'épaule d'Alex, elle vit que Daniel était en train de discuter avec Bernard et Anthony Bowness.

—Je dois aller parler avec votre père, Anthony. Si vous voulez bien m'excuser ?

—Bien sûr.

Audrey, portant sa tasse et sa soucoupe, traversa le tapis élimé.

—Je vous ressers du thé, Audrey ? demanda Bernard. Je crains que vous ne le trouviez trop infusé.

La théière en inox qui ne versait jamais droit (pourquoi créer une théière qui ne verse pas correctement ? pensa Audrey) était posée sur une plaque chauffante, sur un joli buffet.

—J'aimerais avoir votre opinion, au sujet des toilettes, dit-elle.

—Nous étions justement en train d'en parler, répondit Bernard. N'avez-vous pas été surprise par la réaction des gens ?

—Non, pas vraiment. Il y a des choses qu'on ne peut pas dire depuis une chaire. Ça ne me dérange pas qu'on parle de Samson et des gens qu'il a tués avec une mâchoire d'âne, ou qu'on évoque le désarmement nucléaire, ce sont les fonctions physiologiques que je n'aime pas. Tu te souviens, Daniel, ton sermon sur la femme qui avait un problème sanguin ? Cela peut passer, en quelque sorte, mais quand tu as précisé de quoi il s'agissait en réalité – des menstruations –, tout le monde a frissonné.

Daniel soupira.

—J'avais oublié ça. Mais c'est ridicule. À votre avis, quel est le véritable problème ?

—Je ne sais pas, répondit Bernard. Installer des toilettes est parfaitement logique selon moi. Je vous aurais fait un chèque dès aujourd'hui si ça ne s'était pas passé aussi mal. J'aime l'idée que mes locataires pensent à moi chaleureusement quand ils se soulageront pendant l'un de vos sermons. Mais vous devez régler ça.

—Daniel, intervint Anthony, j'ai trouvé un document très intéressant dans les archives de l'Association caritative de Champton.

Même s'il avait plus de cinquante ans, Anthony ressemblait un peu à un garçon studieux, avec ses lunettes légèrement de travers qu'il ne réparait jamais, et sa passion pour les arcanes, qui agaçait Audrey.

—À propos des toilettes du village ? demanda-t-elle.

—Oh, fit-il, l'air déçu. Vous êtes au courant.

—Oui. Honoria l'a mentionné.

—Eh bien, Daniel, reprit-il, il semble que ce ne soit pas la première controverse sanitaire à Champton. L'un de vos prédécesseurs, le vieux chanoine Segrave, a provoqué une terrible pagaille dans les années 1820.

Le vieux chanoine Segrave, un cousin des Floures, avait engendré le jeune chanoine Segrave, son successeur. À eux deux, ils avaient été recteurs pendant cent un ans.

—C'est arrivé pendant que le zèle brûlait encore fortement en lui. Il avait décidé d'installer des sanitaires décents pour les locataires du domaine. Ça n'a pas plu au lord de l'époque, qui estimait que c'était une extravagance qui transformerait ses locataires en fainéants.

—Et ça a été le cas ?

—Non, ça a sans doute sauvé des vies, mais cela a provoqué une grosse dispute entre le manoir et le presbytère. M. le baron n'acceptait pas cette trahison, mais il ne pouvait pas se débarrasser du chanoine, qui était son cousin de toute façon, alors il a essayé de lui rendre la vie impossible. Il a fait clouer tous les portails du presbytère qui donnaient sur le parc et menacé les locataires pour les dissuader d'aller à l'église. Il a nommé un de ses hommes chapelain, un type horrible, et tout le monde devait aller à la chapelle. Il n'entretenait pas l'église. Ça a duré pendant des décennies.

—Dieu merci, il y a l'*entente cordiale*[1] aujourd'hui ! s'exclama Audrey tandis que l'horloge sonnait 17 h 30.

La prière du soir suivrait à 18 heures, avec ses cadences rassurantes et son anglais jacobin, si profondément imprimés dans leur vie que, inconsciemment mus par le son de l'horloge, Audrey et Daniel se préparèrent à partir en même temps.

—Merci infiniment pour le thé, dit Audrey, tandis que Bernard et Alex les raccompagnaient jusqu'au grand hall. Il faut que vous veniez déjeuner au presbytère, ajouta-t-elle, une invitation lancée sans conviction et acceptée sans conviction, rarement suivie d'effet.

Le soleil filtrait de manière oblique par la grande fenêtre qui donnait sur le jardin, un magnifique conte prestigieux médiéval – sous forme d'un vitrail brillant –,

1. En français dans le texte.

représentant les armoiries de tous les Floures et de ceux qui les avaient épousés depuis le xve siècle jusqu'au xxe, dans des losanges sertis de plomb. Les rayons du soleil projetaient des flaques de rubis, d'ambre et de vert d'eau sur le sol.

—N'est-ce pas charmant ? commenta Audrey. Comme un kaléidoscope médiéval.

—Pas médiéval, rectifia Alex, xxe siècle. L'original a été victime de la guerre, quand les militaires ont investi la maison. Un avion a manqué la piste d'atterrissage, s'est écrasé juste devant la maison et a explosé. La fenêtre a été complètement pulvérisée.

—Mais c'est une très bonne idée de l'avoir reconstituée.

—J'adore le bruit du verre qui se brise ! chantonna Alex, reprenant une célèbre chanson de Nick Lowe.

Je parie que oui, pensa Audrey.

3

Audrey et Daniel parcoururent l'allée de gravier pour rejoindre le Land Rover, un engin cabossé qui aurait dû paraître décalé devant le somptueux manoir de Champton, mais qui ne l'était pas, l'aristocratie anglaise tirant une sorte de fierté inversée à porter des haillons et à conduire des tacots. Daniel ouvrit la portière pour sa mère, qui s'arrêta net.

—Daniel, ça empeste.

—Quoi donc ?

—Le Land Rover. Qu'est-ce que tu as fabriqué là-dedans ?

—Rien, ce sont juste les chiens et… les bottes de foin… et les faisans.

La voiture lui avait été offerte lorsqu'il était arrivé à Champton. « Voyez-la comme un véhicule de fonction », avait dit Bernard tout en ouvrant la portière grinçante, pour révéler ce qui ressemblait à une scène de crime rurale. Cela ne dérangeait pas Daniel, qui préférait les choses anciennes aux choses nouvelles ; il voyait la saleté qui mouchetait l'intérieur comme une patine, contrairement à sa mère qui arrangeait ostensiblement les pages du *Sunday Telegraph* qui ne l'intéressaient pas sur le siège ferme chaque fois qu'elle montait dans l'habitacle. Daniel roula lentement dans l'allée puis bifurqua sur une route plus étroite qui sinuait à travers le parc et menait aux grilles séparant la maison du village. Des agneaux de printemps se tenaient silencieusement sur le passage, en plein milieu du chemin, jusqu'à ce que leurs mères les écartent du tarmac. Non pas que la progression du Land Rover les oblige à se hâter.

—Le tee-shirt d'Alex ! s'exclama Audrey. Quelle révélation ! Tu crois que Bernard l'a remarqué ?

—À mon avis, peu de choses lui échappent. Mais cela ressemble bien à Alex, de l'avoir porté pour un thé avec le recteur.

—C'est aussi ce que j'ai pensé. Sérieusement, Bernard aurait pu dire quelque chose.

—Peut-être qu'il préfère ne pas mener ce combat. Ou peut-être qu'il ne voit pas ce qu'il ne veut pas voir. Cela lui permet peut-être d'avoir une vie plus tranquille ?

—Je ne dirais pas que la timidité est un problème paralysant pour Bernard. Je me souviens que lors d'une des journées où la maison était ouverte au public, une femme lui avait demandé comment c'était de vivre dans une demeure historique, et il avait répondu : « c'est un – bip – de cauchemar ! » Je te laisse compléter le blanc.

Ils approchèrent des grilles du parc, qui s'ouvrirent comme par magie maintenant que Bernard avait installé un moteur électrique. Cela faisait des années qu'il n'y avait plus de gardien, et Alex avait réquisitionné les loges, pour y vivre et y travailler, un petit domaine dans le domaine.

Le portail donnait sur Main Street et sa petite rangée de commerces : le bureau de poste qui était aussi un magasin d'alimentation générale, et le salon de thé The Flowers, géré par les Staveley et ouvert uniquement pendant la belle saison, qui commençait officiellement par les portes ouvertes. À côté se trouvait la boutique de Stella Harper, ridiculement nommée : « Stella : Mode de luxe pour femmes », que Mme Harper avait ouverte grâce à l'argent de son divorce. Une initiative vaniteuse qui avait plutôt bien tourné, car toutes les dames assez fortunées de la région, y compris la mère de Daniel, y achetaient leurs vêtements Tricoville, Jaeger ou Country Casuals.

—Je suppose que les gens comme Bernard doivent essayer de tenir bon, mais ça ne va pas aller en s'arrangeant, commenta Audrey. Tu aurais dû voir comment c'était après la guerre, quand la super-taxe est arrivée et que toutes les grandes familles ont été ruinées. Elles ont vendu leur domaine, sont allées vivre à Putney et ont laissé les maisons s'écrouler, du moins celles qui tenaient encore debout. La moitié avaient été réquisitionnées et malmenées. C'était la guerre. Cela a changé la manière dont on regardait les choses, Daniel, quand le conflit s'est terminé.

—Ça n'a pas eu l'air de tellement affecter les Floures. Peut-être qu'ils étaient suffisamment riches pour affronter ces tempêtes.

—Je crois au contraire que ça les a affectés, répondit Audrey. Ça nous a tous affectés. Tu ne te souviens donc de rien ? Tu es pourtant né pendant la bataille d'Angleterre. C'était certainement du sang, de la sueur et des larmes pour moi, je peux te l'assurer.

—Je n'avais pas cinq ans le jour de la Victoire. J'étais davantage un bébé d'après-guerre qu'un bébé de la guerre, en réalité. Je me souviens des sites bombardés. Et des jeux auxquels nous jouions enfants – *Hande höch, Englische Schweinehund*[1] ! J'avais un maître d'école avec une jambe de bois, qu'il avait eue, selon la rumeur, à El Alamein. Et je me rappelle le rationnement, bien sûr.

Et il se souvenait d'un homme qu'il était allé voir sur son lit de mort quelques jours plus tôt – calme, sobre, l'approche de la fin et les doses de morphine lui faisant oublier sa réserve – et qui lui avait narré le débarquement en Normandie et les batailles pour prendre les villages le long des routes menant à Rouen et à Paris. Il lui avait aussi raconté le jour où il avait tué un soldat d'un coup de baïonnette, un garçon encore plus jeune que lui, et lui avait dit comment cette mort avait pris de plus en plus de place au fil des ans, jusqu'à ce qu'il y pense constamment. Mais il avait gardé ce souvenir pour lui, comme l'avait découvert Daniel en organisant l'enterrement avec sa veuve et ses fils, qui ne savaient rien de cette histoire. « Il voulait le laisser là-bas, il ne voulait pas le rapporter à la maison », avait dit la veuve.

1. « Mains en l'air, bâtard d'Anglais ».

Mais on rapporte tout chez soi, que cela nous plaise ou non, songea Daniel.

Les prières du soir avaient tendance à rendre Daniel pensif, et tandis que quelques fidèles s'en allaient dans la lumière déclinante, il songea à quel point son poste actuel était différent du précédent. Cela avait surpris tout le monde, y compris lui, lorsqu'il avait pris la décision de changer de paroisse.

C'était Honoria qui en était à l'origine. Daniel et elle s'étaient liés d'amitié à Londres, quand elle travaillait à l'hôtel Motcombe, juste à côté de l'ancienne église de Daniel, St. Martin de Kinnerton Square, produit de l'ascendant anglo-catholique des années 1850, qui ressemblait à un morceau du Lisbonne manuélin miraculeusement déposé dans le quartier Belgravia. Lors de sa première rencontre avec Honoria, Daniel s'était demandé pourquoi elle venait le voir, vêtue d'un tailleur strict auquel elle avait réussi à donner un aspect haute couture, et portant un sac à bandoulière rempli de reçus, de coupures de journaux, de clés, d'échantillons de parfum et de crème, qu'elle avait sortis par poignées pendant qu'elle essayait de trouver son agenda Filofax.

Elle cherchait un lieu de mariage chic, pour les réceptions chics qu'elle organisait à la demande de sa clientèle chic, et St. Martin convenait non seulement sur le plan esthétique mais aussi sur le plan logistique. Les jeunes mariés n'avaient qu'à passer la porte ouest ornée de fleurs et faire quelques pas pour arriver à l'entrée de la salle de bal du Motcombe. L'église et l'hôtel constituaient un ensemble – profitables pour les deux – et quand Honoria avait téléphoné à Daniel pour lui dire qu'elle avait une réception prévue pour un samedi en mai, et qu'elle lui avait demandé si l'église était disponible, il ne lui avait pas fait remarquer que, d'habitude, on réservait d'abord l'église. Tous les prêtres de paroisse, qu'ils soient du West End ou du East End, devaient s'adapter aux circonstances, et son ouverture d'esprit nouvelle sur de telles questions avait conduit non seulement à une augmentation salutaire des revenus de l'église mais aussi du nombre de fidèles de moins de quarante ans.

Il y avait d'autres avantages. Quand Daniel s'était résolu à trouver un moyen de nourrir les sans-abri qui emplissaient le cimetière de l'église le soir, une fois que les Bentley qui y étaient garées la journée étaient parties, Honoria avait pu fournir des canapés non consommés et des goûters non vendus qui autrement auraient fini dans les poubelles de l'hôtel. Cela signifiait que les sans-abri du quartier s'étaient habitués à un régime étonnamment riche en saumon fumé, en foie gras et même, de temps en temps, en caviar, jusqu'à ce que cela se sache dans les bureaux et les boutiques de la paroisse, et que les faibles, une fois de plus, soient mis de côté.

Le désenchantement de Daniel, qui prêchait la pauvreté apostolique dans la paroisse la plus riche de Londres, coïncidait avec une vacance au rectorat de Champton, ce qu'Honoria avait mentionné autour d'un café un matin. Une charmante église près de l'une des plus grandes demeures d'Angleterre, protégée, imaginait Daniel, par son protecteur riche et noble des conditions économiques difficiles d'un monde de plus en plus indifférent ; un cadre rural plutôt qu'urbain, une paroisse de taille moyenne et non immense, et – le plus important – située près de l'endroit où il avait grandi et où sa mère veuve vivait encore. Honoria avait vu la lueur dans son regard, comme elle s'y était attendue, et, étant une organisatrice née, elle s'était occupée de tout. Daniel était allé déjeuner à Champton et, ayant accompagné Bernard dans sa consommation de gin, de vin rouge et de vin blanc sans rechigner ni chanceler, il avait réussi l'épreuve avec mention.

La pensée du vin qui coulait si généreusement en appela une autre, celle d'une chasse d'eau, qui dissipa son humeur songeuse. Ce fut alors qu'il remarqua une silhouette qui l'attendait sous le porche de l'église. C'était Dora Sharman, la plus sociable des deux sœurs, non accompagnée par Kath. Il avait le sentiment qu'elle n'était pas venue pour discuter de la pluie et du beau temps.

—Bonjour, Dora, comment allez-vous ?

—Je vais bien, Recteur, merci.

—Kath n'est pas là ?

—Elle a dû filer pendant le dernier hymne. Quelque chose à la télé, Recteur. Elle ne sera pas damnée pour ça, j'espère ?

—Dieu est miséricordieux.

—Mais je souhaitais vous parler des toilettes.

—Bien sûr. Êtes-vous pour ou contre ?

—Être pour ou contre, ce n'est pas la question. Je voulais dire quelque chose au sujet des bancs. J'aimerais que vous les laissiez tranquilles, Recteur.

—Pouvez-vous m'expliquer pourquoi ?

—C'est là que nous nous asseyons, vous voyez. Et je pense que nous devrions être autorisées à continuer de nous asseoir là-bas.

—Vous n'avez pas besoin de ma permission, ou de celle de quiconque, pour vous y asseoir. Mais pourquoi est-ce si important, Dora ?

—Nous nous sommes toujours assises là. C'est notre place.

—Nous ne faisons que passer en ce monde, Dora. Et tout le monde a une place ici.

—Sauf Kath et moi.

—Vous aurez toujours une place ici, toutes les deux. C'est votre église.

—C'est ce que vous dites, mais je pense que vous allez nous faire bouger.

—Je vous demande simplement de changer d'endroit.

—Pourquoi ne changez-vous pas de place, vous ?

Daniel cligna des yeux devant cette suggestion étrangement peu pratique.

—Eh bien… parce que je m'installe là où s'installe le titulaire. C'est là-bas que je dois être pour faire mon travail. Vous ne vous attendriez pas à ce que l'organiste prenne place dans la chaire ?

—Donc votre place est réservée.

—Pas pour moi, pour quiconque est recteur.

Dora réfléchit un instant.

—Je sais que nous ne devrions pas venir à l'église pour nous asseoir à nos places préférées, mais c'est le cas, et nous n'aimons pas les perdre. Certains d'entre nous n'ont pas grand-chose, et donc ce que nous avons, nous ne voulons pas le perdre. Vous comprenez ?

—Vous ne perdriez rien, Dora. Il vous faudrait seulement bouger de six mètres. Et vous pourriez garder le même banc, il serait simplement à un endroit différent.

—Oui, je comprends, mais c'est notre place, au fond, et nous voulons continuer à nous asseoir là-bas.

—Ce serait toujours au fond, Dora. Ce serait toujours le dernier banc.

Dora était parfaitement capable de voir la logique de ses arguments, mais elle était aussi déterminée à ne pas céder.

—Pourquoi les toilettes devraient-elles être là-bas ?

—À quel autre endroit les mettriez-vous ?

—Vous ne pourriez pas enlever les bancs sur le côté, et mettre les toilettes là-bas ?

—Mais ça couperait l'église en deux, Dora. Vous ne verriez plus l'autel depuis votre place actuelle si les – sa mère lui vint à l'esprit – euh… les sanitaires étaient là-bas. Et cela voudrait dire que les gens qui y entreraient et en sortiraient seraient vus par tout le monde.

—Bon. Nous nous sommes débrouillés pendant des siècles sans toilettes, alors pourquoi nous en faut-il maintenant ?

—Parce que nous devons faire en sorte que l'église soit plus adaptée pour l'usage des fidèles. Les gens veulent faire pipi, Dora.

—À quoi sert l'église ? Ce n'est pas un cinéma, non ?

Daniel pensa à une église voisine à Londres, dont l'intérieur victorien avait été doté d'un équipement audiovisuel onéreux, y compris un écran actionné par un moteur électrique.

—Nous devons nous adapter ou mourir, Dora.

—Parfois, nous devons rester les mêmes ou mourir, Recteur.

4

Audrey était confortablement installée devant la télévision quand Daniel revint de l'église. Les chiens se précipitèrent pour l'accueillir, comme à l'accoutumée, puis retournèrent rapidement sur les genoux d'Audrey, recouverts d'un plaid, où ils formèrent un yin et yang paisible, pelotonnés le museau contre la queue.

Le dimanche soir, c'était soupe-et-sandwichs, un rituel depuis l'enfance, quand Audrey préparait des tas de sandwichs avec les restes du rôti – agrémentés de cornichons ou de sauce à la mie de pain, cela dépendait – et qu'ils mangeaient sur des plateaux, en famille, avec des tasses de soupe à la tomate, en écoutant la sitcom *The Glums* à la radio. C'était le seul repas qu'ils prenaient sans s'asseoir à table.

Il était rare qu'ils partagent un repas dominical traditionnel – c'était trop de tracas pour Audrey, et les dimanches de Daniel étaient en général chargés, alors maintenant, ils se contentaient d'un ragoût ou d'une tourte – mais la tradition de la soupe et des sandwichs demeurait, désormais perpétuée devant la télévision plutôt qu'à côté du poste de radio. Dans la cuisine, des piles de sandwiches attendaient, garnis de jambon et de fromage de chez Sainsbury's, et de moutarde de Meaux – qu'Audrey appréciait pour son pot en grès et son couvercle scellé par de la cire rouge – ainsi qu'un chutney aux prunes maison, une mixture assez liquide. Daniel ouvrit une boîte de soupe à la tomate et la versa dans une poêle qu'il plaça sur la cuisinière ; la soupe était là, immobile, si rouge, si satisfaisante, et pourtant si différente de la belle promesse de l'étiquette. Daniel décida de nourrir les chiens pendant que la soupe chauffait, et dès qu'ils l'entendirent ouvrir la porte du placard dans lequel leur nourriture était conservée, ils sautèrent du giron d'Audrey. Hilda ouvrit la voie – elle était l'alpha et Cosmo le bêta – et ils s'arrêtèrent devant lui, levant leur petite face de dinosaure et agitant la queue, comme si ce repas était la chose la plus excitante au monde. En ce qui concernait les chiens, Audrey brisait toutes les règles que Daniel lui répétait comme une litanie : elle les laissait grimper sur ses genoux, dans son lit, et leur donnait des morceaux de son assiette, par conséquent, les bénéfices apportés par les croquettes auxquelles Daniel était récemment passé étaient mitigés.

Il leur ordonna de s'asseoir ; c'était le seul ordre auquel ils obéissaient vraiment, car il n'était émis que lorsque la nourriture était sur le point d'être servie. Il posa les écuelles devant eux, les fit attendre, puis, d'un geste du doigt, leur indiqua qu'ils pouvaient manger, ce qu'ils firent avec un enthousiasme non proportionné à leur appréciation réelle du repas. Repas qu'ils engloutirent si vite qu'ils bougèrent à peine la tête. C'était invariablement une surprise pour eux, et ils pressèrent leurs museaux autour de leurs écuelles vides, comme s'ils n'arrivaient pas à croire qu'il ne restait plus rien.

L'appétit de sa mère et le sien pour la soupe et les sandwichs était moins aiguisé, mais non moins présent, et ils mangèrent devant la télévision, tandis que les chiens étaient relégués au sol, comme il se doit. Il y avait un film ce soir, un « drame historique » comme Audrey le décrivit, avec Tom Conti dans le rôle d'un pape aux prises avec sa vocation, une œuvre appropriée pour un dimanche soir. Cependant, il fut précédé d'un programme dans lequel des sommités du divertissement interrogeaient d'autres sommités du divertissement, offrant un spectacle si insipide que Daniel se dit que c'était l'équivalent culturel d'un repas sans sel pour malades. Le programme permit à Audrey de faire des commentaires critiques. C'était une occasion de se décharger des rancœurs qu'elle accumulait plus fréquemment, et plus rapidement, depuis qu'elle était entrée dans sa huitième décennie.

—Regarde-le… Enfin, regarde-le : des cheveux qui lui donnent l'air d'une prostituée de Shanghai, et quel nez !… Où est-ce qu'ils trouvent ces gens ? Je veux bien qu'on veuille les voir au bout de la jetée de Blackpool, mais doit-on vraiment les voir à la télévision ?… On dirait une maison de retraite cauchemardesque, avec des gens assis en cercle, la télé allumée et le volume trop fort.

Daniel pensa à sa grand-mère, qui avait passé ses derniers jours dans une maison de retraite pour gens aisés, dans un ancien manoir peu adapté. Elle lui avait confié que les seules choses qui la maintenaient en vie étaient le snobisme et le *Schadenfreude*, cette joie malsaine éprouvée face au malheur des autres. Elle avait une amie, comme elle veuve d'un baron de la chaussure, et toutes deux avaient pour habitude de s'asseoir près des portes donnant sur le salon, ignorant les tentatives de rapprochement amical de gens qu'elles ne jugeaient pas à la hauteur de leurs critères, et caquetant, comme des machines à tricoter, quand « l'ambulance privée » arrivait pour emmener un de leurs colocataires impertinents et sans vie. Même ce plaisir avait disparu, pensa Daniel, quand il lui avait rendu visite pour la dernière fois, dans une pièce annexe, alors qu'elle était couverte de bleus après être tombée de son lit et incapable de parler. Il l'avait ointe et avait récité des prières, lui avait tenu la main, aussi fragile qu'un papillon de nuit, mais pas assez longtemps car, quand il s'était levé pour s'en aller, elle avait soudain pressé sa main comme pour essayer de s'accrocher. Il avait pressé la sienne puis l'avait lâchée et était parti. Elle était morte plus tard ce soir-là, seule, et depuis, il se sentait coupable.

Le film commença, un scénario peu prometteur qui parvint tout de même à les décevoir, et tandis que sa mère s'endormait, pendant que l'âme du malheureux pontife plongeait dans une nuit noire, Daniel rapporta la desserte à la cuisine et fit la vaisselle.

Les chiens se mirent à aboyer. Il les fit taire, mais entendit une portière claquer dehors. Personne ne passait après les prières du soir un dimanche. Il alla dans l'entrée et vit une voiture dans l'allée qu'il ne reconnut pas. Elle était nouvelle ; pas seulement neuve, rutilante et élégante, mais aussi d'un tout nouveau design. C'était une voiture compacte et puissante, comme un Rottweiler, une berline, ou plutôt une sportive. Une Golf GTI. Il avait vu un article dans le *Telegraph* de sa mère, dans lequel le journaliste auto s'extasiait sur l'apparence modeste et les muscles cachés de cette voiture, de la taille d'une citadine mais aussi rapide qu'une Lotus. Daniel devina de qui il s'agissait avant même que les chiens ne reviennent en courant à la cuisine ; il avait reconnu le ton et le rythme des dorloteries qu'on leur avait prodiguées, et leurs jappements joyeux face au visiteur.

Son frère, Theo, qui arrivait toujours à l'improviste, était dans le vestibule.

—Dan, Dan, que penses-tu de ma nouvelle voiture ?

Ils s'étreignirent. Theo était la seule personne que Daniel prenait dans ses bras, et seulement parce que son cadet ne lui laissait pas le choix. C'était davantage une accolade enveloppante, une immense clé de cou à la verticale, d'autant plus désarmante que le cadet était plus petit et plus fin que l'aîné. Theo ne se contentait pas de l'étreindre : il s'accrochait à lui et lui tapotait le dos, comme s'il s'agissait d'un combat de lutte et non d'un salut. Peut-être était-ce parce que dans le monde de Theo – tactile, démonstratif –, la politesse le requérait ? Peut-être était-ce une manière de reprocher à Daniel son côté tatillon et distant ? Ou peut-être était-ce parce que, lorsqu'ils étaient enfants, l'affection naturelle de Theo avait été aisément reçue par son frère, de dix ans plus âgé ? À présent, Daniel avait les cheveux grisonnants et approchait d'un âge vénérable, mais Theo semblait encore être le jeune homme qu'il était quand il avait quitté l'école de théâtre.

Daniel s'extirpa des bras de son frère avec autant de tact que possible, et recula comme pour l'admirer.

—Tu as l'air en forme. J'imagine que ça marche bien pour toi ?

—Je tète les mamelles de Mammon, mon cher frère.

—Comme Mammon a été généreux !

—L'argent des sucreries.

La voix de Theo était plus familière au public que son visage : c'était la voix qui recommandait les mérites de barres chocolatées, de déodorants, de vacances en Tunisie, de contrats obsèques. Daniel ne comprenait pas vraiment comment cela fonctionnait, mais cela fonctionnait, à l'évidence, car en l'espace d'un an, son petit frère avait acheté une petite maison avec terrasse à Camden et une Golf GTI. Mais parfois, il semblait gêné par cette activité lucrative, comme il l'était par son rôle modeste mais récurrent dans un soap – *Appletree End*. Il interprétait l'agent Henry Heseltine, un flic fatigué issu d'un milieu aisé, débordé par un nombre anormalement élevé de crimes dans son village faussement tranquille. C'était ce qui lui avait valu une certaine reconnaissance, le rôle qui lui avait ouvert des portes, mais quand Daniel l'avait complimenté un jour à ce sujet, Theo avait grimacé.

—Theo ! s'exclama Audrey.

Elle sortit du salon avec l'air légèrement chiffonné de ceux qui viennent de se réveiller.

—Quelle surprise ! Tu as faim ?

Ils s'installèrent à la table de la cuisine pendant que leur mère s'affairait avec une détermination qu'elle ne montrait, remarqua Daniel, que lorsque ses deux fils étaient à la maison. Encore des sandwichs, encore de la soupe et, avec son frère assoiffé à table, quelque chose à boire.

Daniel ouvrit le réfrigérateur et trouva une bouteille de chardonnay, ouverte la veille mais encore buvable, l'astringence du chêne – typique des vins du Nouveau Monde – masquant tout manque de fraîcheur. Il remplit deux verres et demanda à sa mère si elle en voulait un, mais elle répondit qu'elle prendrait un Noilly, son apéritif préféré (elle était la seule personne qu'il connaisse à en consommer, et au débit de boissons de Braunstonbury, on gardait une bouteille ou deux spécialement pour lui). Il alla le chercher dans le salon, où il était conservé dans un placard d'angle, avec une bouteille de sherry que son défunt père appréciait mais que personne n'avait touchée depuis ces années. Il aimait l'étiquette sur la bouteille de Noilly Prat, qui lui évoquait un café français, une table en zinc branlante dans une rue baignée de soleil, et un léger goût d'herbes amères.

Il servit les verres, ils s'assirent, et sirotèrent leurs boissons. Puis Theo prit la parole. Il avait fait tout le chemin depuis Londres pour leur faire cette annonce.

— Je vais tourner dans une nouvelle série télé. Ça s'appelle *Clerical and Medical*, et les vedettes sont un vicaire et un docteur. Tu seras effaré d'apprendre, Daniel, que je joue le vicaire, le révérend Stanley Darnley, un homme de Dieu mal dégrossi, originaire du Nord. Il fait équipe avec le docteur Docteur Shelagh Kennedy – une femme, oui –, bas-bleu d'Édimbourg.

—Quand commences-tu à tourner ?

—Dans quelques mois. Six épisodes, pour ITV.

—Oh, dommage, fit Audrey.

—ITV est une bonne chaîne maintenant, Maman. Tu as regardé *Retour à Brideshead.*

—C'était sur ITV ?

—Oui. Toutes tes amies l'ont regardée. Tu te souviens comme c'était somptueux ?

—Oui, filmé au château Howard et avec Jeremy Irons, qui jouait Jean le Baptiste dans *Godspell*, la comédie musicale. Ton père a dû demander à un vicaire qui expliquait la pièce à des étrangers d'arrêter de parler.

—Quel genre de série est-ce ? Tu vas résoudre des affaires criminelles ?

—Non, c'est ce que le type de la Thames appelle un *cosy mystery.*

—C'est parfait pour toi, chéri, déclara Audrey.

Theo s'adossa à sa chaise, les bras derrière la tête, révélant un trou dans son pull (qu'Audrey regarda d'un air effaré). Très différent de Daniel à première vue, Theo était à certains égards très semblable à son frère aîné. Ils étaient tous deux méticuleux, simplement, Theo n'en avait pas l'air, son caractère expansif et désordonné déguisant son souci du détail et son goût pour l'ordre, qui n'apparaissaient que lorsqu'il se préparait pour un rôle. Il pouvait être obsessionnel à ce sujet, au point d'être offensant : lorsqu'il avait été choisi pour jouer un prisonnier de guerre dans la série *Tenko*, Audrey lui avait dit que Bob Achurch avait été prisonnier de guerre des Japonais, et Theo avait harcelé ce dernier pour qu'il lui raconte ses souvenirs – sans se rendre compte de l'effet de son interrogatoire – jusqu'à ce que Daniel doive lui demander de se calmer.

Theo fit la demande à laquelle Daniel s'attendait.

—Tu pourrais supporter que je passe une journée ou deux avec toi ? Pour te suivre, juste pour avoir une idée de la trame de ta vie ? demanda Theo, faisant un grand geste avec son verre de vin presque vide.

Daniel le resservit.

—Quel genre de choses t'intéresse ? Je ne suis pas sûr que ma vie ressemble beaucoup à celle d'un pasteur du Yorkshire bourru marié à un médecin généraliste.

—Oh, il ne faut pas se tromper sur les détails, quoi porter, comment tenir les objets. Si tu voyais les lettres qu'on reçoit quand on ferme les mauvais boutons, ou que le trajet en bus est impossible !

Daniel remarquait aussi de telles choses mais les laisser glisser était devenu une discipline spirituelle : il se rappelait encore un terrible solécisme dans la série *Barchester*, un psaume chanté pour la prière du soir, anachronique d'au moins deux décennies. Daniel avait été si perturbé qu'il avait manqué le reste de l'épisode.

Il rumina pendant une seconde.

—Pourquoi les réalisateurs tiennent-ils toujours à remplir les églises de bougies allumées ? demanda-t-il.

—Ça fait « église ».

—Mais cela fait toujours factice. Ce ne sont pas des lumières d'ambiance, les bougies et les cierges signifient quelque chose. Et pourquoi le prêtre est-il invariablement dans l'église quand les gens passent le voir ? Nous n'y sommes presque pas.

—On ne tourne pas des documentaires, Dan. On invente des choses, on raconte des histoires. Je ne crois pas que les gens aillent voir *Roméo et Juliette* et se disent, « Oh, elle n'aurait jamais pu l'entendre depuis ce balcon ». Et pourquoi n'es-tu pas à l'église, d'ailleurs ?

—Parce que l'essentiel de ce que nous faisons ne se passe pas là-bas. Nous sommes présents pour les messes, pour les festivals de fleurs – ce qui me rappelle que je dois rédiger l'Accueil du recteur pour le programme de cette année – mais, la majeure partie de la journée, nous sommes dehors, dans la paroisse. Nous rencontrons des gens, nous faisons des choses ennuyeuses avec les doyens ruraux, nous rendons visite aux personnes endeuillées, ou aux malades à l'hôpital. Nous portons la Sainte Communion à la maison de retraite, nous donnons des cours à l'école. En fait, le plus clair de mon temps, je suis à mon bureau en train d'écrire des textes, ou au téléphone. Ce n'est pas quelque chose que tu as besoin d'observer pendant une journée, non ?

—Tu écris quoi ? Des sermons ?

—Des sermons, oui, mais surtout des courriers, des lettres de recommandation, un journal.

—C'est ce que je veux voir.

—Je ne pense pas que tu auras un bon aperçu en me regardant rédiger un sermon. Je me plais à penser que tu pourrais en avoir un en m'entendant dire un sermon.

—Non, ce sont les choses que tu fais sans t'en rendre compte que je veux voir. C'est ça qui est intéressant.

— Je vois. Ce pourrait être ennuyeux pour toi – il y a beaucoup de temps passé à ne rien faire.

— Je croyais que tu étais débordé ?

— Je ne parle pas d'oisiveté. Je parle de ne rien faire.

— Je ne comprends pas.

— Il s'agit d'être, pas de faire, une grande partie du temps. Et de prier. Tu n'apprendras pas grand-chose avec ça.

Theo eut l'air songeur.

— Tu sais quoi, Dan, je crois que ce serait mieux si tu me montrais les choses, simplement. Et ce serait instructif pour toi aussi, autant que pour moi. Tu verrais ton reflet en moi.

— Peut-être que c'est ce qui me fait hésiter.

— Eh bien, je ne serais certainement pas dans l'idolâtrie, si c'est ce qui t'inquiète.

Audrey, inhabituellement silencieuse jusque-là, émit un son incrédule.

— Tu l'idolâtrais quand tu étais petit. Tu adorais ton grand frère si brillant.

— Toujours brillant, toujours mon grand frère.

— Oh, tu ne t'en sors pas si mal, mon petit Theo, non ? répliqua Audrey en lui passant un bol de crème anglaise froide – son dessert préféré –, un reste de ce matin.

— D'accord, dit Daniel, mais tu ne peux observer que ce que j'autorise. Et si j'ai besoin que tu t'éclipses, tu t'éclipses.

— Compris.

— Je dois aller dire les complies maintenant, si tu veux voir à quoi ressemble le fait de ne rien faire ?

—D'accord. Est-ce que je dois apporter quelque chose ?

—Non. Ce n'est pas un service dans lequel les fidèles participent.

Ils sortirent par la porte de service, Cosmo et Hilda sur leurs talons, et franchirent le portail restauré du jardin pour rejoindre le côté nord de l'église, où se trouvait la sacristie, une sorte d'appentis néogothique attaché au transept, doté de sa propre porte. C'était une belle soirée, avec un ciel clair et étoilé, mais ils ne s'attardèrent pas de crainte que les chiens, qui reniflaient autour des pierres tombales, ne trouvent des excréments de blaireaux, dans lesquels ils adoraient se rouler.

—Cosmo ! Hilda ! les appela Daniel depuis la porte ouverte, et ils surgirent, tel un petit torrent, dans la sacristie.

L'église était sombre et vide, et ils coururent entre les bancs, s'arrêtant, reniflant, et courant à nouveau. Daniel espérait qu'ils faisaient fuir les souris et les chauves-souris, fidèles participants des offices du soir.

Il ne se souvenait pas de la dernière fois où il avait eu de la compagnie humaine pendant les complies. C'était traditionnellement le dernier service de la journée dans les monastères, des prières dites par les moines et les nonnes avant d'aller se coucher, et adaptées dans le livre de prières très particulier de son collège théologique pour encourager les ordinands à aller dormir. Dans la réalité, pour la plupart de ses camarades, c'était une simple interruption des beuveries organisées dans leurs chambres, qui pouvaient durer jusqu'aux premières heures du jour. Daniel avait résisté à ces tentations dans l'ensemble, et les complies étaient devenues une habitude qu'il lui était maintenant impossible d'abandonner. Il fallait dire qu'il adorait le seuil de la nuit, quand il se sentait le plus proche de ses paroissiens et de ceux qui avaient particulièrement besoin de ses prières, non seulement les vivants mais aussi les défunts. Il alla vers l'autel sans prendre la peine d'allumer la lumière, car il connaissait la bâtisse suffisamment pour ne pas en avoir besoin.

Theo le suivit d'un pas hésitant.

—On pourrait allumer la lumière ?

—Les prières sont dites dans l'obscurité.

—Oh. Où est-ce que je me mets ?

—Si tu t'asseyais juste ici, dans le chœur ? Tâche de ne pas faire de bruit.

Daniel alluma les deux bougies posées sur l'autel.

—Tu vois ? fit son frère. Tu allumes des bougies et tu es dans l'église.

Mais Daniel ne répondit pas. Il alla s'asseoir dans sa stalle, organisée avec soin. Sur l'étagère à livres se trouvaient le Livre de la prière commune, la Bible, l'*Alternative Service Book*, son livre des hymnes, et *The Hours of Prayer, from Lauds to Compline* de Mowbray, un exemplaire déjà ancien lorsqu'il lui avait été donné par la veuve d'un vicaire qui l'avait préparé pour la confirmation, quand il était entré au collège théologique. Les livres étaient ornés de rubans, non pas décoratifs mais utiles pour marquer ses pages. Chaque ruban était terminé par une sorte de larme résineuse, une goutte de vernis à ongles transparent appliqué sur les extrémités afin d'éviter qu'ils s'effilochent. À gauche étaient posés son stylo automatique (et un de rechange), un rouleau de ruban adhésif (et un de rechange), des diapasons pour lancer les versets des prières du matin et des prières du soir, ainsi qu'un bloc de Post-it, qui était peut-être l'innovation technique la plus brillante de l'époque.

Il ouvrit son Mowbray, mais il n'avait besoin d'aucun texte, car l'ordre était toujours le même, et il le connaissait par cœur. En prélude, comme il le faisait invariablement, il dit en silence la prière de Jésus : « Seigneur Jésus-Christ, fils de Dieu, aie pitié de moi, pêcheur. » Chaque demande était lente, mesurée, adapté à sa respiration, et tandis que son esprit et son corps s'immobilisaient, la controverse des toilettes, l'hostilité de Stella Harper, le tee-shirt d'Alex de Floures, tout commença à s'évaporer de ses pensées. Et dans cet espace vacant, le silence se déploya et, à travers l'électricité statique et le chuintement de l'air, un silence plus profond vint, semblable à celui des profondeurs de la mer.

Puis ce silence fut brisé par le bruit des chiens qui gloussaient de plaisir pendant que Theo, déjà lassé, leur chatouillait le ventre.

5

L'église St. Mary de Champton, comme la plupart des églises paroissiales de son époque et de sa dignité, avait toujours servi une double cause : celle des cieux et celle du monde terrestre. Autrefois, des *Ales* étaient organisées dans la nef, des soirées bière pour fêter la restauration de la monarchie Stuart, la nuit de Guy Fawkes, et même pour célébrer la délivrance de la folie de Sa Majesté le roi George III, pour qui le lord de Floures de l'époque avait érigé un obélisque, qui se trouvait encore aujourd'hui à un carrefour du village, au grand étonnement des voyageurs. Les *Ales* étaient devenues si turbulentes que le pasteur et l'écuyer étaient intervenus, et à l'époque de la reine Victoria, la respectabilité avait repris le dessus.

Les besoins du monde, cependant, continuaient d'être servis à travers les délibérations du conseil paroissial de l'église, un corps politique dont on pourrait penser que les travaux étaient aussi importants que ceux de la diète de Worms. À Champton, la réunion du conseil la plus éprouvante de l'année était peut-être la réunion générale annuelle du comité des fleurs, dont Stella avait décrété qu'elle se tiendrait un lundi soir, sachant que le lundi étant normalement le jour de congé de Daniel. (« C'est pour ça qu'elle l'a choisi, évidemment », avait commenté Audrey.)

Les dames du comité, convoquées par Mme Dollinger et Mme Harper, marchaient le long de Church Lane, dont les flancs escarpés étaient à présent parsemés de primevères. Daniel trouvait Champton particulièrement beau quand les perce-neige et les jonquilles, annonciateurs de printemps, tenaient leurs promesses et que le vert pétillant des nouvelles pousses prenait toute sa force. Presque tous les matins, il promenait les chiens le long de Church Lane pour se rendre chez le marchand de journaux, afin d'y obtenir les dernières nouvelles – imprimées dans le *Times*, ou confiées par-dessus le comptoir – ou du moins, les nouvelles que les gens voulaient bien lui donner. Il avait cru, quand il n'était encore que vicaire, qu'il saurait tout ce qui se passait dans ses futures paroisses, mais l'expérience lui avait montré qu'il était souvent le dernier au courant. Et quand il découvrait enfin qui faisait quoi et avec qui, il était en général trop tard pour faire quoi que ce soit hormis contrôler les dégâts. Raison de plus pour être vigilant et guetter les signes de détresse : sa perspicacité, déjà vive de toute manière, s'était aiguisée grâce à cela.

La limitation des dégâts n'était pas sa préoccupation ce soir. Le fond de l'église était plein. Anne Dollinger et ses camarades avaient installé une table sur des tréteaux dans la nef ; Anne et Stella Harper étaient assises d'un côté, avec Daniel (*ex officio*) et, en tant que marguillier et représentant de Bernard, Anthony Bowness. Face à eux se trouvaient Audrey et Theo. Stella avait haussé un sourcil devant ce renforcement irrégulier de l'opposition, mais la présence de Theo avait suscité beaucoup d'intérêt, une distraction qui pourrait tourner à l'avantage de Stella, aussi avait-elle laissé passer cette entorse aux règles, en souriant gracieusement à la mère et au fils. Pour Daniel, leur présence lui donnait le sentiment d'être doublement scruté, de si près qu'il se demanda s'il avait bien fait de les autoriser à venir.

La première partie de la réunion était la plus facile. Cela commença par la réélection des membres, à laquelle personne n'allait s'opposer, néanmoins Audrey fut un peu plus lente que les autres à lever la main pour exprimer son approbation. Les comptes furent présentés par Mme Dollinger, la trésorière, et furent jugés en ordre, puis elle proposa un vote de confiance pour la présidente, Mme Harper, pour tous les efforts qu'elle avait fournis afin que la paroisse de St. Mary de Champton « continue de louer Dieu non seulement en chansons et en prières mais en montrant la beauté de la création de Dieu », une motion dont Daniel trouva le caractère fleuri tout à fait approprié.

Stella Harper se leva.

—Le thème de cette année, comme vous le savez, est « L'Ultime Frontière », autrement dit, l'Espace, que nous avons choisi car l'ère spatiale permettra des créations vraiment splendides.

Daniel pensa à la navette *Challenger* qui avait explosé en vol.

—C'est aussi le dimanche de la Pentecôte, dit-elle, et comme vous le savez, pour la Pentecôte nous célébrons l'Esprit Saint, qui est apparu sous forme de langues de feu, ou, si vous préférez, sous la forme d'une colombe – elle fit un signe de tête à Daniel comme pour reconnaître son autorité théologique – et nous aurons fêté un peu plus tôt l'Ascension, qui, comme vous pouvez le voir depuis notre grand vitrail à l'est – elle le montra d'un geste – a vu Jésus s'élever au-dessus de ses disciples pour monter au ciel, donc je pense que notre thème est très approprié. Et merci, Mesdames... et Monsieur – Stella fit un signe de tête à Anthony, le seul homme du village à s'être porté volontaire pour décorer une fenêtre, et de petits rires polis s'élevèrent dans les bancs – pour toutes vos idées et pour la bonne volonté avec laquelle vous avez suivi les suggestions du comité. Comme vous le savez, notre objectif premier est que le Festival des fleurs de cette année soit le plus beau possible.

Des regards furent échangés entre certaines dames présentes qui, aux yeux du comité, avaient présenté les années précédentes des créations un peu trop audacieuses.

—Je suis ravie que le festival avance si bien, et j'aimerais vous rappeler que toutes les fenêtres doivent être terminées pour mercredi, le 18, car le journaliste de l'*Evening Telegraph* vient vendredi, donc l'inspection finale aura lieu jeudi.

L'inspection était connue pour être le Bûcher des Vanités, et bien des fleurs mal disposées et des mèches de lierre désordonnées avaient été arrachées d'ensembles que leurs créateurs avaient cru finis.

—Y a-t-il d'autres questions ?

Cela signifiait en temps normal que la fin de la réunion était proche. Ne restait plus qu'à fixer la date de la prochaine réunion, ensuite les gens prendraient leurs chapeaux et leurs sacs à main avant de se diriger vers la sortie. Mais Anne Dollinger prit la parole.

—Oui, madame la Présidente, il y a une question.

Tous reposèrent leurs affaires, sauf Dora Sharman, qui émit un bruit de désapprobation sonore. Elle se rassit, sans retirer son manteau et son chapeau, et regarda sa montre de manière appuyée.

—Étant donné le succès grandissant du Festival des fleurs, d'année en année, nous proposons de créer un projet afin d'agrandir la salle des fleurs et d'améliorer ses équipements.

Daniel fronça les sourcils. Ce sujet n'avait pas été discuté en amont.

Stella se leva.

—Oui, Mesdames. Mme Dollinger, le comité et moi craignons depuis quelque temps de ne pas pouvoir maintenir, avec les installations actuelles, le niveau élevé que nos nombreux visiteurs et vous attendez légitimement de St. Mary. Nous disposons d'une provision d'eau limitée, d'un espace très réduit, espace que nous sommes obligées de partager – un regard vers Audrey –, ce qui peut nous compliquer considérablement la tâche, surtout quand nous avons le Festival des fleurs à préparer et à réaliser. Comme vous le savez, et comme le recteur nous l'a récemment rappelé – un regard vers Daniel –, nous devons toujours être ouverts au changement, accueillir les nouveautés, et dans ce but, je peux vous annoncer que nous avons reçu un don très généreux. Le comité pense – Daniel et Anthony, qui faisaient partie du comité mais n'étaient pas au courant de ce don échangèrent un regard – que cela nous fournit l'occasion de lancer un appel afin de récolter des fonds supplémentaires, pour faire de notre vision une réalité. Par conséquent, nous aimerions bénéficier de votre soutien formel pour approcher le conseil paroissial de l'église et obtenir sa bénédiction.

—Toutes les personnes pour ? intervint Mme Dollinger.

Presque tout le monde leva la main par réflexe, à part Daniel, Ned, Anthony et Audrey. Mais il est plus facile de compter une main levée qu'une main non levée, et même celle d'Audrey, serrée dans son giron de manière si furieuse que l'ambiance autour d'elle était électrique, passa inaperçue.

—Adopté !

—Attendez ! protesta Ned.

—Monsieur Thwaite ? tonna Stella Harper. Qu'y a-t-il, cette fois ?

—Comment cela va-t-il affecter les autres projets destinés à améliorer les installations à l'église, et qui ont récemment fait l'objet de discussions au conseil paroissial ?

—Je suis sûre que le comité des fleurs et le conseil paroissial sont du même avis, en ce qui concerne l'amélioration des installations.

—Je parlais précisément d'installer des toilettes.

Stella marqua un temps et fusilla Ned du regard.

—Ça ne fait pas partie de notre projet. Selon nous, il n'y avait pas beaucoup de soutien pour cette proposition, et il y a bien entendu des sanitaires disponibles à proximité.

Elle regarda Audrey.

—Au presbytère, par exemple ? ajouta-t-elle.

—Oui, je peux le voir, dit Ned, et je peux également voir qu'elles ont été très fréquentées au cours de cette réunion.

À cet instant, Margaret Porteous sortit de la sacristie, après l'une de ses visites nombreuses et urgentes au presbytère, précisément, et fut horrifiée de voir que tous les regards étaient braqués sur elle.

—Donc, je m'interroge, poursuivit Ned. Si vous comptez fournir du thé et du café aux visiteurs à l'église si généreusement, cela ne va-t-il pas renforcer le besoin d'installer un cabinet de toilettes ? Ou même deux ?

Audrey sourit. Stella Harper n'était pas la seule personne capable de mobiliser l'opinion à Champton.

—Autre chose : votre projet ne nécessitera-t-il pas le retrait de quelques bancs ?

—Pas du tout, répondit Stella, notre objectif explicite a toujours été de préserver les bancs, qui sont parmi les plus beaux exemplaires du XVe siècle dans tout le comté.

—Ou simplement de vieux bancs victoriens. Nous n'en savons rien.

—Ils n'ont pas l'air très victoriens pour moi, monsieur Thwaite, ni pour M. Bowness, qui, comme vous le savez, est un expert reconnu sur ces questions.

Anthony se leva.

—Pas tout à fait, Stella. Je pense qu'ils sont peut-être victoriens, ou certains, du moins, mais nous devons les faire expertiser. S'ils peuvent être déplacés, nous aurions de la place pour les deux projets ?

Audrey leva le bras. Comme Stella fit semblant de ne pas la voir, elle agita la main.

—Madame Clement ?

—Puisque nous ne savons pas, madame Harper, si les bancs sont historiques ou non, j'ai du mal à imaginer comment votre projet pourrait être réalisé, quand bien même il serait validé par le conseil paroissial, ce qui est loin d'être certain, évidemment.

—Eh bien, dans ce cas, que proposez-vous, Audrey ? riposta Stella, mais elle regretta aussitôt ses paroles.

—Pourquoi ne pas utiliser ces fonds pour installer des toilettes, comme nous avions l'intention de le faire depuis le début ?

—Pour cela, il faudrait aussi retirer des bancs.

—Pas nécessairement. Nous pourrions faire un meilleur usage de l'espace existant. Peut-être... ce n'est qu'une idée bien sûr... en réorganisant la salle des fleurs, qui prend tellement de place ?

—C'est ridicule. Les fonds que j'ai mentionnés sont très spécifiquement destinés à financer le travail du comité des fleurs et non l'élimination d'excréments humains.

Anne Dollinger se leva brusquement.

—Il est temps de mettre un terme à cette réunion. Je pense que nous en avons assez entendu pour le moment, et nous avons certainement beaucoup de choses à prendre en considération.

Elle se tourna vers Stella Harper.

—Pour commencer, nous devrions peut-être demander conseil concernant les bancs, car tant que nous ne serons pas fixés, nous ne pourrons rien faire.

Un murmure d'approbation s'éleva.

—Dans ce cas, nous prendrons des dispositions afin d'établir avec certitude l'ancienneté et l'importance des bancs, dit Stella. Merci, Mesdames et Messieurs. Date de la prochaine réunion ? Je suggère quinze jours avant le Festival des fleurs. Disons le lundi 9 mai à 19 heures ?

Des sacs furent ouverts, des agendas sortis, des stylos à bille décapuchonnés.

—Alors il ne reste plus au recteur qu'à conclure en prière.

Tout le monde resta assis un instant, dans l'attente du Tout-Puissant.

—Prions ensemble, dit Daniel.

—Que la grâce de notre Seigneur Jésus Christ, dirent-ils avec cette voix chantante que l'on prenait pour dire les prières apprises dans l'enfance, et l'amour de Dieu, et la communion de l'Esprit Saint soient avec nous, plus que jamais. Amen.

Mme Harper se leva d'un bond pour partir, mais Daniel la rattrapa avant qu'elle ait pu sortir.

—Stella, pourrais-je vous dire un mot ?

—Bien sûr, je serai à vous dans un instant, il faut que je voie quelqu'un d'abord.

Elle se précipita vers la porte, où Mme Dollinger distribuait une liste d'instructions du comité des fleurs, une série de dogmes si inflexibles que des veuves en deuil et des mariées en larmes avaient dû retirer des fleurs de leurs couronnes et de leurs bouquets alors que l'organiste avait déjà commencé à jouer.

Daniel se mit à plier les chaises pour les ranger. Anthony vint l'aider.

—Première nouvelle pour moi, et je pense pour vous aussi, Daniel ?

—Oui. C'est la première fois que j'entends quoi que ce soit à ce sujet, bien que cela explique des choses.

—Vraiment ?

—Oui, l'autre soir, ma mère a remarqué une lumière dans l'église, et elle a trouvé Stella et Anne ici en train « d'agir de manière suspecte ». Elles rangeaient, ont-elles dit, mais ça n'en avait pas l'air : Anne était entre les bancs, à quatre pattes, en train de chercher quelque chose, d'après ma mère.

—Que pensez-vous qu'elles fabriquaient ?

—Je pense que je suis sur le point de le découvrir.

Anne Dollinger et Stella Harper approchèrent. Anne portait un dossier.

—Je m'en vais, dit Anthony. Tenez-moi au courant, vous voulez bien ? Je serai chez moi toute la soirée.

Audrey avait remarqué l'approche des dames du comité des fleurs et sentait qu'une bataille se préparait. Mais Anthony les intercepta, Theo et elle, et les entraîna vers la sortie.

—Daniel, vous vouliez me voir ? demanda Mme Harper.

—Oui, je suis un peu surpris par l'annonce de ce soir.

—Surpris ? Pourquoi ?

—Vous avez dit que le comité avait discuté de ce sujet. Je ne me souviens pas en avoir jamais discuté.

—Oh. C'était le comité permanent. Ne l'ai-je pas précisé ?

—Le comité permanent, répéta Mme Dollinger.

—J'ignorais qu'il y en avait un.

—Si, si, bien sûr. Nous en avons un depuis des lustres, au cas où quelque chose se produirait qui nécessiterait notre attention immédiate ou qui ne serait pas assez important pour être soumis de manière formelle au comité. Il existait avant votre arrivée, je pense.

—Quel critère s'applique pour le projet de réorganisation de l'église ? Nécessitait-il une attention immédiate ou était-il d'une importance insuffisante ?

—Vous parlez comme si nous avions agi de manière inappropriée.

—Vous avez affirmé que le comité avait discuté de cette question alors que ce n'était pas le cas. Ce n'est pas vraiment la bonne façon de procéder.

—Mais que voulez-vous dire ? Loin de nous l'idée d'agir sans présenter le projet au conseil paroissial pour avoir son approbation.

Daniel connaissait suffisamment Stella Harper pour être sûr qu'elle battait le rappel dans les rangs.

—Le projet aurait dû être soumis à l'approbation du comité avant d'être présenté à l'assemblée générale annuelle.

—Eh bien, si vous le dites. Je suis sûre que nous prendrons cela en considération à l'avenir.

—Et pour cette raison, je déciderai, en tant que président du conseil paroissial, si le sujet figurera à l'ordre du jour ou pas. La question restera en suspens tant que je ne saurai pas de quoi il retourne exactement.

Stella Harper n'avait pas pensé à cela. Elle marqua un temps.

—Que voulez-vous savoir ? finit-elle par demander.

—Les détails du projet.

—Ce n'est pas encore un projet, Daniel. Ce ne sont que quelques idées, une ébauche. Je suis sûre que vous les trouverez parfaitement réalisables.

Elle adressa un signe de tête à Mme Dollinger, qui sortit une feuille de papier du dossier.

—Je peux ? demanda Stella, et elle déplia la feuille sur la table à tréteaux que Daniel était sur le point de démonter.

C'était un plan. Un plan détaillé, avec ce qui ressemblait à un dessin d'architecte, représentant une salle des fleurs très agrandie et une cuisine dont le plan de travail occupait l'essentiel de l'espace au fond de l'église.

—Quelle vision audacieuse, Stella, fit Daniel.

—Ce n'est qu'une esquisse. Mais l'idée est d'agrandir la salle des fleurs, comme vous pouvez le voir, et de créer de l'espace ici – elle appuya un doigt sur la zone de la cuisine – pour y mettre une cantine.

—Une cuisine ?

—Non, une cantine, un comptoir de service, si vous voulez. Il n'y aurait pas de gazinière, juste un évier et un placard pour ranger les tasses et les soucoupes, ainsi qu'un endroit pour maintenir les choses au chaud.

—Et un endroit pour le petit coin.

—Je ne crois pas qu'il y aurait de la place pour cela, Recteur.

—Mais ne pensez-vous pas que les gens auront davantage besoin d'aller aux toilettes s'ils boivent du thé et du café ?

—Je ne crois pas, non. Depuis quand avons-nous besoin d'aller aux toilettes toutes les cinq minutes ? J'étais à la mairie la semaine dernière…

Daniel se demanda ce qu'elle y faisait – s'était-elle rendue au bureau des urbanistes ?

—… et dans ce bâtiment victorien, il y a deux cabinets de toilette, un pour les dames et un pour les messieurs, de chaque côté de la salle principale. C'est tout. Cela suffisait amplement pour nos ancêtres. Mais dans le nouveau bâtiment, il y a des toilettes à chaque étage.

—Que sommes-nous devenus ? demanda Mme Dollinger, une question rhétorique.

Daniel commença à se demander comment les gens avaient fait à l'époque des *Ales*. Il savait ce que les hommes avaient fait, car le mur près de la porte ouest de l'église était encore utilisé comme toilettes improvisées quand le besoin se faisait sentir. Mais les femmes ?

—Donc, vous voyez, Recteur, reprit Mme Harper d'un ton très sérieux, je pense vraiment qu'il n'y a pas besoin d'une telle installation dans l'église, qui est après tout un endroit sacré…

—Et une boutique de fleuriste ? compléta Daniel.

—Recteur, naturellement, je m'incline devant votre expertise en matière de Saintes Écritures, mais je ne me souviens pas que notre Seigneur ait retourné les tables des fleuristes quand il a nettoyé le Temple, répliqua brillamment Mme Harper.

Daniel fut distrait un instant, se demandant comment les pèlerins du Temple à Jérusalem, faisant la queue par milliers pour sacrifier des bêtes, se débrouillaient quand ils avaient besoin de faire pipi.

—Et ce don, Stella. De qui provient-il ?

—Le donateur souhaite rester anonyme.

—Cette restriction ne s'applique pas à moi, qui suis recteur et responsable de l'église.

—Le donateur a beaucoup insisté.

—Et je dois insister à mon tour. Ce n'est pas par pure curiosité que je souhaite le savoir. Vous n'ignorez pas que l'église et la paroisse sont sous ma responsabilité, Stella, et que je dois rendre compte de toutes les sources de financement.

—Nous ne blanchissons pas de l'argent pour des braqueurs de banques, Recteur, repartit Mme Harper, qui devenait plus acide et plus énergique quand elle était acculée.

—Je ne m'attends pas à ce que ce soit le cas, mais ce n'est pas une question négociable. Nous ne pouvons pas accepter de fonds à moins que je sache d'où ils proviennent.

Une impasse. Anne Dollinger prit la parole.

—Je me demande si quelqu'un avait demandé l'autorisation quand les Floures ont financé la chapelle à côté de l'église ?

—C'était en 1465, Anne, quand les responsabilités fiduciaires de l'église n'étaient pas aussi nettement définies.

La chapelle de Floures était située à côté du transept nord, derrière une grille de fer, un musée Madame

Tussauds des ancêtres de Bernard, mais mémorisés en marbre plutôt qu'en cire, qui regardaient avec des yeux aveugles le monde changeant.

—Donc, vous voyez, je ne peux vraiment pas, dans les conditions que vous décrivez, permettre que cette question figure au programme du prochain conseil paroissial, et elle ne peut par conséquent pas être soumise à validation.

Stella avait appris à obtenir ce qu'elle voulait par l'indignation, une tactique qu'elle maîtrisait si bien qu'elle avait tendance à l'employer de manière excessive. On savait toujours quand elle y avait recours car de petites taches rouges apparaissaient sur ses joues.

—Nous organiserons une réunion publique ! s'exclama-t-elle. À la mairie du village.

—Faites donc, Stella. Il me tarde d'y assister.

6

Audrey et Theo attendaient Daniel dans la cuisine.

— À quoi joue Stella ? lança Audrey. Tu ne savais rien là-dessus, n'est-ce pas ?

—Non, en effet. Mais elles ont un plan. Plutôt avancé.

—Un plan pour quoi ?

—Pour agrandir la salle des fleurs et ajouter ce qu'elles appellent une cantine – Audrey ricana –, une sorte de petite cuisine au fond de l'église. L'idée me plaît bien. Mais un cabinet de toilette n'en serait que plus nécessaire, vous ne croyez pas ?

—Évidemment. Mais ce projet, c'est précisément pour t'empêcher d'installer des toilettes.

—Oui, je sais.

—Et bien sûr, ce n'est pas vraiment à propos de cela, c'est à propos… de toutes sortes de choses.

—Oui, je sais.

—C'est une stratégie, et il nous faut un plan. Peux-tu les contrecarrer ?

—Je crois. J'ai dit à Stella que je n'inscrirais pas cette question au programme du conseil paroissial, parce qu'elle n'a pas été présentée au comité afin d'être examinée. Et Stella refuse de révéler de qui provient ce mystérieux don.

—Je me suis posé la question aussi, dit Theo.

—Il vient d'elle, et ce ne sont sans doute que vingt maigres livres, avança Audrey.

—Je ne peux pas accepter cet argent si je ne sais pas d'où il provient.

—Alors, elle est à ta merci, non ? remarqua Theo.

—Mais je préférerais ne pas avoir à exercer mes pouvoirs. Pour le long terme, il vaut mieux arriver à un accord.

Audrey fit la moue. Elle trouvait la prédilection de son fils pour la réconciliation et les compromis immensément frustrante. Quand elle le lui faisait remarquer, il répondait qu'il était un prêtre et un pasteur, et non un roi ou un seigneur, et que cela ne l'intéressait aucunement d'imposer sa volonté aux gens. Cela ne suffisait pas à convaincre Audrey, qui lui avait demandé un jour si saint Paul avait fait des compromis avec ses disciples désobéissants à Corinthe, ou à Rome, ou… – elle ne se rappelait pas l'autre endroit dans lequel ils avaient été désobéissants mais c'était peut-être en Galatie, si c'était de là-bas que venaient les Galates. Et si saint Paul avait été prêt à taper du poing sur la table pour bâtir le Royaume, alors Daniel devrait se préparer à en faire autant.

—Tu ne gagneras jamais contre Stella Harper, Daniel, ni contre son acolyte. Elles doivent être mises au pas, tu ne le vois donc pas ?

—Elle a raison, Dan, ça ne sert à rien de jouer franc jeu avec des gens qui n'en font pas autant.

—Voilà un bon exemple pour toi, Theo. Nous devons jouer franc jeu quand les gens n'en font pas autant.

—Tendre l'autre joue, et tout ça ? Je dois dire que j'ai toujours trouvé ça assez idiot.

—Il y a pire que d'avoir l'air idiot.

Audrey émit un son incrédule.

Ils mangèrent dans la cuisine, un ragoût du Lancashire, préparé comme il se doit avec des rognons et du collier d'agneau. Audrey était distraite, tramant sans doute, supposa Daniel, la chute du comité des fleurs.

—Stella t'a pris de court, hein ? lança Theo. Ça arrive souvent ?

—Non, pas vraiment, je ne me souviens pas que ce soit arrivé avant.

—Tout a l'air conforme à la procédure, tout a l'air très convenable, mais c'est une attaque, comme tout le reste.

—Je suppose, concéda Daniel.

—Les chrétiens ne sont-ils pas censés être comme le Christ ? Doux et dociles ?

—Les gens se disputent. C'est ça, être humain. Si on ne se querellait pas, on ferait semblant.

—À quoi sers-tu, alors ?

—J'aide les gens à trouver un moyen de composer avec cela.

—J'aimerais que tu aies le pouvoir de tuer, glissa Audrey, ça réglerait la situation.

Daniel ne put s'empêcher de remarquer que le goût de sa mère pour la bagarre était plus vif avec les personnes qui lui ressemblaient le plus, et que depuis quelques années, personne n'était plus semblable à elle que Stella Harper. À peu près du même âge, de milieux comparables, toutes deux seules, et toutes deux des femmes qui, pour Daniel, auraient eu une vie bien plus facile et épanouissante si elles avaient échangé leur rôle avec celui de leurs maris respectifs. L'époux de Stella, un secrétaire de mairie studieux et réservé, s'était retranché dans l'organisation méticuleuse de leurs affaires, ce qui, entre autres, lui avait permis d'échapper à l'ambition dévorante de sa femme. Au bout du compte, Stella ayant découvert que la distance de son mari lui convenait parfaitement, elle l'avait officialisée par un divorce. Le père de Daniel, d'un tempérament similaire, avait dû travailler dans l'entreprise familiale, suivant les pas de son père, de son grand-père et de son arrière-grand-père, des hommes doués pour les affaires et le commerce, énergiques et combatifs, des qualités qui n'avaient pas émergé dans sa propre personnalité. Audrey, en revanche, avait toutes ces qualités, et Daniel se demandait si son père n'avait pas épousé, non pas sa propre mère (comme les hommes sont censés le faire), mais son propre père, ce qui était plus compliqué. S'il était resté au foyer pour élever les enfants et tenir la maison et qu'Audrey était allée travailler, son père aurait été plus heureux et sa mère aurait sans doute fini par diriger les Imperial Chemical Industries ou les Nations unies. Il s'avérait que son goût et son aptitude pour le pouvoir étaient plus grands que les opportunités que la vie lui avait offertes pour l'exercer.

Daniel remarquait cela de manière encore plus frappante quand Audrey parlait de la guerre. Elle avait quitté son pensionnat écossais à la fin des années 1930, et sa féminité était arrivée avec les hostilités. Elle s'était immédiatement engagée dans le Women's Voluntary Service, faisant du thé et des sandwiches pour les militaires revenus du front, conduisant des ambulances et des voitures d'état-major, et préparant l'invasion de la Grande-Bretagne – ce qu'elle avait tellement apprécié qu'elle avait été presque déçue quand la Wehrmacht n'avait finalement pas débarqué sur les plages et dans les rues d'Angleterre. Après la guerre, son énergie et son ambition s'étaient reportées sur ses fils ; d'abord sur lui, puis sur Theo.

—Un mètre ! s'exclama Audrey. Elle prenait des mesures, voilà ce qu'elle fabriquait !

—De quoi parles-tu ?

—Anne Dollinger. Je les ai surprises, Stella et elle, dans l'église la semaine dernière, je te l'ai dit. Tu étais au synode du doyenné et j'ai vu de la lumière, et lorsque je suis allée enquêter, je les ai trouvées à quatre pattes. Quand je leur ai demandé – poliment – ce qu'elles faisaient, il y a eu un bruit, comme celui d'un piège à souris qui se referme, mais je te parie que c'était un mètre à mesurer, un de ceux en métal que les ouvriers du bâtiment utilisent. Elles prenaient des mesures, elles préparaient leur plan. Je me rappelle maintenant que le mètre a fait ce drôle de bruit quand il s'est rétracté.

Daniel poussa un petit soupir de frustration, non pas contre sa mère, mais contre les dames du comité des fleurs.

—Je vais promener les chiens, annonça-t-il, mais sa mère n'écoutait pas vraiment.

—Je t'accompagne, dit Theo.

Daniel prit leurs laisses sur le crochet près de la porte de la cuisine, non pas pour les attacher mais pour les tirer de leur somnolence à côté de la cuisinière ; ce n'était pas leur heure habituelle pour la promenade, mais le bruit de leurs laisses suffirait à les rendre instantanément alertes.

Il les fit sortir par la porte arrière. Theo et lui les suivirent sur le chemin qui menait au porche du cimetière, puis passèrent devant la maison du sacristain, qui ressemblait à une maison en pain d'épices, avec son toit de chaume impeccable et son charmant jardin, entretenu par Bob Achurch avec le soin régulier qu'il apportait à tout ce qu'il faisait. Les cerisiers fleurissaient chaque année, puis les soucis, et en été, les rosiers, dont les fleurs fanées étaient minutieusement coupées afin qu'ils durent jusqu'à l'automne, ensuite les roses trémières, suivis des dahlias, et enfin les pommes. Rien d'inhabituel, rien qui ne soit pas à sa place. Bob était dans son jardin, en train de retourner la terre avec une fourche.

—B'soir, Recteur. Monsieur Clement.

Les chiens aboyèrent mais le reconnurent quand il avança vers le mur, et reprirent aussitôt leur exploration au bord de Church Lane.

—Bonsoir Bob. Tout va bien ?

—Oui, très bien. Vous avez une nouvelle voiture ?

—C'est celle de Theo.

—Une Golf GTI. La célébrité a ses avantages, alors ?

—Ce n'est pas vraiment la célébrité.

—Pas encore, glissa Daniel. Mais vous l'avez vu dans *Tenko* ?

Dès qu'il prononça les mots, il les regretta.

—Non. Ce n'est pas vraiment mon style.

—Non, bien sûr.

Bob était un homme calme, taciturne, même, et il n'envisagerait pas plus de discuter de sa vie intérieure que de marcher nu le long de Market Street à Braunstonbury. Mais il avait une vie intérieure, comme tout un chacun, et la sienne était troublée par la guerre, comme Theo l'avait découvert quand il avait questionné Bob avec un grand manque de tact.

Bob, qui n'avait pas oublié, se remit à retourner la terre. Son tatouage bleu de membre de commando sur son avant-bras était flou à présent.

—Je ferais mieux d'avancer.

—Content de vous avoir revu, dit Theo, et mes hommages à... madame. Je n'ai jamais oublié ses scones !

—Je lui dirai, ça lui fera plaisir.

Daniel imagina Mme Achurch enfoncer les scones dans la gorge de Theo pour le faire taire.

Le jour déclinait petit à petit, de manière presque visible, et les primevères se détachaient avec plus de relief contre les lits d'herbe sombre. Daniel et Theo allèrent jusqu'au bout du chemin, les chiens suivant leurs circuits sinueux. D'ici, on pouvait voir l'église. Daniel montra à son frère où vivaient les Staveley, dans l'ancienne école, une fantaisie gothique bâtie par un Floures ayant pour ambition d'améliorer le sort de ses locataires, mais qui s'était très vite révélée totalement inadaptée pour son objectif. Après la construction de la nouvelle école, l'ancienne avait été vendue et utilisée comme salle paroissiale. Là-bas, le jeune Norman Staveley avait découvert les rudiments du catéchisme, appris à faire des nœuds et à chanter *The British Grenadiers*. Quarante ans plus tard, quand la bâtisse avait été mise en vente, il l'avait achetée et rénovée, et il aurait porté Dot pour franchir le seuil s'ils avaient eu vingt ans de moins. Un morceau du domaine Champton était maintenant à lui, et par les belles soirées, il s'asseyait sur le banc de son jardin en étendant les jambes, avec une bière et un panatela pour profiter de la vue et de son profond contentement.

Il n'était pas sur son banc ce soir, remarqua Daniel quand ils traversèrent le petit pont au-dessus du ruisseau qui longeait Main Street. Ils s'arrêtèrent un instant.

—Tu as peut-être vu ce pont en photo ? demanda Daniel.

—Oui, je crois. Chez Bob. C'était le jour de la Victoire ?

—Peut-être. Mais Bob n'était pas là le jour de la victoire.

—C'était peut-être sa femme… comment s'appelle-t-elle, déjà ?

—Cynthia.

—Cynthia. Une pâtissière exceptionnelle, au fait. Je crois que le Français était sur la photo aussi. Reconnaissable en un regard. Un air de bohémien. Un costume en velours côtelé.

Chaque génération depuis la reine Victoria avait été photographiée sur le pont, la vue la plus pittoresque du village : des invités de mariage portant des cols détachables et des chapeaux hauts comme des meules, des garçons en treillis militaire s'en allant pour la Somme, des Teddy Boys et des Teddy Girls en minishorts, et même un punk, Alex de Floures, vêtu de la tunique militaire d'un ancêtre et d'un pantalon barré de multiples fermetures Éclair.

Daniel aimait faire des rondes de temps en temps, parfois pendant la journée pour voir des gens, et avoir le genre de conversations que l'on a lorsque l'on passe dans la rue ; et parfois, simplement pour patrouiller, comme un veilleur de nuit. Ils prirent la direction du nord, vers la route qui descendait jusqu'au portail du domaine. Des lumières s'allumèrent derrière les fenêtres des cottages, et tout en marchant, Daniel indiqua à Theo qui vivait où. Ici, le cottage des sœurs Sharman, anciennes employées du domaine, filles d'un garde-chasse en chef. Leur Jack Russell, Scamper, le chien le plus antisocial que Daniel ait jamais rencontré, était posté derrière la fenêtre qui donnait sur la rue, pattes avant sur le rebord. Il grogna contre Cosmo et Hilda, qui grognèrent à leur tour.

—Tu devrais aller voir les sœurs Sharman, suggéra Daniel. Ce sont des téléspectatrices avides d'*Appletree End.* Ou l'une d'entre elles, je ne me souviens pas laquelle. Kath, je crois.

—Pourquoi elles ?

—Elles ont vécu ici toute leur vie. Elles ont connu tous les pasteurs qui m'ont précédé. Et je suis sûr que tu pourras les persuader de te faire un compte rendu complet de leur vie – pas seulement la version officielle.

À côté des Sharman vivait le misanthrope Gilbert Drage, dans un minuscule cottage au bout de la rangée réservée aux retraités du domaine, « la Rangée de la Mort », comme l'appelait Audrey, et de l'autre côté, Mme Dollinger, dans un cottage qui avait été vendu, et dont on devinait le statut privé à ses ornements, que le domaine ne fournissait pas pour les cottages encore à sa charge. Une maison plus grande, en retrait de la rue, autrefois occupée par le facteur, était maintenant le logement d'Anthony Bowness, employé par le domaine mais aussi membre de la famille ; la maison avait été rénovée en conséquence pour refléter le statut de son nouvel occupant, mais pas tout à fait au niveau qu'Anthony aurait souhaité.

— Tu devrais aussi rendre visite à Anthony, si tu as le temps. Il peut te parler de l'église, ainsi que du domaine et de son fonctionnement. Il est rusé. Et il remarque tout.

— Je peux venir avec toi pendant une visite ? Une affaire officielle ?

— Ça dépend laquelle.

— J'ai juste besoin de t'observer. Pendant que tu fais ce que tu fais.

— Tu m'as vu faire ce que je fais.

— Je ne t'ai pas observé, cela dit. Vois-moi comme un vicaire.

Daniel n'arriva pas à entretenir cette pensée très longtemps.

—Viens le week-end prochain. Il y aura les portes ouvertes. Le plus grand événement du domaine. La maison et le parc seront ouverts au public, tout le monde y sera.

—Oh, ce serait parfait.

Ils arrivèrent devant la maison de Ned et Jane Thwaite, ancienne écurie rénovée, avec de petites fenêtres percées dans un mur de pierre, et une cour avec une extension à l'arrière, où était installé le bureau dans lequel Ned travaillait sur l'histoire locale, sa vraie passion. Et de l'autre côté du ruisseau, tout au bout de la rue, légèrement à part, s'élevait « la nouvelle maison », la demeure de Stella Harper, bâtie à la fin des années 1970 par le mari de Stella pour leur retraite, mari devenu ex-mari depuis. Au bout de cette rangée de cottages en pierre et toits de chaume du XVIIe siècle, la maison semblait décalée, avec son toit en tuile pentu, ses lucarnes et ses baies vitrées au rez-de-chaussée à travers lesquelles, derrière les rideaux, on pouvait distinguer la lumière bleue d'un téléviseur.

—C'est ici que vit Stella, dit Daniel.

—La forteresse de la reine des Fleurs.

À présent, la nuit l'emportait sur le jour, et près du ruisseau, Daniel ne pouvait distinguer ses chiens que par leurs mouvements. Il les siffla, et ils firent demi-tour pour retourner au presbytère, la rue étant éclairée par des bandes de lumières provenant des fenêtres derrière lesquelles les paroissiens, avec leur caractère, leurs vertus et leurs vices, se reposaient.

Une silhouette passa devant l'une des vitres éclairées, les chiens aboyèrent, et la silhouette d'Anthony Bowness émergea dans l'obscurité.

—J'ai vu les chiens. Je ne vous dérange pas, j'espère ?

—Non, pas du tout.

—En fait, j'espérais vous voir, Daniel. Avez-vous une minute ?

—Oui, bien sûr.

Il confia les laisses à Theo.

—Tu veux bien ?

Theo hésita.

—Est-ce que je dois… m'éclipser ?

—Je te verrai à la maison. Il faudra que tu les attaches.

Ce que Theo fit. Les chiens tirèrent sur leurs laisses et gémirent pendant que Daniel suivait Anthony.

Anthony n'aimait pas vraiment les chiens. Daniel avait remarqué que, même quand la conversation était passionnante ou le sujet urgent, ses yeux dérivaient pour suivre Cosmo ou Hilda s'ils approchaient trop près d'un coussin ou d'un tabouret. Un jour, alors que Daniel était passé et qu'Anthony l'avait invité à entrer, les chiens s'étaient immédiatement attaqués au bord de son tapis ancien, puis à l'ourlet d'un rideau emprunté au manoir et enfin au pied torsadé de sa console George III, pendant qu'Anthony s'agitait dans son fauteuil.

Il n'était pas agité en cet instant, en partie parce qu'il avait déjà bu deux verres de sa ration du soir, qui servait à calmer la plupart de ses angoisses. Il était en train d'en préparer un troisième, ainsi qu'un whisky-soda pour

Daniel. Anthony avait opté pour un gin avec de la glace, tous deux fournis si généreusement qu'il alla en chercher encore. Le réfrigérateur n'était sans doute pas en surchauffe, pensa Daniel, car il faisait aussi frais à l'intérieur qu'à l'extérieur. C'était même étonnant qu'Anthony ne tremble pas de froid dans son vieux gilet.

Ils évoquèrent le plan rebelle de Stella Harper et conclurent qu'elle serait bloquée sur le plan procédural, du moins temporairement, au conseil paroissial. Cette question réglée, Anthony se cala dans son fauteuil, poussa un soupir et étendit les jambes de sorte qu'elles dépassèrent l'ourlet de son pantalon en velours et que deux bandes de peau rosée apparurent. Peut-être le remarqua-t-il car il les replia soudain et se pencha légèrement en avant, comme s'il était sur le point de confier un secret.

—Daniel, comment va Bernard, selon vous ?

—Bien, je pense. Pourquoi cette question ?

Anthony fit tourner le gin et les glaçons dans son verre d'un geste maladroit.

—Je me suis toujours senti très protecteur envers Bernard. Lui et moi étions comme des frères quand nous étions enfants.

Daniel se demanda si Bernard avait jamais éprouvé le besoin d'être protégé par Anthony.

—Mon père, qui avait épousé la tante de Bernard, a été tué pendant la bataille d'Anzio. Je me souviens à peine de lui, je n'étais qu'un enfant et il était soldat. Militaire de carrière, je veux dire, alors il était toujours absent. Maman n'aimait pas être veuve alors elle s'est remariée, assez vite, avec un autre militaire. La vie de père de famille, ça n'était pas pour lui. Il s'attendait à ce que ma mère adapte son existence à la sienne plutôt qu'à la mienne, ce qui a été d'autant plus facile quand ils m'ont envoyé en pension à huit ans.

—J'étais en pension, moi aussi. Huit ans, cela paraît très jeune maintenant, n'est-ce pas ?

—Oh, j'ai adoré l'internat, étant donné que je me sentais si malheureux chez moi.

Il fit à nouveau tourner les glaçons en train de fondre dans son verre.

—Bernard pense que je rappelais mon père à ma mère, que c'était trop dur pour elle et qu'elle a fini par éprouver du ressentiment à mon égard. Alors l'école était une échappatoire. Une fois, pour les vacances d'hiver, alors que j'attendais que quelqu'un vienne me chercher, personne n'est venu. Finalement, l'épouse de mon maître d'internat a téléphoné à ma mère pour lui demander à quelle heure elle pensait arriver, mais elle avait complètement oublié, son mari et elle allaient au ski. Ma mère a proposé de la payer afin qu'elle s'occupe de moi, mais elle a refusé, et au bout du compte, quelqu'un de Champton est venu me chercher. Après cela, j'ai passé presque toutes mes vacances au manoir, et je m'y sentais… chez moi. Bernard et moi avions environ le même âge – il a deux ans de plus – et donc, nous sommes devenus, comme je l'ai dit, davantage des frères que des cousins.

—Et pourtant, vous êtes si différents.

—Je suppose. Bernard a toujours été destiné à cela – il dessina un cercle avec la main qui tenait son verre, et le gin menaça de se renverser –, il était littéralement fait pour ça… Moi, en revanche, je ne l'étais pas. Je n'étais fait pour rien. Et ma place dans le monde, déjà indistincte, est devenue encore plus floue à mesure que Bernard devenait davantage Bernard, avec sa destinée, ses hectares, alors je me suis réfugié dans la bibliothèque et j'ai découvert les livres. Ils m'ont sauvé, à vrai dire. Ensuite, je suis allé à Oxford, pour étudier l'histoire, et, contre toute attente, j'ai obtenu une mention très bien. Tout le monde a cru que j'allais devenir professeur d'université. Mais je savais que ce n'était pas pour moi.

—Pourquoi ?

—Trop évident. Trop confortable. Je ne voulais pas qu'on me retrouve mort sous un journal dans la salle des professeurs, sans que personne ait remarqué mon absence pendant des mois. Vous voyez ce que je veux dire ?

—Oui, je crois, répondit Daniel.

—Alors, je suis devenu écrivaillon. J'ai commencé par rédiger des critiques de livres pour des revues spécialisées. Et ça me convenait. Ensuite, j'ai écrit pour la revue littéraire du *Times* et pour le magazine *The Listener*, de la BBC, au grand désarroi de mes pairs académiques qui enrageaient devant mon succès mondain, même s'il était modeste.

—Était ?

—Oui… Je n'ai jamais été du genre m'accrocher aux choses.

Sa voix s'évanouit, et il fixa du regard le fond de son verre.

Daniel avait été cellérier dans son université théologique, un poste très désagréable qui l'obligeait non seulement à veiller à ce que le placard des boissons soit plein mais aussi à tout ranger après chaque fête dans la salle commune. Il en avait retiré une vision assez réduite du bénéfice moral de vivre sa vie pleinement, mais avait aussi accumulé une foule de renseignements utiles. Il savait qui buvait quoi, et avait acquis un œil aussi exercé que celui d'un gérant de pub pour déceler les signes de l'alcool sur le corps et l'esprit. Non pas qu'il en ait réellement besoin avec Anthony, dont les visites au Royal Oak étaient régulières et très commentées.

—J'ai fini par écrire des articles pour le magazine interne d'une compagnie aérienne peu fiable qui a fait faillite. Et moi aussi, j'ai fait faillite. Vous savez pourquoi je suis ici, n'est-ce pas ?

—Vous êtes l'archiviste, Anthony, et vous en êtes un excellent.

—Mais vous êtes au courant de mes propres archives ? Conservées dans un caisson de rangement à l'hôpital St. Luke, où je suis devenu sobre. Temporairement.

Il se leva et alla se servir un autre verre.

—J'ai dû suivre ce qu'on appelle une thérapie de groupe. Il y avait une femme qui adorait les fuchsias plus que tout, et le fils d'un magnat de Hong Kong avec une addiction à l'héroïne. Ainsi que l'épouse d'un homme politique assez connu. Nous devions faire du trampoline.

—Ah ? Vous étiez doué ?

—Pas vraiment. Un jour, le père de Bernard est venu pour une sorte de visite officielle, il était président du conseil des gouverneurs, et je crois que la seule fois où je l'ai vu troublé, c'est quand il m'a vu rebondir de manière erratique sur le trampoline, dans la salle de sport.

—Trouvez-vous que les choses sont difficiles en ce moment ?

—Je les trouve toujours difficiles, Daniel. Pas vous ?

7

Les journées portes ouvertes avaient lieu le week-end le plus proche de la Saint-Georges – le 23 avril, jour de l'anniversaire de Shakespeare – qui tombait justement un samedi cette année. Dans la bibliothèque, une édition rare des pièces de Shakespeare était exposée dans une vitrine de verre (« rare », remarqua Anthony, « dans le sens où il n'y a qu'une copie ici »). En ce jour de fête nationale, Bernard n'était guère d'humeur patriotique. Il avait accepté le désagrément invasif et désagréable des journées portes ouvertes avec une grande réticence car, selon ses mots, « si je dis oui, ce foutu gouvernement me laissera peut-être tranquille pour que je puisse profiter de ma foutue maison en paix ». En échange d'un allègement d'impôts, le public avait l'autorisation de flâner dans les grandes pièces et les jardins de Champton pendant les jours fériés, et lorsque les jardins étaient au sommet de leur beauté au cœur de l'été (et que Bernard était dans sa résidence secondaire en France). Les visiteurs étaient guidés, supervisés, et dans certains cas, surveillés suspicieusement par les habitants du village, en particulier les plus fouineurs d'entre eux. Margaret Porteous était la coordinatrice des volontaires, et elle accomplissait ses devoirs avec zèle, un bloc-notes à la main, sachant déjà comment répartir les tâches au mieux.

À 9 heures, les volontaires se rassemblèrent dans le grand hall pour la transmission des instructions.

—Les Staniland, à vos bouilloires !

La famille Staniland était de service dans l'orangerie, où le thé serait servi.

—Et souvenez-vous, dix parts par cake, s'il vous plaît ! rappela Margaret. Kath, Dora, vous voulez bien vous charger des anciennes cuisines ? Ce serait merveilleux que des gens qui y ont travaillé expliquent comment c'était à l'époque.

—Ce n'est plus comme c'était, vous savez, répliqua Kath. Tout était sens dessus dessous après la guerre.

—Je sais, je sais, répondit Mme Porteous, mais donnez-leur juste un aperçu. La vie à l'étage, la vie au sous-sol, vous voyez ?

Puis elle s'adressa à Mme Harper et à Mme Dollinger :

—Stella et Anne, le salon et la salle à manger d'apparat. Je vous enverrai du renfort pour surveiller les objets.

Une année, quelqu'un avait volé une miniature d'une beauté de Floures du XVIIIe siècle, accrochée dans un coin. Elle avait été repérée plus tard dans l'émission télévisée *Antiques Roadshow*, dans laquelle elle avait été terriblement sous-évaluée.

—Ned, vous voulez bien vous occuper de la bibliothèque ? Et, encore une fois, on ne touche pas aux livres. Ça ne les intéressera pas, de toute façon. J'ai besoin de volontaires pour les chambres des servantes. Kath, Dora, peut-être que vous pourriez vous partager la tâche ?

—Exactement comme autrefois, marmonna Kath. Du sous-sol au grenier. Des marches, des marches, et encore des marches. Mais nous ne sommes plus toutes jeunes maintenant.

—Je suis sûre que vous vous en sortirez, ma chère. Dot Staveley, dans la chambre d'apparat et le dressing, s'il vous plaît ? Et je serai dans la galerie des tableaux, comme d'habitude, en cas de besoin.

—Margaret, la famille sera-t-elle présente pour nous aider ? demanda M. Staveley, censé accueillir les visiteurs dans l'entrée.

—Lord de Floures n'est pas disponible aujourd'hui, répondit-elle.

Elle espérait qu'il se souvenait que c'était une journée portes ouvertes et qu'il resterait dans l'aile privée de la maison. La dernière fois, il avait oublié que le public était là et était apparu en robe de chambre dans le salon, se retrouvant face à une flopée de gens. Il avait été si impoli avec l'Heritage Society de Harpenden que ses membres avaient écrit pour se plaindre. Et il était capable de pire.

—Alex fera peut-être une apparition. Si c'est le cas, appelez Honoria.

—Quelles parties sont interdites d'accès ?

—L'aile est, la loggia, le jardin clos, les chambres privées. Et souvenez-vous : pas de potins sur la famille. S'ils posent des questions sur lady de Floures, elle est en voyage sur le continent. Et faites en sorte qu'ils bougent. Plus on est de fous, plus on rit ! Nathan, vous avez la charge du potager, des anciennes arrière-cuisines et des serres.

Nathan Liversedge, gêné de se trouver dans le grand hall avec son jean à la braguette à moitié ouverte, sa veste camouflage et ses bottes, hocha la tête. Il avait une vingtaine d'années et était venu vivre au domaine à l'adolescence, chez son grand-père Edgy, le garde-chasse presque officiel de Champton ; Edgy était d'origine gitane et Nathan avait hérité de son charme – belle peau hâlée, belles dents, beaux cheveux noirs bouclés. Edgy, bien que sédentaire, n'était jamais vraiment sédentaire, et il avait transmis son mode de vie et sa vision du monde à son petit-fils. Tous deux s'étaient rendus indispensables en se chargeant des travaux que personne ne voulait faire maintenant que les rangs de jardinier et de sous-jardiniers avaient disparu. Bernard leur avait octroyé en guise de logement le vieux cottage de bûcheron – humide et sombre, et sans doute impropre à l'habitation – mais Edgy ne s'était jamais plaint et Nathan savait qu'il valait mieux ne rien dire. Là-bas, ils géraient leur petite entreprise, faisant ce qu'il y avait à faire et mettant de côté les abats pour les restaurateurs, provenant de la venaison pour l'essentiel, et une fois, d'un renard qu'Edgy avait dépecé, découpé et donné à un restaurateur de Leicester contre lequel il avait une dent. Ils nettoyaient aussi les égouts, posaient du goudron, tuaient la vermine, prélevaient du gibier. Nathan était doué pour ces activités, mais il n'avait pas suivi les traces de son grand-père dans la spécialité plus rare de « charmeur de verrues ». Quelques personnes âgées passaient encore pour présenter leurs pustules à Edgy, et Ned Thwaite, d'une infinie curiosité, avait suggéré à Margaret Porteous qu'Edgy fasse une démonstration de son talent pour les portes ouvertes. Mais Margaret avait trouvé cela trop risqué étant donné le langage et le manque de tact d'Edgy, par conséquent, c'était à Nathan qu'incombait la tâche de faire visiter les jardins. Comme Bernard, le jeune homme détestait les portes ouvertes, détestait voir le domaine envahi par les curieux, et trouvait l'obligation d'être conciliant et amical si contraire à sa nature qu'il avait le ventre noué d'angoisse plusieurs jours avant l'événement.

—Il ne reste que vingt minutes avant l'ouverture, alors tous à vos postes. Et rappelez-vous, nous sommes tous des ambassadeurs de la famille aujourd'hui.

Quand elle avait dit le mot « famille », elle avait penché la tête sur le côté, dans un acte d'obéissance inconscient.

Les Champtoniens prirent leurs postes, comme leurs prédécesseurs l'avaient fait en livrée et tabliers, les femmes apportant le charbon pour les innombrables feux et les hommes portant des lettres sur des plateaux d'argent. Aujourd'hui, habillés par Marks & Spencer, C&A et le catalogue Grattan, ils portaient des thermos de thé et de café, des plateaux de sandwichs et des boîtes de biscuits, et les fiches de révision que Mme Porteous avait préparées :

La grande peinture au-dessus de la cheminée, près de la bibliothèque dans le salon d'apparat, représente le vingt-troisième baron, lord Gilbert de Floures, tué en Afrique du Sud pendant la guerre anglo-zouloue, et son décès malheureux signifie que le vingt-quatrième baron lui a succédé. Le portrait de ce dernier se trouve dans la salle de billard, où il passait le plus clair de son temps, avant que la boisson ne l'emporte.

Daniel se demandait si Nathan savait que sa braguette était ouverte. Il rattrapa le jeune homme, qui essayait de s'échapper.

—Nathan, dit-il, pardonnez mon impertinence, mais votre braguette est ouverte.

—Je sais, Recteur, je vais aller me changer.

Ils marchèrent côte à côte dans le jardin.

—Vous faites bien. Comment va votre grand-père ?

—Il fait le mort, le veinard.

—En effet. Quelle est votre mission aujourd'hui ?

—Je fais visiter le potager. Les serres aussi, les abris de jardin, ces trucs-là. Ils vendent des plantes près du parking, alors j'espère que les visiteurs seront tous fourrés là-bas.

Lors de la précédente journée portes ouvertes, il y avait eu plus de plaintes au sujet de Nathan qu'au sujet de quiconque. Quand un visiteur lui avait demandé de décrire une journée typique, Nathan avait mentionné qu'il avait noyé des chatons dans un récupérateur d'eau (un scénario qui avait fait fondre en larmes plusieurs enfants).

—Essayez de ne pas dire de gros mots, Nathan. Et évitez peut-être de parler de chatons noyés.

Nathan hocha la tête, mais il avait l'air incertain.

À leurs différents postes, les gens de Champton accueillirent les premiers visiteurs : des groupes avec un intérêt particulier pour les jardins, la porcelaine ou les tableaux ; des passagers de bus touristiques en quête de thé et de sanitaires ; des gens du coin curieux de visiter la grande maison qui avait toujours été à la périphérie de leur vie ; et des voyageurs indépendants, avec leurs guides architecturaux Pevsner, qui en savaient plus sur les contreforts d'angle, les pierres d'angle, les solariums et les entablements que les bénévoles.

Ce qui était nouveau, c'était le nombre de gens qui voulaient voir les coulisses, derrière les portes capitonnées, et explorer le monde habité par les serviteurs. Ce phénomène était dû au succès spectaculaire de *Maîtres et Valets*, une série dramatique diffusée quelques années plus tôt, qui narrait les histoires entremêlées d'une famille aristocratique et de ses domestiques, et qui avait rendu la vie des filles de cuisine et des chauffeurs aussi intéressante pour les téléspectateurs que celle des pairs et des prélats. C'était très déconcertant pour Bernard, qui avait grandi dans un monde où les bonnes et les valets de pied étaient toujours appelés par le même prénom – pas le leur – pour éviter à sa grand-mère le tracas de devoir se souvenir de leurs vrais prénoms. De temps en temps, les deux mondes entraient en contact de manière imprévisible, parfois effrayante, parfois inconvenante. Quand Bernard avait hérité du domaine, il avait découvert une liste de gens à qui une somme était payée chaque année en reconnaissance de leur hospitalité pour des enfants de servantes nés hors mariage, dont les pères étaient officiellement inconnus. Il avait reconnu un prénom, celui d'un garçon qui avait grandi chez un laboureur dans un village voisin. Ce jeune homme était un vrai personnage, si rude qu'il avait un jour arraché sa propre dent avec le canif qu'il utilisait pour castrer les pourceaux. Ses cheveux roux et ses yeux bleus le différenciaient de la famille au sein de laquelle il avait grandi, mais pas de celle de Bernard.

Au sous-sol, où régnait autrefois le duumvirat de l'intendante et du majordome, Anthony Bowness avait trouvé une collection de comptes du début des années 1900, dans lesquels figuraient des dizaines de personnes, depuis les laitières jusqu'aux remonteurs d'horloges, payés une misère et entassés, pour la plupart, dans des greniers aussi miteux et nus qu'un dortoir d'hospice. Comme les temps avaient changé rapidement… deux guerres mondiales, et l'ascension des Travaillistes avaient tiré le rideau sur cette époque, qui avait eu un charme particulier pour les rares personnes qui en avaient profité.

Cependant, ce charme s'était accru – il était à présent romancé, idéalisé, industrialisé, transformé en une marchandise que les gens commençaient à appeler « le patrimoine ». Mais Anthony avait les registres, les livres de compte, les grands livres, les effectifs, les totaux, les baux, les évictions, qui, si on les reliait, racontaient une histoire plus terre à terre des vies croisées de Champton. En ce moment, il étudiait des livres de compte de la menuiserie du domaine, qui employait autrefois un menuisier en chef, quatre sous-menuisiers et un apprenti, mais il était impossible de se concentrer avec le bruit des pas derrière la porte. Les visiteurs étaient conduits le long du couloir pour voir la salle des domestiques, avec son immense panneau de clochettes, que l'on faisait sonner jadis pour la salle du petit-déjeuner, le salon, la chambre de la duchesse d'York, la salle des comptes, le boudoir, la salle de billard – un tintinnabulement sans fin pour réclamer du thé, du charbon, de l'eau gazeuse.

Sa porte s'ouvrit à la volée et un défilé de gens pénétra dans la pièce. Ils regardèrent autour d'eux sans le voir.

—Puis-je vous aider ? lâcha-t-il d'un ton cinglant

—Et ici, disait Alex de Floures, les poussant par-derrière, c'est l'endroit où l'intendante dirigeait la vie des domestiques, hommes et femmes. La discipline était stricte. On ne pouvait pas se servir en morceaux de charbon ou en os de bœuf. Interdiction de fricoter avec des hommes, et celles qui avaient fauté étaient renvoyées, surtout si c'était avec mes ancêtres imprudents. Oh, bonjour, Anthony.

Anthony se leva.

—C'est M. Bowness, notre cousin, le nouvel archiviste. Le gardien des secrets, dont certains sont les siens, je pense.

L'un des visiteurs gloussa.

Anthony soupira.

—Je travaille sur les secrets de la menuiserie du domaine en ce moment, un travail plutôt minutieux, laborieux et chronophage, en l'occurrence. Pas de drames, en dehors de l'apparition occasionnelle de vrillettes. Alors… si vous voulez bien m'excuser ?

—Bien sûr, désolé de faire irruption comme ça, mais je voulais que ces bonnes gens voient la salle des machines, où était effectué tout le vrai travail qui permettait de faire tourner la maison, et la dure réalité de la vie pour les domestiques, les nourrices en retraite, les femmes de chambre déshonorées…

—Je me demande si c'était la responsabilité du majordome plutôt que celle de l'intendante ? lança un visiteur.

—Les deux, de mémoire d'homme, répondit Alex, reconduisant son petit groupe à l'extérieur.

Anthony se demanda pourquoi le jeune homme portait le vieux béret de l'armée de son père, avec sa cocarde rouge et blanc délavée.

Il décida de battre en retraite, de prendre une pause et d'aller rechercher le calme de l'arrière-salle du Royal Oak, où il prendrait une pinte de bière et un bon sandwich.

Les visiteurs se dispersèrent bientôt dans toute la maison, depuis le sous-sol par l'escalier de service jusqu'aux pièces d'apparat au rez-de-chaussée, *via* le vaste escalier du grand hall, en passant par l'escalier plus modeste qui menait aux quartiers des domestiques et aux combles.

Dot Staveley avait rassemblé un groupe autour d'elle dans la chambre d'apparat.

—Elle a été bâtie dans les années 1690 pour la visite de Guillaume et Marie…

—Guillaume et Marie qui ?

—Le roi Guillaume et la reine Marie, qui régnaient alors. Le lord de Floures de l'époque était courtisan, maître adjoint de la grande garde-robe royale, et très influent. Le roi et la reine sont venus ici en 1692, un grand honneur, coûteux aussi, car ils devaient être accueillis convenablement. Les meilleurs menuisiers et plâtriers, et ce que nous pourrions appeler aujourd'hui des décorateurs d'intérieur ont été amenés à Champton, et voici le résultat.

D'un grand geste du bras, elle les invita à s'émerveiller devant la chambre, récemment rénovée grâce à de substantiels frais de location que Nicolas Meldrum, l'avare directeur du domaine, avait facturés à un producteur hollywoodien suite au tournage d'un film historique pompeux. Les tentures, déteintes et effilochées, avaient été magnifiquement restaurées, les tableaux, nettoyés, les moulures, retouchées, et c'était maintenant une pièce somptueuse. Mais ce que les gens, après un « ooh » et un « aah », voulaient vraiment voir, c'était la salle de bains, installée à l'époque victorienne. Elle était dotée d'une baignoire en fonte et de toilettes en bois.

—C'est ici que le roi allait aux toilettes ?

—Pas le roi Guillaume, la salle de bains date du règne de la reine Victoria, mais son fils Édouard VII, l'aurait... connue. Il était ami du vingt-troisième lord de Floures et venait ici souvent dans les années 1880 et 1890, quand il était prince de Galles.

—Est-ce qu'il allait aux toilettes ici ?

—C'est possible, bien qu'il y ait une autre chambre, plus confortable que celle-ci, appelé la chambre Prince-de-Galles, que l'on a nommée ainsi en son honneur. Ou peut-être était-ce en l'honneur d'Édouard VIII ? Je ne suis plus sûre. C'étaient peut-être les deux ?

Cette information fut digérée en silence par le demi-cercle de personnes qui observaient la porcelaine peinte, le trône en acajou verni, imaginant, gênées, son usage royal.

Dot vit Kath Sharman passer, lors d'un de ses trajets de plus en plus réticents du grenier vers le sous-sol.

—Mademoiselle Sharman, sauriez-vous si c'est Édouard VII ou Édouard VIII qui a donné son nom à la chambre Prince-de-Galles ?

—Je ne sais pas, Dot. Mais ils l'ont occupée tous les deux. Une occupation bruyante, selon ma mère et ma grand-mère. Les vôtres ne vous en ont jamais parlé ?

—Merci, mademoiselle Sharman.

Dot n'aimait pas les sœurs Sharman, et c'était réciproque, car Dot, ou Dorothy comme elle préférait maintenant être appelée, était la fille d'une ancienne servante et s'était élevée socialement grâce à son mariage avec Norman, dont le père avait quitté son emploi de chauffeur du domaine, ouvert un garage et fait fortune. À présent, Dot et Norman menaient une vie bourgeoise et fréquentaient les Porteous, les Harper et les Dollinger, mais les sœurs Sharman se souvenaient encore de l'époque où sa mère ne venait dans la chambre d'apparat que lorsqu'on sonnait pour l'y faire venir.

Norman Staveley entendit cet échange, ou une partie, et croisa Dora en allant vers la chambre.

—Qu'est-ce qui se passe ? demanda-t-il à Dot tandis que le groupe de visiteurs s'éloignait pour aller admirer la galerie des tableaux.

—Tu connais les sœurs grincheuses, elles ne ratent pas une occasion de me critiquer. Elles m'ont insultée à propos de Mère. Devant tout le monde.

Norman secoua la tête.

—Je suis venu voir si tu voulais que nous échangions nos places.

—J'adorerais faire une pause, mais ce n'est pas l'heure.

—Encore une heure. Mais si je te remplace ici, tu pourrais prendre dix minutes. Margaret et Daniel sont de service dans le hall.

—D'accord, merci, chéri.

Dot s'effaça, du moins, autant que sa corpulence le permettait. Sa mère était mince : les gènes, ou peut-être que sa colère non exprimée avait brûlé les maigres calories qui lui étaient allouées, quoi qu'il en soit, ces gènes n'avaient pas été transmis à Dot, qui s'était arrondie à l'aube de la cinquantaine. Norman aussi ; son ventre commençait à déborder au-dessus sa ceinture et du reste de son corps quand il se regardait nu dans le miroir de la salle de bains. Il était de plus en plus mal à l'aise avec sa nudité, pas seulement à cause de ses bourrelets pâles, mais parce qu'il ne se sentait vraiment lui-même que lorsqu'il était bien habillé, en veste chic pour une réception, dans sa robe de conseiller ou dans ses tenues du dimanche à l'église. Il n'aimait pas songer à ce qu'il était sans eux : un « parvenu », comme la dernière lady de Floures l'avait un jour dit, d'une voix trop forte pour qu'il croie à un faux pas. Mais il fallait dire qu'il connaissait leurs secrets de famille – et Dot aussi : leurs parents respectifs avaient été à leur service –, bien que cela aille dans les deux sens. Il se demandait si lady de Floures connaissait son secret, que son père avait partagé avec lui peu de temps avant de mourir, sans doute pour soulager sa conscience. Un secret qui ne correspondait pas à l'histoire officielle de l'ascension sociale de Norman, prétendument due à son courage, à sa détermination et à sa débrouillardise. L'idée que Dot découvre la vérité lui était plus insupportable que la pensée qu'elle le voie nu, se dit-il en boutonnant sa veste sport.

8

Daniel se trouvait dans le grand hall. Une femme se dirigea vers lui, d'un pas déterminé.

—Bonjour, Daniel. Vous vous souvenez de moi ?

Il fouilla dans sa mémoire mais n'arriva pas à identifier l'inconnue.

—Je suis la fille de Ned et Jane, Angela.

Elle lui serra la main, mais son regard fixe semblait plus professionnel que cordial. Elle était habillée dans un style qui lui rappelait un peu celui d'Honoria : des bottes, un jean et un pull sous une veste bien coupée, ainsi qu'une écharpe de soie et des boucles d'oreilles en perles. Entre quarante et quarante-cinq ans ? Difficile à dire, grâce aux bons soins d'un coloriste.

—Angela. L'avocate ?

—C'est ça.

—Et vous avez une sœur qui… n'est pas avocate ?

—Gillian. Elle est enseignante, comme notre père. Comment allez-vous ? Papa dit que vous menez une bataille au sujet des bancs de l'église.

—Pas tout à fait une bataille. Disons que nous n'avons pas encore trouvé d'accord sur le sujet.

—Je suis avocate en contentieux, Daniel.

Il sourit.

—J'espère ne jamais avoir à vous parler dans un cadre professionnel.

Elle sourit à son tour.

—Justement, je dois vous parler dans un cadre professionnel, répliqua-t-elle.

Daniel fut inquiet, mais elle s'empressa de le rassurer.

—Je veux parler de votre travail, pas du mien.

—Ah ?

—Puis-je passer vous voir ? Il faudra que ce soit aujourd'hui, je dois être de retour à Londres demain.

—Vous avez un moment, maintenant ?

—Maintenant ? Oui, je suppose. Vous n'êtes pas censé être de service ?

—Je suis une présence flottante. Si nous allions dans le jardin ?

Dès qu'ils furent à l'extérieur, elle reprit la parole.

—Avez-vous remarqué quelque chose chez papa récemment ?

—Quel genre de choses ?

—Une dégradation.

—Non. Il boite un peu, mais ce n'est pas nouveau. Ex-joueur de rugby, je suppose ? En fait, il semble même avoir plus d'entrain que d'habitude. Il est très absorbé par l'histoire locale.

—Oui, il nous a tout dit là-dessus, et quand je dis tout, c'est tout.

Elle se tourna et regarda vers la grande fenêtre.

—Je ne parle pas de sa forme physique, je parle de son esprit.

—Comment ça ?

—Il n'est pas aussi aiguisé ou vif… qu'avant. Parfois, quand je parle à mon père, j'ai l'impression qu'il est… déconnecté. Si je le remarque pendant nos appels téléphoniques et mes visites occasionnelles, je me demande quelle image il donne aux gens qui l'entourent.

—Avez-vous parlé de cela à votre mère ?

—Seigneur, non ! Pas encore Ça ne ferait que l'inquiéter davantage.

—Et votre sœur ? Est-elle ici aussi ?

—Oui, elle est quelque part dans le jardin. C'est une anxieuse, comme maman.

Daniel réfléchit un instant.

—Honnêtement, je n'avais pas remarqué, mais je n'avais pas vraiment fait attention. J'ouvrirai l'œil dorénavant.

—Merci.

Elle sortit de son sac une pile de cartes de visite, qu'elle inspecta avant d'en choisir une et de la tendre à Daniel.

—Appelez-moi en cas de besoin. Mon numéro personnel est inscrit au dos.

—Je vous donnerais bien ma carte de visite, mais je crains de ne pas en avoir, avoua Daniel. Mon numéro de téléphone est Champton 431. C'est la date du premier concile d'Éphèse, si ça peut vous aider ?

Angela lui tendit un stylo d'apparence luxueuse et une autre carte.

—Notez-le, vous voulez bien ? Au dos de cette carte.

Le stylo était un Montblanc Meisterstück 146 ancien.

—Bonté divine, s'exclama Daniel, quel trésor !

—Le stylo ? À mon ex-mari. Comme la voiture et le cottage. Que voulez-vous ? Je suis sentimentale.

Daniel nota son numéro. Les cartes semblaient être différentes, certaines avec plus de numéros que d'autres, sans doute en fonction de l'importance du destinataire, supposa-t-il. Une de ces numéros était peut-être celui d'un téléphone mobile ? Daniel dut réprimer l'impulsion de jeter un coup d'œil dans le sac d'Angela quand elle l'ouvrit, car il n'avait jamais vu un téléphone mobile en vrai. Mais ce fut un agenda Filofax qu'elle sortit. Un frisson le parcourut, et il ressentit pendant un instant non pas de l'envie mais de la déception, car tout ce qu'il avait pour se vanter, c'était son Parson's Pocketbook, un agenda destiné aux membres du clergé, qui contenait des choses utiles comme les Collectes et les dates des Quatre-Temps – les jours de jeûne au début de chaque saison – mais qui semblait dépassé à l'ère de la technologie.

Après quoi, Angela Thwaite s'éloigna vers le jardin potager pendant que Daniel retournait à la fraîcheur du grand hall.

—La famille vit-elle toujours ici ? lui demanda une dame à l'accent français.

—Oui, toujours, répondit Daniel. C'est une maison de famille.

—Et qu'est-ce que ces gens… font ?

—Eh bien, ils sont fermiers. Le domaine est très vaste, six mille hectares. Comme vous pouvez l'imaginer, cela requiert beaucoup de travail.

—Oui, mais que fait un lord qui est différent de ce que fait un fermier ?

—Lord de Floures siège au Parlement, il est membre de la Chambre haute, la Chambre des lords.

—Alors, les lords sont encore aux commandes du pays ?

—Non, pas vraiment. Cette responsabilité incombe aux membres élus du Parlement, dont l'un est invité à former un gouvernement par la reine s'il – ou elle – a le soutien d'une majorité de membres.

—Alors, c'est la reine qui dirige le pays ?

—Elle est le chef de l'État, et sans son accord, rien ne peut être fait, mais elle agit selon les recommandations des ministres.

—Drôle de façon de procéder.

—Ça semble fonctionner, dans l'ensemble.

—Dans mon pays, nous avons coupé la tête de notre roi.

—Oui, nous l'avons fait aussi, mais après un temps, nous en avons mis un autre sur le trône. La famille Floures a joué un rôle important à l'époque, d'ailleurs.

—Oh, oui, nous l'avons fait aussi, plus d'une fois, mais ça n'a jamais… duré. Peut-être que nous n'avions pas de famille comme les Floures ? Leur nom est normand, pourtant. Je suppose qu'ils sont arrivés en Angleterre pendant la conquête normande ? Et maintenant, M. le baron va à Londres et côtoie la reine.

—Je ne suis pas sûr que l'actuel lord de Floures se considère comme particulièrement proche du cœur des affaires, commenta Daniel.

Il se demanda quand Bernard avait parlé à ses pairs pour la dernière fois dans tout autre endroit que dans un bar.

—Mais l'influence française est forte, ajouta-t-il. Cette maison, vous le savez sans doute, était un hôpital pour les Français libres pendant la guerre. De Gaulle l'a visité.

—Oui, je sais. Mon oncle y a séjourné. J'ai toujours voulu le voir. Mon oncle avait des souvenirs forts de ce lieu.

—Il a été blessé ?

—Je crois, mais il n'était pas ici parce qu'il était blessé, il était… comment dit-on… instructeur ? C'était un fusilier marin.

—Ah, oui. Nous avons l'équivalent. Les Royal Marines.

—Oui, je sais, il était très chauvin à ce sujet. Mais je sais qu'il aimait être ici. Vous imaginez ça, aimer la guerre ? Mais il n'appréciait pas la cuisine anglaise. C'était si mauvais qu'ils ont appris aux filles du village à préparer des plats français simples. Hachis parmentier, soupe à l'oignon, et même des salades.

—Je crains que leur cuisine ait disparu avec eux. C'est très… rosbif ici maintenant.

9

Il commençait à faire nuit quand Anthony entra dans l'église. Elle était restée ouverte toute la journée pour les visiteurs, et apparemment, les bénévoles avaient réussi à empêcher que ses trésors soient volés. La grille de la chapelle des Floures avait également été ouverte, afin que les tombeaux, nombreux et splendides, puissent être admirés. Ned Thwaite avait sans doute fait leur historique avec une joyeuse imprécision, puisqu'il connaissait une foule d'informations sur le village et racontait très bien les histoires. Anthony avait promis de venir fermer l'église et il était très en retard, ayant savouré un bon dîner et une pinte de bière au Royal Oak, où il avait discuté avec une touriste française. Il avait essayé de lui expliquer la Restauration des Stuart, ainsi que les ressemblances et les différences avec la monarchie française. Quand l'horloge avait sonné, il s'était soudain souvenu que l'église était ouverte et sans surveillance, et s'était hâté de quitter le pub.

L'église était vide. Quelque peu essoufflé, Anthony s'assit au fond, sur l'un des bancs susceptibles d'être retirés si les projets d'aménagement étaient approuvés. Comme l'édifice paraissait différent vu d'ici, se dit-il. Pendant les services, on pouvait voir les gens de dos, avec leur langage corporel inconscient, et au-delà, le chœur ainsi que l'autel, et les choses saintes et importantes qui s'y déroulaient. Anthony observa les extrémités des bancs, qui culminaient par une alternance de coquelicots et de roses, et qui ressemblaient à des paroissiens assis, silencieux et immobiles. Tous les bancs étaient, sinon identiques, du moins très semblables, et si certains étaient de l'époque victorienne et d'autres du XVe siècle, il faudrait un expert pour les différencier.

Il prit un coussin, orné d'un border collie en point de tapisserie, le plaça sous ses genoux et se pencha en avant, en position de prière, le menton appuyé sur le dossier du banc devant lui, le regard concentré.

Les Staniland sortirent de l'orangerie où ils avaient travaillé dur toute la journée, avec des boîtes à biscuits pleines de l'argent récolté grâce à la vente de thé. Les sœurs Sharman donnèrent un coup de balai sur et sous les différents escaliers. Les tapis furent défroissés, les volets fermés, et la maison qui avait été pleine – comme une telle demeure était supposée l'être – replongea dans le calme et le vide de son repos quotidien. À 19 h 15, seuls Daniel, Margaret et Mme Shorely, l'intendante, étaient encore présents pour une dernière vérification des salles d'apparat et pour activer les alarmes.

—Un grand succès, Recteur, ne trouvez-vous pas ? lança Mme Porteous.

—Oui. Et ce n'est pas fini.

Demain, c'était dimanche, et en ce jour du Seigneur, la maison et les jardins ne seraient pas ouverts avant midi. L'église demeurerait ouverte toute la journée, et une fois les obligations liturgiques du matin accomplies, des flots de visiteurs prêts à marcher cinq cents mètres à travers le parc viendraient voir les trésors de St. Mary. Daniel avait remarqué que les visites devenaient de plus en plus touristiques et de moins en moins pieuses : chaque année, il fallait en expliquer davantage sur l'espoir de la Résurrection et de la vie dans l'au-delà, et la coutume de faire une génuflexion en entrant dans l'église était en train de disparaître rapidement. Les gens parlaient fort, s'asseyaient sur les bancs avec leurs thermos de thé ou une canette de Coca, déambulaient dans le sanctuaire. Un jour, un homme même avait jeté son mégot dans le bénitier. Toutes ces infractions irritaient fortement Anthony Bowness, qui les relevait parfois avec une rudesse non contenue. Daniel avait essayé de le dissuader d'agir ainsi, non pas parce qu'il ne partageait pas sa déception face à ce traitement désinvolte des choses sacrées, mais simplement parce que les gens n'étaient pas conscients de ce qu'ils faisaient, et s'ils n'en étaient pas conscients, alors il ne s'agissait pas d'un manque de respect. Quand Anthony grimaçait ou soufflait, les gens se sentaient gênés, voire insultés, or Daniel tenait à ce que personne n'éprouve de tels sentiments pendant une première – et peut-être dernière – visite à l'église.

Il dit au revoir à Margaret Porteous et rentra chez lui par le parc afin d'aller retrouver Theo, qui avait passé la journée en observation, et aurait sans nul doute des questions pendant le dîner (un repas léger, espérait Daniel, après les sept cents grammes de cake aux dattes et aux noix qu'il s'était senti obligé de consommer).

Il s'avéra que Theo n'était pas à la maison. Il avait téléphoné à Audrey pour la prévenir qu'il prendrait une tourte et une pinte au pub, où il avait passé une après-midi très instructive. Il avait notamment discuté avec Anthony Bowness et une Française, qui avait des histoires fascinantes à raconter sur le service en temps de guerre des Français qui avaient séjourné au manoir.

—Il m'a l'air d'avoir fait des recherches exhaustives, commenta Audrey. Je suppose qu'il rentrera après la fermeture, en empestant la cigarette et la bière. J'ai préparé un ragoût de poulet, il est dans le four, mais ça ne me dit rien, j'ai juste envie d'un sandwich. Et toi ?

—Je n'ai pas très faim. Ça t'ennuie si je prends un sandwich, moi aussi ?

—Pas du tout, le ragoût sera meilleur demain.

Ils mangèrent devant la télévision, puis Daniel quitta le salon, pendant qu'Audrey lisait le *Radio Times* avec la loupe qu'elle s'était mise à utiliser pour déchiffrer les petits caractères (bien qu'elle puisse avoir l'œil remarquablement aiguisé quand cela l'arrangeait). Il alla dans son bureau pour finir d'écrire son sermon, ou plutôt pour le réécrire, car la présence de Theo, qui avait littéralement regardé par-dessus son épaule jusqu'à ce qu'il lui demande d'arrêter, avait été si pénible que Daniel avait besoin de vérifier qu'il n'avait pas distraitement recommandé une doctrine hérétique. Après quelques instants,

Cosmo vint attendre à ses pieds, car il savait qu'il était temps que Daniel aille à l'église pour dire sa prière du soir du samedi, en solitaire. Audrey s'était endormie devant la série *Cagney et Lacey* ; l'effervescence de cette journée l'avait fatiguée, et avec une seconde journée portes ouvertes demain, son corps, sinon son esprit, avait choisi de fermer boutique après le dîner.

Daniel ouvrit la porte de la cuisine, suivi de Cosmo et Hilda, et sortit dans la nuit. Les chiens reniflèrent autour des tombes, comme d'habitude, et Daniel leur laissa un peu de temps pour leurs besoins, qu'ils firent au bord du jardin, là où le lierre qui recouvrait les murs rencontrait les herbes hautes. Quand ils eurent fini, il ouvrit la porte de la sacristie et ils le suivirent à l'intérieur.

L'église était plongée dans l'obscurité. Les chiens coururent renifler autour des bancs, plus riches en odeurs ce soir avec les visiteurs (et les autres chiens) qui étaient passés pour la journée portes ouvertes. Il alla s'asseoir dans sa stalle et récita la prière de Jésus, se rappelant les moments de la journée durant lesquels il avait été moins patient, moins aimable, moins généreux, surtout quand il avait pensé à la machination du comité des fleurs, aux motivations de Stella Harper et à la combativité de sa mère.

Puis il sentit, faiblement, que quelque chose n'était pas tout à fait normal ; quelque chose dérangeait très légèrement le rythme de sa prière, se pressant aux abords de sa conscience, l'éloignant du mystère de Dieu et le ramenant dans le monde. Il resta assis en silence, guettant un mouvement, tendant l'oreille. Et puis, il comprit.

Les chiens étaient calmes.

D'habitude, leurs reniflements, leurs grattements, le bruit de leurs pattes sur le sol créaient un fond sonore à ses prières. Ce soir, un autre son lui parvenait, qu'il n'arriva pas à identifier tout de suite. Il savait que ce son venait des chiens. On aurait dit qu'ils léchaient, voire qu'ils lapaient quelque chose. Il les appela. Rien. Il les appela à nouveau, d'une voix plus forte. Cette fois, ils coururent vers lui depuis le fond de l'église, et Daniel remarqua derrière eux des traces humides.

—Cosmo ! Hilda ! Que se passe-t-il ?

Tandis qu'ils se rapprochaient, il constata, là où le clair de lune éclairait le sol, que les chiens avaient laissé une traînée humide et brillante. On aurait dit qu'ils avaient couru dans de la peinture, ou du vernis. Un visiteur aurait-il renversé un liquide ?

Il suivit la piste afin de voir où elle menait, avec une angoisse grandissante.

Là, ouvert sur le sol, se trouvait un sécateur – comme c'était imprudent de la part du comité des fleurs de l'avoir laissé ici – et ensuite il vit un corps, recroquevillé dans l'espace entre le banc et les coussins. C'était un homme, portant une veste de tweed avec des coudières. Le corps d'Anthony Bowness. De son cou coulait du sang, qui avait formé une flaque épaisse, sombre et brillante. Du sang qui collait aux pattes de ses chiens. Ces derniers se tenaient maintenant à côté de lui, impatients de retourner à leur trouvaille, agitant la queue avec excitation.

10

Des lumières bleues clignotaient derrière les fenêtres du presbytère, tandis que l'église St. Mary était transformée en scène de crime. Des policiers avaient barré avec du ruban adhésif les entrées, la porte de la sacristie et le porche du cimetière, et des agents de la police scientifique, vêtus de combinaisons blanches, s'affairaient.

Audrey était dans la salle de bains avec les chiens, rinçant leurs pattes et leur museau du sang séché d'Anthony Bowness. Dans la cuisine, une bouilloire remplie à plusieurs reprises était posée près de la cuisinière, à côté de la théière avec laquelle Daniel avait fourni des boissons aux deux policiers qui étaient arrivés quelques minutes après qu'il avait appelé les secours, et qui lui avaient immédiatement demandé de leur donner les vêtements qu'il portait. Ensuite étaient arrivés l'ambulance, les agents de la brigade criminelle et le médecin, qui avait confirmé que le cimetière allait prochainement accueillir un autre résident.

L'inspecteur Scott était assis à la table de la cuisine, une tasse de thé trop sucré devant lui.

—Ce qui est arrivé est horrible, Monsieur.

—Oui. Très choquant. Je suppose que vous n'êtes pas appelé souvent pour des scènes comme celle-ci, Inspecteur ?

—Pas à Champton, Monsieur. Je ne me souviens pas à quand remonte un incident de ce genre. C'est la nature humaine, cependant : tôt ou tard, quelque chose de terrible doit se produire. Même dans un endroit comme Champton. Mais je ne vous apprends rien.

—Certes. Cela dit, c'est différent quand ça arrive si près de soi, et de manière si inattendue.

L'inspecteur Scott hocha la tête et sirota son thé.

—Que va-t-il se passer maintenant ? questionna Daniel.

—Les agents de la police criminelle prennent le relais. Ils vont réunir tous les prélèvements qu'ils peuvent et commencer une enquête complète. Étant donné le lien de parenté du défunt avec lord de Floures, les grands chefs vont aussi se pencher sur l'affaire, je suppose. Et la presse. Je sais que vous ne parlerez à personne de manière déplacée, Monsieur. Nous devrons vous parler officiellement, lors d'un interrogatoire ; demain, je pense. Vous ne comptez aller nulle part ?

Daniel fit non de la tête.

—Êtes-vous seul, Monsieur ?

—Non. Ma mère est là. Elle s'occupe des chiens. Et mon frère séjourne ici mais il n'est pas encore revenu du pub.

Bernard de Floures frappa contre la porte de service ouverte.

—Je vous dérange, Dan ?

Il portait une bouteille de whisky. Un Macallan de douze ans d'âge. Quelle bonne âme, pensa Daniel.

Le policier se leva. On aurait dit qu'il se mettait au garde-à-vous.

—Monsieur, dit-il, s'adressant à Bernard.

—Inspecteur Scott, vous connaissez, je suppose, lord de Floures ? Le cousin de M. Bowness ? demanda Daniel.

—Nous nous connaissons, Monsieur.

—Oh, c'est vous, Scott. Bien. Des pistes, déjà ? À propos de ce terrible événement ?

—Rien à reporter pour l'instant, Monsieur.

Daniel recula une chaise.

—Du thé, Bernard ?

—J'ai mieux que du thé. Vous vous joignez à nous, Scott ? demanda Bernard, posant fermement la bouteille de whisky sur la table.

—Non, merci.

Daniel alla chercher deux verres et le siphon d'eau de Seltz dans le salon.

Quand il revint, Bernard parlait avec l'inspecteur Scott, non pas sur le ton patricien qu'il employait en temps normal avec les gens quand il leur demandait des nouvelles de leurs enfants ou de la santé de leur chien, mais sur un ton sérieux.

—Et nous devrons nous assurer que les journalistes n'affluent pas en masse au domaine. Pensez-vous que je devrais parler au commissaire à ce sujet ?

—Je le pense.

—Et je ne veux pas que les curieux envahissent le village, mais je suppose que je ne peux pas faire grand-chose à ce propos…

—Nous ferons notre possible, Monsieur.

—Merci, Scott, ce sera tout, conclut Bernard, oubliant que ce n'était pas lui l'hôte.

L'inspecteur Scott se leva.

—S'il arrive quoi que ce soit, ou si vous entendez quelque chose, vous savez où me trouver.

Daniel raccompagna l'officier de police. Quand il revint, Bernard avait servi deux grands verres de whisky.

—Pourriez-vous apporter un peu d'eau plate, Dan ? Et je sais que c'est barbare, mais n'oubliez pas que j'aime le mien avec des glaçons.

Daniel démoula des glaçons d'un bac en plastique, remplit un petit pichet avec l'eau du robinet, puis Bernard et lui s'assirent à la table de la cuisine, côte à côte, pour ne pas avoir à se regarder, une configuration que Daniel trouvait plus favorable pour les conversations difficiles.

—Vous savez, il ne serait pas revenu à Champton si je ne le lui avais pas demandé, confia Bernard. Je voulais mettre nos registres en ordre, et Anthony était désœuvré.

—Pourquoi maintenant ?

—Il menait une vie instable. Une vie de vagabond, quasiment. Je me suis dit que venir à Champton pourrait l'aider à se fixer.

—Une vie de vagabond ? C'est-à-dire ?

Bernard eut l'air mal à l'aise.

—Oh, je ne sais pas. Anthony n'a jamais vraiment eu de rôle défini, contrairement à moi. Et les rôles que nous jouons dans la vie peuvent nous ancrer, vous ne croyez pas ?

—Ils peuvent aussi nous emprisonner, fit valoir Daniel. Savez-vous s'il s'est fait des ennemis au cours de ses voyages ? Avait-il des ennuis ? Des dettes ? Voyez-vous une raison pour laquelle quelqu'un aurait voulu lui faire du mal ?

—Non, aucune, répondit Bernard. Mais on ne connaît jamais vraiment les gens, n'est-ce pas ? Anthony était un buveur, mais je suis sûr que vous le saviez. L'alcool l'a mis dans un sacré pétrin, à une période. Il ne pouvait plus travailler ni s'occuper de lui-même. Il n'arrêtait pas de s'endormir. Cela lui est même arrivé pendant une messe du souvenir, un épisode suffisamment remarqué pour qu'un horrible journaliste du *Daily Mail* écrive un article humiliant là-dessus. Une autre fois, Anthony s'est battu avec un employé à la London Library. Il ne voulait pas quitter sa chaise, et l'employé l'a frappé à la tête avec un gong. J'ai entendu parler de l'incident, alors j'ai envoyé Anthony à l'hôpital St Luke pour qu'il suive une cure de désintoxication. Ensuite, il est venu ici. Archiviste à Champton, ça lui convient bien, vous ne trouvez pas ?

Daniel se demanda si cela avait vraiment convenu à Anthony, de collecter les preuves des accomplissements de ses ancêtres, de comparer leurs réussites aux siennes. D'avoir un rappel quotidien de sa dépendance à la générosité de son cousin.

Bernard marqua un temps et se servit un autre verre. Ils burent en silence pendant un instant.

—Pauvre Anthony, dit Bernard. Pauvre homme.

Un policier frappa à la porte.

—Révérend, votre frère est ici.

—Laissez-le entrer, s'il vous plaît.

Theo arriva en manquant de trébucher. Daniel n'aurait si dire si c'était l'effet de la hâte ou de la bière.

—Dan, mais que se passe-t-il, bon sang ? J'ai presque dû donner un échantillon de sang pour passer le barrage de ces flics.

—Je viens de découvrir le corps d'Anthony dans l'église.

—Oh, mon Dieu ! Que s'est-il passé ?

—Je ne suis pas censé te le dire, mais tu l'apprendras bien assez tôt. Il a été assassiné.

—Seigneur !

Bernard se servit un autre whisky.

11

Le lendemain matin, encore un peu assoupi, Daniel ouvrit la porte de service, comme il le faisait toujours, afin que les chiens puissent sortir. Dès qu'ils furent dehors, ils se mirent à aboyer furieusement. Des agents en tenue sombre se trouvaient sur leur territoire, l'église et son jardin étant temporairement sous la responsabilité de la police ; Daniel rappela les teckels et, pendant un instant, ils furent perdus, coincés entre l'instinct et l'obéissance. Finalement, ils revinrent, et Daniel les fit sortir par la porte avant ; ils vaquèrent à leurs occupations sur la pelouse vide, l'excitation de la minute précédente déjà totalement oubliée.

Daniel étant particulièrement consciencieux, il était déjà préoccupé à l'idée d'être interrogé par la police. Il s'était efforcé de ne pas imaginer cette future conversation, mais il l'avait fait néanmoins. Après le départ de Bernard la veille, il avait pris des notes qui lui serviraient d'aide-mémoire, car l'expérience lui avait appris que les souvenirs étaient très souvent le fruit de l'imagination. Or il tenait, par-dessus tout, à avoir les idées claires lorsque les enquêteurs le questionneraient, afin de réagir de manière rationnelle face au chaos d'un acte violent et inattendu.

Il sentit que quelqu'un l'observait depuis le bout de l'allée. C'était Margaret Porteous, qui croisa son regard et lui fit un signe de la main. Daniel, en pyjama et robe de chambre, lui rendit son salut d'un geste hésitant, ce qu'il regretta aussitôt car elle prit cela pour une invitation à le rejoindre. Elle parcourut l'allée d'un pas vif, l'air sérieux. Daniel se replia dans le vestibule et envisagea vaguement de mettre son lourd manteau en laine noir mais, au bout du compte, il se contenta de resserrer la ceinture de sa robe de chambre et se posta sur le perron pour empêcher Margaret d'aller plus loin.

—Recteur ! fit-elle, solennelle. Je suis désolée de vous déranger à une heure si matinale, mais je me demandais si je pouvais vous aider d'une manière ou d'une autre. C'est une si terrible nouvelle !

Champton ne se voyait pas comme un village plein de commérages, pourtant Daniel avait souvent remarqué – et déploré – que les informations circulaient à travers ses maisons et ses cottages comme du courant dans un circuit. Cette fois, le circuit s'était allumé dès que les lumières bleues de la police avaient clignoté. Quelques minutes après que Daniel avait téléphoné à Bernard pour lui annoncer le décès de son cousin, Alex de Floures, qui avait juré de garder le secret, avait fait jurer à l'intendante de garder le secret aussi, et bientôt, l'énergie avait vibré dans tout le circuit.

—Si vous voulez bien m'excuser, Margaret ? Je ne suis pas en état de recevoir des visites.

Les chiens passèrent devant eux pour entrer dans le vestibule et Daniel s'apprêta à les suivre.

—Recteur, qu'allons-nous faire ?

—À quel propos ?

—À propos de l'église. Je suppose que les services aujourd'hui sont annulés ?

—Non, ils ne sont pas annulés. Il y aura un service du soir dans la chapelle de Champton House à 18 heures. Peut-être pourriez-vous m'aider à faire passer le mot ? demanda-t-il.

—Oui, bien sûr. Et les portes ouvertes ?

—Bernard estimait que ce n'était pas convenable d'ouvrir aujourd'hui, alors c'est annulé. J'espère que les gens ne seront pas déçus.

—Je suis sûre qu'ils comprendront. Et je suppose que la police voudra nous interroger.

—Oui, je suppose.

—Nous avons peut-être été témoins de quelque chose. Nous avons peut-être vu le meurtrier !

—Nous ne savons pas encore grand-chose, Margaret.

—Tout ce sang ! C'est affreux. L'organisation des obsèques est-elle en cours ?

—Je ne saurais le dire. Pour l'instant, peut-être vaudrait-il mieux que nous nous contentions de prier pour tous ceux qui sont concernés ?

Mme Porteous sembla se calmer, mais juste une seconde.

—Tout à fait. Pauvre, pauvre Anthony. Qui pourrait vouloir faire une chose pareille ? Et pauvre Bernard. Ils étaient proches, vous savez.

Daniel avait reculé petit à petit.

—Je dois vraiment vous laisser. Au revoir.

Tandis qu'elle repartait d'un pas pressé, sans doute en train de décider à qui téléphoner en premier, Daniel alla à la cuisine pour préparer du café et des toasts. Que réserverait cette journée ? Les gens voudraient savoir ce qui s'était passé. Les visiteurs arrivant pour les portes ouvertes devraient être renvoyés, la police aurait des questions. Il faudrait préparer l'enterrement, une fois que le médecin légiste aurait rendu le corps, ce qui pourrait prendre du temps, et qui savait ce qui allait remonter à la surface en attendant ? Les décès sont comme des grenades sous-marines. Une explosion survient, ensuite, lentement, des choses – qui sait lesquelles ? – remontent à la surface tandis que les gens se rassemblent et se retrouvent confrontés à la réalité d'un acte terrible.

Ce n'était pas la première mort brutale à laquelle Daniel faisait face. Dans sa première paroisse, il y avait eu un meurtre une semaine après son arrivée, et depuis, plusieurs avaient suivi. Pour certains, le coupable avait été identifié, pour d'autres, non. D'autres meurtres étaient peut-être même passés inaperçus ? Plus d'une fois, Daniel avait enterré quelqu'un dont le meurtrier était, il en était sûr, l'un des porteurs du cercueil. Et puis, il y avait les meurtres par négligence, ou par abandon ; et les meurtres à petit feu, les plus vicieux de tous, perpétrés non pas dans un moment de rage, mais lentement, inexorablement, de manière indétectable, en tuant d'abord la joie, puis les sentiments, puis en laissant à la victime une vie si vide qu'elle dépérissait, buvait jusqu'à en mourir, ou baissait simplement les bras.

Qui avait pu tuer Anthony ? Daniel ne le connaissait pas depuis longtemps, mais c'était un candidat improbable pour un tel destin. Était-ce lié à son passé, à un ennemi qu'il s'était fait pendant sa vie floue à Londres ? Ou la cause était-elle plus proche, peut-être dans la paroisse pour laquelle Daniel avait la cure des âmes ?

Alors qu'il commençait mentalement à modifier son sermon, sa mère apparut dans l'embrasure de la porte, un toast à la marmelade dans la main.

—Je viens de voir Margaret Porteous qui courait dans l'allée, comme si elle avait beaucoup de nouvelles à annoncer. Que lui as-tu dit ?

—Rien. J'espérais que le fait de me voir en robe de chambre allait la dissuader, mais elle n'a rien remarqué, apparemment.

Une goutte de marmelade tomba sur le sol.

—Je crois que je vais faire une promenade matinale pour admirer les primevères. Et pour entendre ce que les gens disent.

—Tu es sûre que c'est une bonne idée, Maman ? Il vaut mieux ne rien dire.

—Je ne suis pas stupide, chéri. Je ne dirai rien, mais je découvrirai tout.

C'était le genre de défi qu'Audrey appréciait, et elle croqua bruyamment dans son toast, se réjouissant à l'avance.

La cloche retentit bruyamment, secouée avec plus de force que d'habitude.

—Que veut-elle, encore ? fit Audrey pendant que Daniel allait ouvrir.

Mais ce n'était pas Margaret Porteous. C'était un jeune homme avec un magnétophone et un appareil photo, qui prit une photographie de Daniel en pyjama et robe de chambre.

—Révérend Clement ? Le *Daily Express*. Pouvez-vous nous parler du meurtre d'hier soir ?

—Je ne peux rien dire pour l'instant, répondit Daniel avant de refermer la porte.

La cloche retentit encore, et à travers la fenêtre, Daniel vit d'autres journalistes arriver dans l'allée, ainsi qu'un homme avec une caméra de télévision et un autre avec un de ces micros gris tubulaires à longs poils qui lui faisaient penser à Pollux du *Manège enchanté*.

Dans l'escalier, un gémissement résonna puis Theo apparut, portant la robe de chambre de rechange de Daniel par-dessus un tee-shirt et un caleçon.

—Bonjour, chéri, dit Audrey.

—Bonjour. Qui était-ce à une heure si matinale ?

—Le *Daily Express*.

—Seigneur, je ferais mieux d'enfiler une tenue décente.

—Ce n'est pas une séance photo, chéri. Du moins, ils ne sont pas là pour toi. Si vous veniez prendre le petit déjeuner, tous les deux ?

Ils s'assirent à la table de la cuisine, et Audrey, partant du principe qu'une journée éprouvante requiert un repas roboratif, prépara du bacon, des œufs, des champignons, des tomates et des saucisses de chez Dennis, le boucher de Braunstonbury avec qui elle flirtait gentiment, telle une femme au foyer en période de rationnement usant de tous ses charmes pour un cœur de bœuf. C'était un petit déjeuner que Theo, ayant la gueule de bois, fut ravi d'avaler. Hier soir, il s'était écroulé après avoir bu deux verres du whisky de Bernard et n'avait donc qu'une vision incomplète du drame qui s'était produit.

Daniel lui relata les faits, répétant, d'une certaine manière, pour sa future déposition.

—Mon pauvre, conclut Theo, content d'avoir raté ça.

Mais il semblait un peu déçu, et Audrey déclara :

—Oh, la police voudra te parler aussi, Theo. À nous tous. Pour reconstituer nos emplois du temps. Où étais-tu hier ? Je t'ai à peine vu pendant la journée portes ouvertes.

—Je visitais la paroisse, comme Dan me l'a suggéré.

Daniel eut l'air nerveux.

—C'est bien ce que tu m'as dit de faire, Daniel, non ? J'ai parlé de toi aux gens. De ton travail de pasteur. Ils t'adorent !

—Je ne cherche pas à remporter un prix, Theo.

—Je sais. Je voulais simplement dire que leurs commentaires étaient favorables, très favorables. Pas seulement ceux des gens chics.

—De qui parles-tu ?

—Après avoir visité le manoir, j'ai fait un tour dans les jardins, et j'ai pu parler avec le jeune jardinier. Nathan, c'est ça ? Il m'a raconté que tu avais fait beaucoup pour lui, et pour sa famille, alors je suis allé voir son grand-père.

—Tu as vu Edgy ?

—Oui.

—Et il t'a laissé entrer ?

—Il a été on ne peut plus aimable. Après un moment. Je me suis assis avec lui dans son extraordinaire cuisine. J'avais l'impression d'être dans un documentaire sur la vie des paysans dans les Balkans. Edgy m'a servi son gin aux prunelles maison, qui a davantage un goût de vin que de gin.

—Du *plum jerkum*, précisa Audrey. Très traditionnel.

—Et très puissant. Donc, nous étions saouls – du moins, moi. Edgy m'a donné du tabac et des feuilles, j'ai roulé des cigarettes, et nous avons discuté. Quel homme fascinant ! Il a commencé comme boxeur. Il était payé pour ça, mais ça l'a drôlement abîmé. Il a le visage et les mains dans un sale état.

—Un grand personnage, Edgy. Toujours prêt à donner un faisan ou un lièvre. Et il est gentil avec Nathan. Tout comme Nathan est gentil pour lui, commenta Audrey.

—C'est l'une des choses que j'aime dans ce genre d'endroits, déclara Daniel. Les choses fonctionnent, se perpétuent. Les générations suivantes prennent le relais des générations qui s'en vont. Les compétences sont préservées, les vieux et les faibles sont pris en charge, les jeunes sont éduqués. Nathan, sans même en avoir eu l'intention, sera l'héritier d'Edgy, comme Bernard a été l'héritier de son père et de son grand-père. Quand l'ordre ancien est passé, les gardes-chasses, les sous-jardiniers, et les garenniers…

—Qu'est-ce qu'un garennier ?

—C'était un homme qui s'occupait des lapins. Quand ces gens ont disparu, ce sont des gens comme Edgy qui ont pris le relais.

—Plein de ressources ?

—C'est le moins qu'on puisse dire.

—Il t'aime bien, au fait. Il te respecte. Il est assez vieux jeu.

—Il respecte la vocation. Les Gitans sont très religieux. Ce n'est pas toujours une foi orthodoxe, mais ils sont très croyants. Qu'est-ce que tu as fait après être allé chez Edgy ?

—La seule chose que je pouvais faire. Je suis allé au pub.

Il se tut un instant puis reprit :

—Anthony était là, en train de parler avec une Française. Je suis sans doute l'une des dernières personnes à l'avoir vu en vie.

—Écris tout ce dont tu te souviens, Theo. La police voudra te parler autant qu'à moi. Et à toi aussi, Maman. Il faut que j'aille me préparer…

12

Daniel était assis dans son bureau, un peu gêné, car cette fois, c'était lui qui était interrogé et non l'inverse. Son interlocuteur était un homme d'une trentaine d'années, blond aux yeux bleus, très grand (presque hors normes – Daniel l'imaginait aisément jouer au rugby ou disperser les foules). Il portait un costume peu seyant qui lui donnait l'air engoncé. C'était le sergent Vanloo, de la brigade criminelle de Braunstonbury. « Vanloo », était-ce un nom néerlandais ? se demanda Daniel. Sud-africain ? L'accent du policier était du Nord-Ouest, en tout cas, de Manchester ou des environs.

M. Vanloo avait décliné quand Audrey lui avait proposé un rafraîchissement, puis lui avait demandé s'il y avait un endroit où il pourrait poser quelques questions au « vicaire ».

Il s'assit sur une chaise face à Daniel, ressemblant à un élève de primaire qui aurait eu une soudaine poussée de croissance. Mais il n'y avait rien d'enfantin dans ses yeux, qui remarquaient tout. Il sortit un cahier à spirale A4 et un stylo automatique en plastique. C'était un Pentel

SP 0,9 mm, et Daniel ressentit une affinité avec l'officier de police.

—Pardonnez-moi de vous demander des choses évidentes, mais pourriez-vous décliner votre nom, votre adresse et votre profession, s'il vous plaît, révérend ?

—Je suis le révérend chanoine Daniel Clement, et je suis le recteur de Champton. Je vis ici, au presbytère.

—Depuis combien de temps vivez-vous ici, Monsieur ?

—Depuis huit ans maintenant.

—Y a-t-il d'autres résidents à cette adresse ?

—Oui. Ma mère, Mme Audrey Clement.

—Depuis huit ans aussi, Monsieur ?

—Non, quatre. Elle s'est installée ici après la mort de mon père. Mon frère, Theo, séjourne avec nous en ce moment, il vit à Londres en temps normal.

—Merci. J'ai besoin de connaître les emplois du temps de chacun pour la journée d'hier.

—Celui de ma mère ?

—Le sien et celui de votre frère. Pourriez-vous me décrire le vôtre, Monsieur ?

—J'étais occupé toute la journée par les portes ouvertes à Champton House, et nous avons eu beaucoup de visiteurs à l'église aussi – c'est un grand événement sur notre calendrier, sergent. Nous avons reçu le dernier visiteur peu après 17 h 30 et je suis rentré chez moi à environ 18 h 30. Je le sais car le journal télévisé venait de se terminer. Ma mère et moi avons mangé quelque chose, juste un plateau-repas, ensuite je suis allé à l'église pour dire la prière du soir.

—À quelle heure était-ce ?

—Environ 21 heures, je pense.

L'officier prit des notes.

—Et votre frère ?

—Theo ? Il est rentré plus tard, après l'arrivée de la police.

Le téléphone sonna.

—Vous devez répondre ?

—Ma mère va s'en charger.

Ils restèrent assis dans un silence pesant, attendant que les sonneries s'arrêtent.

—Savez-vous où se trouvait votre frère entre 18 et 20 heures ?

—Au pub. Il est revenu à environ 22 h 30, à l'heure de la fermeture.

—Et à quelle heure avez-vous découvert le corps ?

—Peu après 21 heures. J'en suis sûr car *Cagney et Lacey* venait de commencer.

—C'est pour ça que vous êtes allé à l'église ?

—J'y vais pour dire la prière du soir et…

Daniel se rendit compte que le policier avait fait un trait d'esprit.

—Ce n'est pas vraiment ma tasse de thé. Mais ma mère aime bien. Elle apprécie les séries policières.

—Alors pourquoi êtes-vous parti à ce moment-là ?

—Nous avions tous les deux eu une journée assez fatigante et ma mère s'était endormie. Un moment opportun.

—Y avait-il de la lumière dans l'église ?

—Non. Il faisait noir.

—Donc vous avez allumé la lumière ?

—Non.

—Pourquoi ?

—Je n'en ai pas besoin.

Le policier leva les yeux de son carnet.

—Beaucoup de gens trouveraient cela assez… inhabituel.

—Oh, il n'y a rien à craindre.

Daniel hésita.

—Pas en temps normal, reprit-il. J'ai une petite lumière dans ma stalle – c'est ma place dans le chœur – pour mon livre de prières, mais je préfère quand l'église est dans le noir, en fait. Je connais les lieux. Je me suis dirigé vers ma stalle et j'ai commencé à réciter mes prières…

—Vous avez emmené les chiens ?

—Oui. En général, ils viennent avec moi à l'église. C'est leur sortie pipi avant le coucher.

Quelle expression ridicule, se dit-il. Elle ne serait pas du meilleur effet si elle était lue dans un tribunal.

—Et ils aiment chasser les souris. S'ils ont de la chance, ils trouvent un morceau de biscuit… et je me disais qu'ils seraient particulièrement enthousiastes ce soir-là parce qu'il y avait eu beaucoup de visiteurs pour les portes ouvertes, et que certains avaient emmené leurs chiens. Cela faisait beaucoup de choses à renifler. Et c'est ce que j'ai remarqué. Ou plutôt, ce que je n'ai pas remarqué : ils n'avaient pas l'air enthousiastes. Ils faisaient peu de bruit, et c'est ce qui m'a amené à penser que quelque chose sortait de l'ordinaire. Je les ai appelés, ils ne sont pas venus. Je les ai donc rappelés. Ils ont fini par arriver, et j'ai vu qu'ils avaient laissé des marques de pattes le long de la nef.

—Vous avez vu cela dans le noir ?

—Avec le clair de lune. J'ai constaté qu'ils avaient laissé une piste et qu'elle était brillante. Alors je suis allé voir ce qu'ils avaient trouvé. Et j'ai découvert qu'il s'agissait d'Anthony.

—Vous l'avez reconnu malgré l'obscurité ?

—J'ai reconnu sa veste, avec ses coudières en cuir, et je suis allé vers lui.

—Pensiez-vous qu'il était vivant ? Évanoui ?

—Je savais qu'il était mort.

—Comment ?

—À la manière dont le corps était allongé. Comme une poupée de chiffon. Vous savez à quoi ressemblent les cadavres ?

Le policier acquiesça d'un signe de tête.

—Alors pourquoi vous êtes-vous approché ? Vous savez qu'il ne faut pas toucher un corps ?

—Cette pensée ne m'est pas venue à l'esprit tout de suite, je le crains. J'ai fait une prière pour Anthony. Mais il y avait beaucoup de sang, et les chiens étaient agités… alors je les ai ramenés à la maison, j'ai appelé les secours, et je suis allé réveiller ma mère – du moins, les chiens ont réveillé ma mère. Ensuite, je me suis rendu compte que j'étais couvert de sang moi aussi.

—Pourquoi M. Bowness était-il à l'église à cette heure-là, selon vous ?

—Anthony était marguillier, il avait donc une clé et pouvait aller et venir dans l'église comme bon lui semblait. Je pense qu'on l'avait chargé de fermer l'église après les portes ouvertes, mais il s'y rendait assez souvent. Il semblait s'y plaire. Parfois, il me rejoignait pour les prières du matin ou du soir, et parfois, il venait prier seul. Je suppose que c'était ce qu'il faisait avant de perdre la vie.

—Qu'est-ce qui vous fait dire cela ?

—L'endroit où je l'ai trouvé. La position du corps.

—Comment ça ?

—Anthony était dans l'espace entre son siège et le dossier du banc devant lui. Il était à genoux avant de tomber.

—Comment le savez-vous ?

—Il avait utilisé un coussin. Pour protéger ses genoux du sol dur. Nous les suspendons à des crochets au dos des bancs pour les gens qui veulent s'en servir quand ils prient. J'ai vu Anthony agenouillé de nombreuses fois.

Daniel se rappela, avec une terrible netteté, le sang luisant qui s'était répandu comme un écoulement de magma sur le bord de la plateforme de bois sur lequel reposait le banc, et qui formait une flaque sur les dalles de la nef. Daniel s'était agenouillé sur le coussin pour bénir Anthony, et malgré l'obscurité, il avait vu du sang qui continuait à couler, aussi noir et épais que du pétrole. Lorsqu'il avait allumé la lumière, il avait constaté que le liquide avait aussi éclaboussé les bancs de l'autre côté de l'allée centrale.

—Sergent, la personne responsable de cet acte ne serait-elle pas couverte de sang ? J'en avais partout sur mon pantalon et mes chaussures simplement en ayant découvert le corps. Le meurtrier a sûrement été éclaboussé des pieds à la tête ? Et il a dû poignarder Anthony avec une force phénoménale. Un sécateur, ce n'est guère une arme puissante, n'est-ce pas ?

Le sergent Vanloo haussa les épaules.

—Le rapport des experts nous donnera une idée là-dessus, Monsieur.

—Et les empreintes de pas… ?

—Dans le rapport, Monsieur.

L'officier de police avait d'autres questions.

—Auriez-vous une idée de la raison pour laquelle M. Bowness avait une lampe de poche avec lui ?

—Oui. On peut avoir besoin d'une lampe quand l'église est dans le noir, pour ouvrir la porte et pour arriver à la sacristie, où se trouvent les interrupteurs.

—Vous, vous n'avez pas besoin de lampe.

—Eh bien, non.

—Pensez-vous qu'il faisait noir quand M. Bowness est arrivé ?

—C'est possible. Ça expliquerait la lampe. Mais peut-être qu'il en portait toujours une sur lui.

—Les lumières n'étaient pas allumées quand vous êtes arrivé ?

—Non.

—Êtes-vous sûr de cela ?

—Oui, tout à fait.

—Cela ne suggère-t-il pas que M. Bowness n'avait pas besoin d'allumer à son arrivée parce qu'il faisait encore jour ?

—Je suppose. Ce qui voudrait dire qu'il est allé à l'église avant… 20 heures ? Ou alors, les lumières ont peut-être été éteintes par quelqu'un d'autre.

Peut-être qu'un louable souci d'économie avait poussé le meurtrier à éteindre avant de partir ?

—Quelle était votre relation avec M. Bowness, Monsieur ?

—Professionnelle. Anthony était le marguillier de St. Mary, et c'était aussi l'archiviste du domaine Champton. Nos fonctions nous amenaient à nous croiser assez souvent.

—Et sur le plan personnel ? Vous décririez-vous comme un ami ?

—Oui, je le pense. Anthony ne vivait pas ici depuis très longtemps, mais je le connaissais un peu avant qu'il prenne son poste. C'est un cousin de lord de Floures, et Champton a toujours fait partie de sa vie.

—Il vivait ici ?

—Dans une maison du domaine, au village, mais il travaillait au manoir. Et, comme je l'ai dit, c'était le marguillier… Vous savez… le représentant de l'évêque parmi les laïcs…

C'est le choc qui me fait parler ainsi, songea Daniel. Il fit une autre tentative.

—C'est un homme laïc, ou une femme laïque, qui gère l'église : le bâtiment, l'organisation, les opérations quotidiennes. C'est aussi un représentant du clergé auprès des gens, et des gens auprès du clergé.

—M. Bowness avait-il des ennemis, selon vous ?

—Non, personne. Mais, encore une fois, je ne le connaissais pas très bien. Il faudrait parler à la famille.

Le sergent Vanloo nota quelques mots.

—Il faudra que je parle aussi à votre mère et à votre frère, Monsieur.

La police ne fut pas la seule à mener des interrogatoires ce matin-là. Les journalistes et les reporters de la télévision parcoururent Main Street et se pressèrent au bureau de poste, sans grand succès. Anthony était un membre de la famille Floures, par conséquent, une discrétion appropriée était observée par ceux qui étaient liés au domaine. Aucune obligation de la sorte ne concernait Stella Harper, qui avait courtoisement accordé une interview au jeune homme de *L'Express* qui se trouvait devant sa boutique lorsqu'elle l'avait ouverte. Audrey l'avait vue se faire photographier avec l'église en arrière-plan, l'air solennel dans ses vêtements de deuil.

Plus tard, Audrey alluma la télévision, presque toujours éteinte la journée sauf pendant le tournoi de Wimbledon, et s'écria :

—Daniel, viens vite, nous sommes dans le journal télé !

C'était le bulletin local de l'heure du déjeuner. En l'espace de quelques heures seulement, un reportage sur le meurtre avait été monté. Le reporter à l'écran, que Daniel avait passé la moitié de la matinée à éviter, se tenait devant l'église (elle n'était pas filmée sous le meilleur angle, pensa Daniel).

—Un corps a été découvert hier soir dans l'église paroissiale du domaine historique de Champton, demeure de la famille Floures depuis la conquête normande.

La caméra fit un gros plan sur l'entrée du cimetière, barrée à présent par un ruban bleu et blanc.

—Le corps aurait été trouvé par le recteur, le chanoine Daniel Clement. Le défunt serait un membre de la famille Floures, bien que personne à Champton n'ait été disponible – à l'écran apparut une photo du manoir devant lequel Bernard et sa femme de l'époque posaient – pour faire une déclaration. Un porte-parole de la police a déclaré que cette mort inexpliquée faisait l'objet d'une enquête…

S'ensuivit un plan de Daniel dans l'allée en train de se diriger vers le Land Rover.

—Le chanoine Clement est le frère de l'acteur Theo Clement, qui joue l'agent Heseltine dans *Appletree End.*

—Oh, fit Audrey. Theo va être ravi.

Tous les téléviseurs de Champton étaient allumés cet après-midi-là, non seulement pour voir Champton House, l'église et le recteur, soudain moins familiers sur l'écran de télévision, mais aussi pour le football : la finale de la coupe de la Ligue anglaise, Arsenal contre Luton, un match qui ne devrait guère réserver de surprise.

Norman Staveley était supporter d'Arsenal depuis toujours. Après un déjeuner rapide constitué de côtelettes plutôt que d'une tranche de rôti – la nouvelle de la mort d'Anthony et le fait que Dot passe son temps au téléphone depuis avaient bousculé les habitudes –, il alluma le téléviseur et s'installa dans son fauteuil préféré, la télécommande, un demi de bière blonde et un cendrier à sa gauche. Il s'assoupit pendant la discussion d'avant-match, le pudding de riz en conserve qu'il avait pris en dessert étant aussi soporifique qu'un somnifère, mais rouvrit les yeux juste avant le coup d'envoi.

Les équipes étaient sur le terrain, et Norman, encore somnolent, scruta l'écran, évaluant les dangers potentiels dans l'équipe de Luton, et les forces chez les Gunners – *O'Leary encore absent, Davis est-il en forme ?* – pendant que Dot parlait au téléphone dans la cuisine.

—Je m'attends à ce que les policiers frappent à la porte bientôt, disait Dot. Les Porteous ont fait une déclaration et les Achurch aussi, je crois, alors nous sommes sans doute les prochains sur la liste, seulement j'espère que ce ne sera pas ce soir car Norman regarde le match de football, et Dieu leur vienne en aide s'ils interrompent...

Le sifflet retentit et Norman se réveilla tout à fait quand Arsenal manqua une occasion, puis Luton, et ensuite, la mauvaise équipe marqua...

—Eh bien, nous ne sommes pas rentrés avant 19 heures. J'ai compté les recettes avec Margaret, et Norman a fait le tour du manoir pour vérifier que personne ne se cachait sous les lits ou n'était perdu dans les combles. Alex – tu as entendu parler d'Alex ? Il a eu une altercation avec Anthony, devant les visiteurs...

Norman s'alluma une cigarette Benson & Hedges. *Allez, les Gunners, reprenez-vous !* Mais ils n'arrivaient pas à franchir la défense étonnamment solide de Luton.

—Ah, oui, les sœurs Sharman se sont plaintes des escaliers et ont filé sans nous aider à tout fermer. Remarque, les Staniland n'ont pas traîné non plus. Et les Liversedge ? Nathan rôde toujours dans les parages, et je suppose que le grand-père n'hésiterait pas à trancher la gorge de quelqu'un…

Norman se leva et alla fermer la porte de la cuisine, croisant le regard de Dot au passage. C'était la mi-temps, et il voulait écouter une analyse footballistique plutôt que des commérages au sujet du meurtre, qu'il entendait encore à travers la porte close. Il avait besoin de se concentrer sur le football, et non sur les événements d'hier soir, sur les allées et venues des uns et des autres, et sur la question de savoir si quelqu'un l'avait vu ou non.

—Arsenal va s'en vouloir d'avoir concédé ce but… disait un commentateur à la télévision.

Cela n'atténua pas le sentiment de défaite qui s'abattit sur Norman telle une dépression météorologique.

13

L'église était fermée, et resterait jusqu'à nouvel ordre une scène de crime inaccessible aux fidèles. Théologiquement parlant, c'était une scène de crime chaque dimanche, pensa Daniel, avec le corps de Jésus brisé et ensanglanté sur l'autel, semaine après semaine ; mais les questions théologiques devaient céder la priorité aux questions pratiques, car les fidèles n'auraient rien pour la Sainte Communion si Daniel ne pouvait pas trouver un autre autel. Il y avait une solution à ce problème : Bernard avait proposé d'utiliser la chapelle du manoir. La maison étant ancienne, sa chapelle était vaste, et l'une des structures au cœur de l'édifice avait été construite pour accueillir le flot considérable de membres du clergé que la famille Floures avait employés au fil des ans. À la fin du XIIe siècle, elle avait été rénovée dans le nouveau style gothique, avec des arches pointues et une belle voûte, mais sous ses dalles reposaient des ossements vieux de plusieurs siècles. La famille devenant plus pompeuse et requérant des monuments d'une plus grande splendeur, l'église paroissiale s'était agrandie pour accueillir ses tombeaux ; au cours du XVIIIe siècle, moins florissant, un titulaire zélé avait fait construire une autre chapelle pour la maison, une simple pièce supplémentaire au rez-de-chaussée mais sobre et de style géorgien, éclairée la journée par de grandes fenêtres à guillotine et le soir par un lustre. Dans cette seconde chapelle, un autre Floures rassemblait la famille et les domestiques pour les prières du matin, pendant l'une des rares périodes de piété de leur histoire familiale. Après cela, la chapelle d'origine s'était retrouvée sans grande utilité. Froide et austère, elle était maintenant utilisée occasionnellement pour les baptêmes, les petits mariages des membres de la famille moins importants ou plus timides, et pour les obsèques des membres importants. Elle avait également accueilli des concerts qu'Anthony et Daniel avaient organisés pour le Festival d'été des arts de Champton (ainsi qu'une production de la pièce de théâtre *Meurtre dans la cathédrale*, si impitoyable que Bernard avait catégoriquement refusé d'assister à une seconde représentation).

La chapelle n'était pas assez vaste pour les fidèles exceptionnellement nombreux qui se présentèrent pour la Sainte Communion du soir – des fidèles présents pour des raisons à la fois sacrées et profanes. La mort d'Anthony, et les rumeurs sur la manière violente dont il était mort, avaient choqué les paroissiens de Champton, et les plus prévoyants d'entre eux, s'attendant à une foule, arrivèrent tôt pour être sûrs d'avoir une place. Tandis que Daniel préparait l'autel, il vit que la chapelle était déjà pleine, les paroissiens se pressant autour du banc familial à l'avant comme des usagers debout qui se serraient autour des places réservées dans un train bondé. Les lectures du jour, il fut heureux de le constater, ne contenaient pas de note discordante ni de meurtres atroces. Dans la première lecture, Jésus, particulièrement énigmatique, disait aux disciples : « Encore un peu de temps, et vous ne me verrez plus ; et puis encore un peu de temps, et vous me verrez ; parce que je vais au Père. » Et les disciples ignoraient ce qu'il voulait dire. L'incertitude et l'ignorance, les marques de fabrique de la discipline chrétienne, pensa Daniel, tandis qu'il prêchait ce soir-là sur la nécessité d'apprendre à vivre à la fois avec le mystère et la promesse. Vivre avec le mystère était aisé, et vivre avec la promesse, bien plus ardu. Daniel ne dit rien sur la mort d'Anthony, rien sur la façon dont lui-même avait découvert sa mort, mais pria pour le repos de son âme, pour la justice envers ceux qui étaient victimes, pour la miséricorde envers ceux qui avaient fait du mal – il y eut un petit flottement quand quelques personnes s'agitèrent, l'air embarrassées – et pour la restauration de la paix au sein de leur communauté. « Amen », répondit l'assemblée.

Daniel alla se poster sur les marches qui menaient au jardin, mais il ne fut pas le premier dehors. Durant le dernier hymne, joué par Jane Thwaite sur l'harmonium sifflant de la chapelle, les sœurs Sharman et Mme Shorely étaient sorties pour rejoindre la cuisine. Ce soir, personne n'était pressé de sortir et il n'y avait pas d'échange d'amabilités. Les murmures chuchotés à l'intérieur devinrent plus forts et moins sépulcraux tandis que les spéculations fusaient et que des morceaux de phrases s'élevaient par-dessus le brouhaha.

—… tranchée d'une oreille à l'autre…

—… le recteur a entendu ses derniers mots…

—… qui courait le long du ruisseau…

Honoria de Floures fut la première à apparaître.

—C'est une vraie mêlée là-dedans… oh, comme nous adorons les drames ! Vous allez bien, mon cher Dan ?

—Je vais assez bien. Et vous ? Ce qui est arrivé est terrible.

Elle haussa les épaules.

—Terrible, répondit-elle. Et je ne vois pas qui aurait pu vouloir tuer Anthony. Il était si inoffensif. C'était bien un meurtre ?

—C'est ce que tout le monde dit.

Honoria lui lança un de ses regards qui semblaient dire : « Ne soyez pas stupide. »

—Des lumières bleues, des tas de policiers, des rubans de scène de crime. Évidemment que c'en était un. D'ailleurs, papa l'a dit.

Daniel garda le silence.

—Oh allons, Daniel, ne soyez pas si entêté ! Ce que je veux savoir, c'est si c'était un meurtre non prémédité, ou si quelqu'un en avait après Anthony ?

Anthony n'était peut-être pas aimé de tous, mais aurait-il pu provoquer des sentiments intenses au point que quelqu'un veuille le tuer ? Peut-être était-ce un meurtre au hasard, peut-être que quelqu'un était entré dans l'église en cherchant une victime, n'importe quelle victime. Cela semblait improbable ; non pas parce que c'était impensable – cela s'était déjà produit avant, même dans le tranquille village de Champton, car les passions humaines se déchaînent et s'affrontent n'importe où, partout – mais à cause du coup mortel. Daniel n'avait vu qu'une blessure : un tueur pris d'un accès de folie aurait frappé plus d'une fois, et de manière plus sauvage, non ?

—Vous venez prendre un verre ? suggéra Honoria. Dans la bibliothèque ?

—Y aura-t-il foule ?

—Non, je crois qu'il y a des verres de vin pour tout le monde dans le salon. Je suppose que vous devrez y aller. Mais vous pourrez nous rejoindre ensuite ?

Daniel hocha la tête et Honoria s'éloigna, devançant la phalange des fidèles menée par Bernard et Margaret Porteous. Bernard semblait épuisé et Margaret avait un air solennel. Bernard la dirigea plutôt adroitement vers Daniel afin de s'échapper, ne serait-ce que pour quelques instants. Malgré son manque de manières, il s'accrochait encore au principe « noblesse oblige » et, pour cette raison, la chapelle et le salon étaient ouverts au public aujourd'hui. Le chardonnay australien trop boisé que Bernard n'aimait pas était à disposition, et les sœurs Sharman assureraient gratuitement le service, dans un esprit de bénévolat chrétien qui lui convenait très bien.

—Comme c'est terrible, Daniel, d'être interrogé par la police, et aujourd'hui, par-dessus le marché, dit Margaret.

Daniel afficha un faible sourire en guise de réponse.

—La police a-t-elle des pistes sur qui… ou pourquoi… ou comment ?

—Je ne saurais dire, Margaret.

—Non, bien sûr.

Elle se hâta de rejoindre le salon pour être servie en vin et en amuse-bouches, qui se révélèrent être des cacahuètes salées.

Dans la bibliothèque, Daniel le constata plus tard, il y avait du champagne, ainsi que des cacahuètes grillées, qu'Honoria grignotait devant le feu de la cheminée. Sur le mur derrière elle étaient accrochés trois petits portraits de ses ancêtres, des beautés du XVIIIe siècle, au teint de porcelaine et aux courbes généreuses, avec la chevelure cuivrée dont elle avait hérité. Une chevelure qui brillait à la lumière des flammes.

—Dan, joignez-vous à nous ! Champagne ? Je sais que ça ne fait pas très enterrement, mais... la vie continue, déclara-t-elle d'un ton un peu trop joyeux. Et Anthony n'y aurait certainement pas vu d'inconvénient.

Elle l'observa pour voir s'il avait compris son allusion. C'était le cas, mais il n'irait pas sur ce terrain.

—Oh, Dan, vous savez que c'était un buveur ? C'est pourquoi il était ici, le pauvre. Papa l'a envoyé en cure de désintoxication, ensuite, il a séjourné ici, et il n'est plus jamais reparti. À votre avis, qui a pu faire cela ?

—Je ne sais vraiment pas, Honoria.

—Vous ne savez vraiment pas, ou vous voulez juste me faire taire ?

—Peut-on changer de sujet ?

Mais Honoria n'avait aucune intention de parler de quoi que ce soit d'autre.

—Qu'est-ce qui va de travers en général chez les ivrognes, Dan ? J'ai traîné assez longtemps dans les bars pour le savoir. Des dettes, une addiction au jeu ? Une vie secrète ?

—Les gens boivent pour toutes sortes de raisons, je suppose, dit-il, et il regretta aussitôt d'être finalement allé sur ce terrain.

Theo arriva, posant un verre vide et prenant un verre plein au passage, puis s'assit sur le canapé à côté d'eux.

—Tu n'as pas dit grand-chose pendant le service, Dan, observa-t-il.

—J'ai dit les mots que je dis toujours. Tirés du livre de prières. Nous n'improvisons pas.

—Je sais. Je voulais dire, hors script, quelque chose sur ce qui s'est passé. Anthony a été tué hier soir, après tout.

—Nous avons évoqué son souvenir, nous avons prié Dieu pour qu'il lui accorde sa miséricorde, et pour que justice soit faite. Tu ne penses pas que c'était suffisant ?

—Croyez-vous qu'il était gay ? demanda Honoria.

Cette pensée était venue à l'esprit de Daniel. Il se souvenait avoir parlé un soir à Anthony autour d'un verre, dans son bureau, après une réunion du conseil paroissial de l'église. Le feu crépitait, l'heure était tardive et le whisky, tourbé ; après un assez long silence, Anthony avait commencé à dire quelque chose, mais finalement, il s'était ravisé. Daniel avait pensé que, peut-être, un amour inconvenant le troublait (c'était souvent le cas). Se pouvait-il qu'Anthony ait mené une vie secrète, et que dans cette vie secrète, quelqu'un ait eu une raison de le tuer ?

—Je ne sais pas. Pensez-vous qu'il en aurait parlé à quelqu'un ?

—À papa ? J'en doute. Mais je ne peux imaginer personne dire à papa qu'il est gay. J'aurais cru qu'il était plus susceptible de se confier à vous.

—Non, pas à moi.

—N'êtes-vous pas curieux ?

—Non.

—Non ? s'étonna Theo. Sérieusement ?

—J'ai appris à ne pas l'être.

Honoria hocha la tête.

—Sauf en cas d'extrême nécessité ? avança-t-elle.

—Oui. Si des gens veulent me dire quelque chose, je suis heureux qu'ils le fassent. Sinon, je ne cours pas après eux.

—Même si ce qu'ils veulent te dire peut être important ? demanda Theo. Si tu peux les aider ?

—Je peux seulement ouvrir la porte, il faut que ce soit eux qui décident d'entrer.

—Parfois, on sait sans que rien ait été dit, néanmoins, souligna Theo. Une de mes amies s'inquiétait pour son fils – mon filleul, un petit garçon très maniéré, harcelé à l'école – et pensait qu'il était peut-être gay. J'ai répondu, « Il a huit ans, il n'est rien encore », mais elle m'a demandé d'avoir une conversation avec lui, de parrain à filleul, vous voyez le style. Alors, je suis allé le voir un week-end et nous avons fait une promenade après le déjeuner. Pour créer un lien, je lui ai demandé quels étaient ses centres d'intérêt. « J'adore l'architecture des églises victoriennes néogothiques », voilà ce qu'il a dit. Cent pour cent gay, en fait. Mais je ne crois pas qu'Anthony était homo. Je ne pense pas qu'il aimait l'intimité quelle qu'elle soit. Quoi d'étonnant, après l'enfance qu'il a connue ?

—Que savez-vous de l'enfance d'Anthony ? demanda Honoria.

—Nous avons discuté une fois ou deux. Ici, et à Londres. Un soir, nous nous sommes croisés, nous avons pris une cuite, et il m'en a parlé. C'était assez bouleversant.

Sa voix trembla une seconde.

—J'étais content qu'il ait touché le fond, en fait. Il fallait qu'il soit au plus bas pour ensuite se reprendre en main. J'étais heureux que Bernard le prenne sous son aile, bien que… Eh bien, quelle triste fin. Y a-t-il quelqu'un qui puisse poursuivre son œuvre ?

—Ses recherches ? Je ne sais pas au juste sur quoi il travaillait. Peut-être que papa pourrait nous le dire.

Honoria fit un signe à Bernard, qui se forçait à discuter avec un ami d'Alex invité pour le week-end, et qui n'avait pas assez de bon sens pour se rendre compte qu'un départ précoce est généralement apprécié quand un meurtre survient chez votre hôte.

—Papa, on a besoin de toi ! lança-t-elle.

Heureux d'être secouru, Bernard les rejoignit et se laissa lourdement tomber sur le canapé face à eux.

—Papa, qu'est-ce qu'Anthony faisait vraiment ici ?

—Il mettait nos papiers en ordre. Nos archives.

—D'accord, mais en quoi cela consistait-il ?

Bernard réfléchit.

—Je ne sais vraiment pas. Il m'a dit qu'il passait en revue les livres de comptes de la maison et du domaine datant d'un siècle. Mais je sais que certains documents remontent à cinq cents ans. Anthony étudiait les chiffres. Des rangées et des rangées de chiffres, conservés méticuleusement par le contrôleur, je crois que c'est ainsi que nous appelions le percepteur à l'époque.

Daniel se demanda comme des chiffres bruts pouvaient être interprétés pour raconter une histoire.

—Savez-vous quels domaines il étudiait ? demanda-t-il. C'était quelqu'un de méthodique, et je suppose qu'il n'aurait pas simplement pris le premier dossier qu'il avait sous la main ?

—Anthony disait que tout avait été un peu dérangé pendant la guerre. La dernière guerre, je veux dire. Quand les Français sont rentrés chez eux, le domaine était dans un état catastrophique. Ça a coûté une fortune à papa pour tout remettre en ordre. Oui, Anthony parlait de ça. La super-taxe est arrivée et a absorbé une grande partie de la richesse de la famille, et la maison n'a jamais retrouvé son état d'avant guerre. Il y a encore des pièces, des ailes entières, même, dans lesquelles nous n'avons rien refait depuis la fin de la guerre. Il y a tout un étage de chambres simples qui servaient pour les parties de chasse pendant le règne de la reine Victoria, et qui ont été utilisées comme quartiers pour les officiers, qui sont exactement comme elles étaient quand les Français sont partis. Elles sont simplement plus poussiéreuses. Je n'ose imaginer l'état de la toiture.

—C'était une maison de repos à l'époque, non ? demanda Theo. Du moins, c'est ce que la Française au pub disait hier…

—En effet. Et ils ont fait comme chez eux, pour sûr, ou en tout cas, ils ont essayé. Ils se plaignaient tellement de la nourriture qu'au bout du compte, ils ont cuisiné eux-mêmes. L'un d'eux était chef cuisinier – Franck, un homme charmant – et il a montré aux cuisinières comment ils aimaient que les choses soient faites. Mais comme certains venaient du Sud, d'autres du Nord, et qu'ils appréciaient des choses différentes, ils n'arrêtaient pas de se disputer à ce sujet. Certains étaient des personnages extraordinaires. Je me souviens d'un artiste, je crois qu'il était assez célèbre avant la guerre. Il travaillait sur le camouflage, ou il faisait des affiches, quelque chose dans le genre. Il y avait aussi un scientifique, un chimiste je crois, qui a construit un laboratoire. On nous avait avertis de ne jamais aller là-bas, alors nous avons supposé qu'il fabriquait des explosifs ou du gaz toxique. Vous savez que Charles de Gaulle est venu en visite ?

—J'en ai entendu parler, répondit Daniel. Anthony m'a montré une photo. Vous avez des souvenirs ?

—Nous n'y étions pas. Anthony et moi étions tous les deux en pension, et pendant les vacances, nous allions chez notre grand-tante Elizabeth, dans l'Argyll, ou à Rudnam, notre domaine dans le Norfolk, bien que cela soit devenu un peu plus difficile quand les gens ont cru qu'il y aurait une invasion.

—Alors Anthony y était aussi ?

—Oui, après la mort de son père, nous l'avons recueilli et... il n'avait nulle part où aller. Ça a dû être une expérience étrange pour lui. Je me demande s'il était curieux d'en découvrir plus sur cette période ? Et les papiers étaient dans un terrible désordre à cause de toutes ces perturbations. Je crois que les gens ne veulent préserver les souvenirs que quand ils pensent qu'il y a un avenir dans lequel ils auront le loisir et l'envie de se retourner sur le passé. La guerre était très déstabilisante, surtout après la chute de la France, qui semblait très proche ici, avec l'arrivée des Français.

—Si nous jetions un coup d'œil au bureau d'Anthony ? suggéra Honoria. Cela nous permettrait de savoir sur quoi il travaillait, non ?

Bernard secoua la tête.

—La police a emporté tout ce qui était sur son bureau.

Audrey apparut, survoltée après avoir fait le tour du salon, comme une abeille difficile passant de fleur en fleur, les tentant toutes avec une promesse de pollen sans se poser sur aucune. Elle était remarquablement dépourvue de conscience de soi, avait un manque d'intérêt presque total pour la vie intérieure, comme Daniel l'avait souvent observé, et était joyeusement ignorante de l'humeur qu'une communauté adopte pour marquer la solennité des événements. La mort de l'un d'eux était survenue – ce n'était pas seulement une mort mais un meurtre, et un meurtre sur les terres du domaine – et cela l'avait emplie d'une verve qu'elle ne cherchait pas le moins du monde à cacher. Après la guerre, son ennui lié au temps de paix n'avait été dissipé que lorsqu'elle avait finalement été nommée cheffe de la branche locale du Women's Voluntary Service, devenu désormais le Women's Royal Voluntary Service, et qu'elle avait dû organiser les secours face à une fausse frappe nucléaire à Braunstonbury. Ravie, Audrey était passée de station médicale en station médicale, avec des couvertures, des fontaines à thé et des biscuits, des armes de défense précieuses contre les conséquences radioactives.

—Comme c'est merveilleux de voir l'ancienne chapelle si pleine ! Comme c'est merveilleux de voir Champton se réunir vraiment. Tout le monde est dévasté par la mort d'Anthony. Tout le monde veut savoir, Daniel, quand il y aura une déclaration officielle.

—Je suppose que le chef de la police aura quelque chose à dire. Peut-être demain ?

—N'avons-nous pas rencontré le commissaire en chef ici une fois ? demanda-t-elle en regardant Bernard. Ne pourrait-il pas y avoir un indice, peut-être, un murmure, juste pour rassurer les gens ? Et ne devrions-nous pas être vigilants et surveiller les étrangers ou les personnes qui ont un comportement suspect, jusqu'à ce qu'ils arrêtent cet individu ?

Bernard haussa les épaules et émit le bruit qu'il émettait quand il ne savait pas quoi dire, un son entre le toussotement et le gloussement.

—Charlie n'est pas plus susceptible de savoir ce qui se passe que vous ou moi. Personne ne le tient au courant.

Daniel se souvint que l'évêque lui avait dit quelque chose de similaire. Plus on monte dans une organisation, plus on est loin de ce qu'on a besoin de savoir.

—Mais cela viendra en temps utile, conclut Bernard. Et, naturellement, nous devons être aux aguets…

Sur quoi, il s'éloigna.

Daniel, Theo et Audrey prirent congé et retournèrent chez eux en traversant le parc. Audrey prit ses fils par le bras, et Daniel remarqua qu'un effort légèrement plus grand était nécessaire de sa part et de celle de Theo, la diminution de l'énergie d'Audrey avec l'âge requérant un peu plus de la leur. Il faisait presque nuit et le chemin devant eux devint bientôt indistinct.

—Bien sûr que Bernard est en contact avec le commissaire, dit Audrey. Un meurtre ? Au domaine de Champton ? Un membre de la famille Floures ? Ça ne m'étonnerait pas si le commissaire, le haut-shérif et le lord-lieutenant étaient tous cachés derrière le canapé.

Puis le barrage fragile derrière lequel son torrent de questions était contenu depuis des heures se brisa enfin.

—Qui l'a tué, Daniel ? Pourquoi ? Dis-moi comment ? Et ne prends pas ton air peiné habituel, tu sais duquel je parle.

Daniel savait quand opposer une résistance face à sa mère et quand céder.

—Poignardé dans le cou avec un sécateur. Je suppose que l'arme était dans la salle des fleurs.

—La salle des fleurs ?

—Je ne vois pas d'où elle aurait pu venir, à moins que le meurtrier ait prévu de faire un peu de jardinage après le meurtre. Je suis sûr d'avoir vu Anne Dollinger s'en servir.

—L'acolyte de l'autre dame, je ne sais plus son nom ? demanda Theo. Du comité des fleurs ?

—Oui, c'est elle.

—Je ne la vois pas assassiner quelqu'un, déclara Audrey, à moins que Stella Harper le lui ait ordonné.

—Le « comment » est intéressant, cependant. Les dames du comité étaient là pour arroser les fleurs et tout mettre en ordre pour les visiteurs de dimanche. Avaient-elles laissé un sécateur à l'extérieur de la salle pour que le meurtrier le trouve et… l'utilise ? Ou a-t-il apporté le sien ? Ou elle ?

—Tu crois que ça pourrait être une femme ? demanda Theo.

—Tu connais beaucoup d'hommes qui se baladent avec un sécateur ?

—Tous les jardiniers que je connais, intervint Audrey. Mais je n'essaierais pas de trancher la gorge de quelqu'un avec, même si j'étais un homme.

—Il n'avait pas la gorge tranchée. C'était un coup. Un seul coup, je pense. Ce n'était pas une grosse plaie, mais l'artère était touchée.

—Ça ne te semble pas un peu chirurgical ? avança Theo. Un seul coup ? Avec un sécateur ? Et qui a atteint l'artère ?

—C'est aussi ce que j'ai pensé. Je suppose que dans un accès de colère, un tueur peut se déchaîner sur quelqu'un et tomber sur le bon endroit. Mais le coup venait de derrière.

—Comment le sais-tu ?

—Anthony était en train de prier. Il était agenouillé sur un coussin. Le meurtrier s'est sans doute glissé derrière lui et l'a frappé.

Un thème commun dans l'iconographie chrétienne, songea Daniel. Un saint en prière, à la tombée de la nuit, à mi-chemin du ciel avant le coup mortel ; mais Anthony n'avait rien d'un saint, et s'il avait su que son meurtrier venait derrière lui, il se serait sûrement défendu.

—Le sang, dit Audrey. Il devait y avoir beaucoup de sang. Des éclaboussures.

Audrey avait conduit des ambulances pendant le Blitz, et avait vu de près la fragilité de l'animal humain.

—Une blessure comme celle-ci a sûrement fait jaillir le sang, ajouta-t-elle.

—En effet.

—Deux choses, dans ce cas. D'abord, le meurtrier était très probablement couvert de sang. Ensuite, c'était quelqu'un qui savait ce qu'il faisait. Et si c'était le cas, il savait peut-être comment s'écarter du jet de sang. Plus j'y pense, plus je suis convaincue que c'était un professionnel. Alors, pourquoi quelqu'un a-t-il voulu tuer Anthony ? Qu'en est-il de son passé ? Je sais qu'il en avait un, les gens en parlent dans le village.

—Que disent-ils ?

—C'était un buveur – tu le savais ? –, sa vie était devenue compliquée, c'est pourquoi il est venu ici. Peut-être que c'était la boisson ? Mais peut-être qu'il s'était fait des ennemis. Avait-il des dettes de jeu ? Bernard ne les aurait-il pas payées ?

—Je pense que si, mais il aurait fallu que l'urgence de rembourser soit très convaincante pour qu'il s'y résolve.

—Ce meurtre a quelque chose à voir avec son passé. Forcément.

Ils arrivèrent à un tournant, et le presbytère apparut devant eux. La lumière de la cuisine avait été laissée allumée pour éclairer le chemin telle une lampe de tabernacle dans une église sombre. Audrey prépara le dîner, soupe et sandwichs du dimanche. Après le repas,

Theo, selon les instructions de sa mère, alla au pub pour écouter ce que les gens disaient ; Daniel et Audrey regardèrent une comédie insipide à la télévision, et peu après qu'Audrey se fut endormie, Cosmo et Hilda se tournèrent vers Daniel, avec leur connaissance canine du temps, agitant la queue dans l'attente de la prière. L'église était, pour le moment, le domaine d'un autre, et les teckels gémirent lorsqu'il se dirigea non pas vers la porte de service mais vers son bureau. Il s'assit à son bureau, qui avait appartenu à son père et à son grand-père avant lui. Sur sa surface brillante étaient posées ses affaires, aussi nettement que des ustensiles pour une cérémonie du thé : ses porte-mines, ses blocs-notes, chacun à sa place, prêt à être utilisé. *Et permets que nos vies ordonnées confessent la beauté de ta paix*, pensa-t-il en ouvrant son livre de prières à la page des prières du soir, qu'il lirait non pas à l'église à cause du meurtre, mais en privé et plus tard que prévu. « Ô seigneur, ouvre nos lèvres », lut-il, mais en silence, ce qui semblait aller contre l'esprit de l'invocation.

Il venait d'arriver au *Nunc dimittis*, le joli cantique de Syméon, quand on frappa à sa fenêtre. Les rideaux n'étaient pas encore tirés et il distingua une silhouette sur la terrasse. C'était Bob Achurch.

Daniel le fit entrer.

—Tout va bien, Bob ?

—Désolé de passer si tard, Recteur, mais il faut que je vous parle, et je ne voulais pas déranger votre mère.

Une attention pleine de tact, pensa Daniel. Il invita Bob à s'asseoir.

—Le bruit court que M. Bowness a été tué de manière professionnelle. Je ne m'attends pas à ce que vous me révéliez quoi que ce soit à ce sujet, mais je voulais vous dire quelque chose. J'ai servi dans les Royal Marines pendant la guerre, je pense que vous le savez, en tant que membre de commando.

—Oui, vous m'en avez parlé.

—Je me demande si ça fait de moi un suspect ?

—Pourquoi ?

—Parce que je sais comment tuer les gens, comme M. Bowness a été tué.

—Vous savez comment il a été tué ?

—Plaie à la gorge. Tout le monde le sait.

—La police a-t-elle indiqué qu'elle vous soupçonnait ?

—Le sergent est passé chez moi, je lui ai parlé de mon passé de militaire et je lui ai dit où j'étais au moment du meurtre, c'est-à-dire chez moi avec Cynth. Mais personne ne nous a vus. Et nous n'avons rien vu non plus. Alors, est-ce que je suis un suspect ?

—Comme le dit l'adage, dans un crime, il y a trois éléments : les moyens, le motif et l'occasion. Dans votre cas, il y a peut-être les moyens et l'occasion. Mais le motif ?

—Il n'y en a aucun. Deux éléments sur trois pointent vers moi, cela dit. Mais je ne suis pas le seul.

—Le seul quoi ?

—Le seul qui sache comment tuer comme ça.

—Presque tous les gens de votre âge ont servi pendant la guerre, non ?

—Je veux dire, tuer comme ça. De manière experte. Je pense que vous savez ce que je veux dire.

—Je ne peux rien dire là-dessus, Bob.

Bob acquiesça d'un signe de tête.

—C'est ce que je pensais. Mais je me disais que, peut-être, vous pourriez rendre visite aux gens ? Tourmenter les consciences, si le meurtrier en a une ?

—Avez-vous parlé de cela à la police ?

—Je me suis dit que j'allais vous parler en premier, Recteur.

—Cela me met dans une position délicate, Bob.

—Pas aussi délicate que la mienne.

—Je vois. Laissez-moi faire. Voulez-vous boire un verre ?

—Non, merci, Recteur. Je ferais mieux de rentrer. Cynthia s'inquiète quand elle est toute seule.

—Bien sûr.

Il raccompagna Bob qui s'en alla sans un bruit.

Puis il retourna à ses prières.

—Donne à tes serviteurs la paix que le monde ne peut donner, afin que nos cœurs soient disposés à obéir à tes commandements ; et qu'étant délivrés par toi de la crainte de tout ennemi, nous passions notre vie en repos et en tranquillité, par les mérites de Jésus Christ notre Sauveur. Amen.

14

Le lendemain matin, Theo annonça qu'il retournait à Londres. Il avait un doublage de prévu, mais il était aussi fatigué de la vie à la campagne, comme toujours après un jour ou deux. Il avait hâte de pouvoir boire un café digne de ce nom chez Bar Italia et de jouer au billard au club Groucho.

—Mais il faudra que je revienne te regarder travailler, Dan. Quand est-ce que cela t'arrangerait ?

—Je pense que ça devra attendre.

—Pourquoi ?

—Il y a eu un meurtre, Theo.

—Je suis au courant. Je pourrais t'aider.

—C'est déjà assez inconfortable que tu me surveilles dans des circonstances normales, et nous ne sommes pas dans des circonstances normales. Les gens sont anxieux et bouleversés, ils posent des questions. Nous traversons une crise et je ne peux autoriser aucun spectateur. Tu ne le comprends donc pas ?

—Je ne suis pas un spectateur, je fais déjà partie de l'histoire. J'ai fait une déposition aussi, la police aura peut-être besoin que je revienne.

—Tu devrais revenir quand les choses se seront calmées. Je suis désolé, Theo, mais je dois faire passer les besoins de la paroisse avant tout.

—Tu vas y réfléchir ?

—C'est tout réfléchi. Il faudra remettre cela à plus tard.

—Mais je ne peux pas attendre aussi longtemps. Je dois me préparer pour mon rôle.

—Regarde de vieux épisodes de *All Gas and Gaiters*, la série ecclésiastique. Tu y trouveras tout ce que tu as besoin de savoir.

—Ça ne m'aide pas beaucoup…

Audrey l'interrompit.

—Chéri, tu veux bien me déposer à la boutique de vêtements en partant ? Je veux quelque chose de gai et de nouveau pour le printemps. Quelque chose pour chasser la morosité !

Pour sa part, Daniel avait du mal à chasser les pensées concernant le meurtre – elles l'avaient empêché de dormir la moitié de la nuit – alors, après avoir fait un signe de la main à son frère qui boudait et à sa mère, qui s'éloignaient dans la Golf neuve – « Roule doucement devant le bureau de poste, Theo, je veux que les dames me voient » –, il emmena les chiens faire une promenade autour du lac.

Daniel menait ses meilleures réflexions quand il se déplaçait par ses propres moyens. Autrefois, c'était à bicyclette – c'était ainsi qu'il avait pu comprendre les éléments de l'union hypostatique suffisamment bien pour obtenir son diplôme en théologie avec mention. À présent, c'était à pied, pendant qu'il sortait les chiens, qu'il réfléchissait le mieux à ses problèmes.

Cosmo et Hilda étaient censés être en laisse, les agneaux étant encore dans les champs, mais Daniel choisit soigneusement son itinéraire, et quand ils approchèrent du lac, il les laissa explorer les attractions de sa berge. Le lac était l'œuvre de deux des plus grands paysagistes d'Angleterre. D'abord, Capability Brown, qui déplaçait les montagnes et divisait les eaux, puis Humphry Repton, qui avait proposé des améliorations aux aménagements de son prédécesseur, à savoir, dans le cas du lac de Champton House, une étrange petite maison à deux niveaux construite sur la berge la plus éloignée de la maison, un croisement entre un cottage au toit de chaume et un chalet de ski duquel Daniel s'attendait à moitié à voir les membres de Wham! sortir en chandails de Noël chaque hiver. C'était en fait un pavillon des bains, bâti autour du ruisseau qui alimentait le lac, avec une pièce conçue pour des thés pittoresques à l'étage et une sorte de grotte dessous, formée autour d'un bassin dans lequel le ruisseau coulait avant de ressortir. Un lieu pensé pour être non seulement original mais aussi sain, et à une époque, les visiteurs étaient encouragés à se baigner dans ses eaux, jusqu'à ce qu'un voisin attrape une maladie et en meure. Un petit palier reliait le pavillon au lac, et une barque attachée par une amarre se reflétait sur la surface immobile, avec l'extravagant pavillon en arrière-plan. Une scène parfaite, pensa Daniel, et il se demanda si quelqu'un le regardait en ce moment depuis la bibliothèque, à huit cents mètres de là. À cette distance, il était une silhouette dans le paysage, comme les moines et ermites du XVIIIe siècle insérés dans les tableaux pour y ajouter un intérêt romantique (mais dans son cas, avec deux teckels brun roux qui encerclaient ses pieds). Il remarqua quelque chose, non pas derrière lui mais devant lui, une forme qui bougeait dans le décor reflété par le lac.

Quelqu'un était dans le pavillon des bains.

Daniel leva les yeux, mais la personne qui était apparue à la fenêtre n'était plus là. Il se demanda si c'était Alex, qui avait à un moment ou à un autre occupé ou annexé chaque bâtiment du domaine pour en faire son atelier ou pour ses installations (il avait abîmé l'orangerie l'été où il avait découvert Yves Klein). Peut-être étaient-ce des jeunes du village, qui se servaient du pavillon comme d'une cachette pour boire, fumer ou s'embrasser ? Puis il se souvint du meurtre et eut le ventre noué. Il observa la bâtisse, et à nouveau, il vit une silhouette passer devant la fenêtre, mais cette fois, elle s'arrêta, l'aperçut, et lui fit un signe de la main. Daniel lui rendit son salut, d'un geste hésitant. Ensuite, décidant qu'un meurtrier qui se cachait était peu susceptible de lui faire signe, il commença à contourner le lac pour aller mener l'enquête.

Cinq minutes plus tard, il traversait un bosquet donnant sur l'arrière du pavillon. Il s'arrêta pour attacher les chiens. Tandis qu'ils quittaient le bosquet et se retrouvaient dans une clairière couverte de touffes d'herbe, la porte de service érodée du pavillon s'ouvrit, et la silhouette apparut à nouveau. Les chiens se mirent à aboyer, mais ce n'était que Ned Thwaite.

—Bonjour, Daniel !

—Est-ce que je peux détacher les chiens, Ned ?

—Oui, allez-y, libérez-les.

Daniel retira les laisses de Cosmo et d'Hilda, qui coururent vers Ned, et tandis qu'ils sautaient sur lui, son visage trahit un enthousiasme très modéré.

Daniel rappela les teckels, ou plutôt, il marmonna des « chut ! » auxquels ils ne prêtèrent aucune attention, mais quelque chose au bord de l'eau leur parut plus intéressant et ils finirent par s'éloigner. Ned, marcheur infatigable, était habillé d'un pantalon de randonnée et d'une veste de sport fonctionnelle, avec des poches et des pochettes pour les livres et les carnets, et s'appuyait sur une branche coupée d'un buisson. Un appareil photo (un Canon AE-1, remarqua Daniel) était accroché à son pantalon d'un côté, et une petite paire de jumelles de l'autre.

—Quelle charmante matinée, Daniel ! Cela rend heureux d'être en vie !

Puis il pensa à Anthony.

—Mais certains n'ont pas cette chance, hein ? Pauvre Anthony. Vous savez, c'est en partie grâce à lui que j'ai découvert cet endroit.

—Le pavillon des bains ?

—Oui. Il m'a montré le Livre rouge, vous l'avez vu ?

Daniel ne l'avait pas vu, mais il avait entendu dire que dans les archives du domaine se trouvait le Livre rouge que Repton avait fait pour Champton, dans lequel il avait dessiné et décrit ses plans pour les améliorations que d'autres créeraient après son départ. Ses livres étaient très appréciés par les historiens sociaux et les paysagistes.

—Le pavillon date des années 1790. Repton l'a construit pour le lord de Floures à l'époque. Mais c'est une illusion, faite pour être admirée et non habitée. Pourtant, quelqu'un l'a occupée.

—Quelqu'un vivait ici ?

—Je vais vous montrer.

Daniel le suivit à l'intérieur. Cela sentait l'eau du lac, la boue, l'humidité, et Daniel se demanda si ces pièces avaient vraiment pu plaire à ceux qui avaient été invités ici pour un pique-nique ou un thé. La pièce supérieure était encore belle, avec son plafond décoré de moulures complexes : certaines étaient tombées mais il restait encore des festons de fruits et de fleurs poussiéreux – en y regardant de plus près, ce n'étaient pas des fruits et des fleurs mais des coquillages et des algues. Les portes-fenêtres donnaient sur une sorte de véranda d'où l'on pouvait admirer la vue sur le manoir, mais elles n'avaient pas été utilisées depuis des années. Quelqu'un avait fait l'effort de nettoyer les carreaux, dont certains étaient fissurés ou manquants. Peut-être était-ce la même personne qui avait allumé un feu dans la cheminée récemment : une vieille bouilloire était posée sur un trépied en fer forgé, et il y avait un mug aussi – l'un des mugs de Champton, orné des armoiries du domaine et d'un dessin de la maison, datant de l'une des tentatives avortées de Bernard de gagner de l'argent grâce aux visiteurs.

—Selon vous, tout cela est récent ?

—Je ne sais pas, mais regardez ça.

Ned, tout excité, fit signe à Dan de le suivre jusqu'à l'entrée, où des marches menaient à la grotte.

—Attention, c'est glissant…

Ned ouvrit la voie en tenant la rampe. Les chiens les suivirent, et ils arrivèrent dans un espace sinistre, en partie ouvert. Daniel eut l'impression d'être dans une attraction de fête foraine. Il lui fallut une seconde pour s'adapter à l'obscurité, puis il vit qu'il était dans une sorte de grotte décorée. Au centre se trouvait un bassin rectangulaire, rempli par une petite cascade qui se déversait de la bouche d'un poisson de pierre. Le bassin se vidait de l'autre côté à travers une grille, dans un ruisseau qui sinuait jusqu'au lac. Si cette installation avait été conçue à l'époque pour des bains thérapeutiques, l'odeur de la boue et du limon dissuaderait maintenant les plus déterminés, toutefois, pour les chiens, c'était paradis de promesses olfactives. Ned sortit une lampe torche.

—Regardez ça !

Il projeta une lumière sur le mur derrière eux.

Surpris, Daniel eut le souffle coupé. C'était une fresque, défraîchie, assombrie non seulement par le temps mais aussi par la moisissure, et le contraste entre ombres et lumières lui rappela les gravures de Piranesi. Les bords étaient indistincts, inachevés, comme s'ils étaient vus à travers le brouillard, mais on distinguait clairement des silhouettes dans un paysage – un paysage familier, mais dans une version cauchemardesque. La fresque représentait Champton – la maison à moitié effondrée, le parc ressemblant à un croisement entre un cimetière et un champ de bataille. Dans le parc se trouvaient de nombreuses silhouettes, hommes et femmes, certains en uniformes, d'autres en tenues chics du Paris des années 1940, mais déformées et caricaturales, ce qui était logique si l'œuvre avait été peinte pendant la guerre par un résident temporaire, dont la vision était plus proche de Jérôme Bosch que de Delacroix.

Les silhouettes humaines semblaient peut-être caricaturales et grotesques, mais, remarqua Daniel, elles étaient aussi soigneusement différenciées par leur position, par un détail facial ou par leurs vêtements. C'étaient de vraies personnes, pensa-t-il, comme les gargouilles que le chanoine Dolben avait fait ajouter lors de la restauration du côté nord de l'église St. Mary, encore reconnaissables comme des caricatures de lui-même, des marguilliers et du père de Bernard. Daniel regarda de plus près. Les gens sur le mur semblaient être en conflit, devenant de plus en plus antagonistes, luttant désespérément contre la mort tandis qu'ils approchaient du centre de la fresque où, comme dans un Delacroix vu de loin, une pile de corps enchevêtrés était surmontée d'un coq doré – la girouette de son église. Et là, au cœur de cette pile, deux silhouettes, un homme et une femme : des amants, sûrement, bien qu'ils ne soient pas charmants mais héroïcomiques, qui levaient une croix de Lorraine. Au-dessus d'eux, le slogan *In hoc signo vinces* était écrit sur le ciel rougissant.

—La bataille du pont Milvius, dit Daniel.

—Qu’est-ce que c’est ?

—En 312, les empereurs Constantin et Maxence se sont affrontés lors d’une bataille près du Tibre. Constantin avait eu la vision d’une croix brillante et de ces mots – *Par ce signe tu vaincras* – alors il les a fait peindre sur les boucliers de ses soldats, et ils ont vaincu Maxence. Constantin est devenu le seul empereur. Il a donné à la chrétienté son approbation impériale, et la suite, vous la connaissez.

—Mais il n’y a pas de pont.

—Non, c’est juste une référence. Je me demande ce qu’elle signifie ?

—La croix de Lorraine, dit Ned. Le symbole des Forces françaises libres, n’est-ce pas, pendant la guerre ?

—Oui. Cette œuvre n’est pas exactement de la propagande. Était-elle conçue comme une satire de la guerre ? Une critique de la religion et de l’Empire ? Une célébration de l’amour parmi les ruines ?

—Je ne suis pas surpris qu’elle ait été réalisée ici. Ce n’est pas vraiment le message que des officiers jugeraient convenable pour les soldats.

—Non, pas vraiment.

Daniel revint à des événements plus récents.

—Ned, depuis combien de temps le feu a-t-il été allumé, à votre avis ? demanda-t-il.

—Je ne sais pas, ça ne doit pas faire longtemps. Pourquoi ?

—Le meurtre.

L’enthousiasme de Ned se mua en surprise.

—Oh, mon Dieu, je n'y avais pas pensé !

—Il faut appeler la police immédiatement. Avez-vous trouvé autre chose ?

—Non. Je ne crois pas. Vous pensez que la personne qui a tué Anthony se cachait peut-être ici ?

—Je ne sais pas, mais, nous devons rapporter à la police tout ce qui paraît suspect.

Daniel appela les chiens, en pleine exploration, sur le ton qu'il employait quand il était sérieux. Ils revinrent en trottinant, le ventre mouillé.

—Restez ici, Ned. Ne touchez à rien, ne laissez personne entrer. Je vais téléphoner au sergent depuis le presbytère.

Il s'avéra que Dans Vanloo était déjà dans le village, pour prendre des dépositions. Il vint directement au presbytère. Les chiens coururent vers lui et aboyèrent, mais il s'agenouilla pour les saluer et après quelques secondes, ils se mirent sur le dos, le laissant frotter leurs ventres encore mouillés, ce qui contrastait légèrement avec la sombre raison de cette visite. Daniel et le sergent allèrent rapidement au pavillon, où Ned attendait devant la porte arrière.

—Sergent Vanloo, voici M. Thwaite.

—Comment allez-vous ? demanda Ned, son accent du Yorkshire plus prononcé que d'habitude, comme chaque fois qu'il était nerveux.

Daniel et Ned lui montrèrent le feu, puis la tasse, que Ned avoua avoir touchée et observée, ayant peut-être effacé des empreintes de pas laissées sur la poussière humide.

— C'est dommage, Monsieur, déclara le sergent Vanloo. Il vaut toujours mieux ne pas toucher aux preuves.

— Je ne pensais pas que c'étaient des preuves, se défendit Ned. Je m'intéresse aux Français libres qui étaient ici pendant la guerre, et je n'ai pas réfléchi au reste. La fresque est fascinante. Je me demande si quelqu'un se souvient de son existence ?

Le sergent ne sembla pas trouver l'œuvre particulièrement captivante : il la regarda simplement un instant, avant d'appeler du renfort. Une fois de plus, une équipe arriva et mit en place des bandes de ruban bleu et blanc pour interdire l'accès au pavillon des bains, qui était désormais un petit mais immanquable rappel de la tragédie, ici, au milieu de ce paysage ingénieusement créé afin qu'il soit admiré depuis les fenêtres de la bibliothèque, de l'autre côté du parc.

15

Alex de Floures campait devant la fenêtre de la bibliothèque et observait au loin le pavillon des bains, à présent interdit d'accès, comme l'église. Il resta là, figé, jusqu'à ce que le claquement des ballerines d'Honoria le pousse à se retourner.

—Bonjour, lança-t-il. Il y a de l'animation au pavillon des bains.

Honoria vint se placer à côté de lui. Son souffle forma un petit cercle de buée sur la vitre.

—Que se passe-t-il ?

—La police a barré l'accès. On distingue les rubans de signalisation d'ici. Et je vois Daniel, ou plutôt son col romain…

—… et deux petites taches à ses pieds. Cosmo et Hilda. Il y a quelqu'un d'autre.

—Ned Thwaite, je dirais.

—Le directeur de l'école ? Qu'est-ce qu'il fabrique là-bas ?

—Il s'intéresse à l'histoire locale, répondit-il en grimaçant.

—Je me demande ce qu'ils ont trouvé.

—Moi aussi.

Alex retourna s'asseoir sur le canapé, sur lequel il avait posé le Livre rouge de Repton. L'ouvrage, compilé dans les années 1790, détaillait les améliorations apportées au parc de Champton, qui bousculaient le plan ordonné que Capability Brown avait créé trente ans plus tôt.

—La fresque ! s'exclama-t-il.

Honoria l'observa d'un air intrigué.

—Elle n'a rien de spécial. Je doute qu'elle retienne l'attention de la police.

—Ned Thwaite. C'est pour la fresque qu'il était là-bas. Il s'intéresse aux Français libres, pour un projet. Il est venu en parler à papa.

Honoria alla s'asseoir sur l'autre canapé, face à Alex.

—C'est sûrement quelque chose en lien avec le meurtre. Peut-être que le tueur se cachait là-bas ? avança-t-elle.

—Drôle d'endroit pour se cacher. Un des cottages ornés les plus charmants de Repton, à moins de deux kilomètres de la scène du crime.

—Tu t'y caches bien, toi.

—Je n'ai tué personne, trésor. Du moins, pas encore. Quoi qu'il en soit, quelqu'un d'autre va là-bas.

—Qui ?

—Je ne sais pas, mais il y a eu d'autres visiteurs.

—Des jeunes du village ?

—Non, je ne pense pas. Ils ne laissent pas de bazar derrière eux. En fait, ils rangent, c'est même comme ça qu'on peut savoir que ce n'était pas l'un de nous. Je me demande si c'était le meurtrier ? L'assassin méticuleux de Champton.

—Tu te souviens quand je t'ai emmené au pavillon la première fois ?

—J'en fais encore des cauchemars, répliqua Alex en grimaçant.

Honoria s'esclaffa.

—Je t'avais dit que c'était la maison d'une sorcière, non ? Que la sorcière transformait les gens en monstres, et qu'elle les collait contre le mur ?

—Oui. Un soir, tu m'as emmené les voir, ensuite tu t'es enfuie avec la torche et tu m'as laissé hurler dans le noir.

—Tu t'es même fait pipi dessus !

Le regard d'Honoria se posa sur les pages ouvertes du Livre rouge.

—Alors, tu l'as trouvé.

Alex acquiesça d'un signe de tête.

—Anthony t'aurait étripé. Il le cherchait depuis son arrivée.

—Je sais, répondit Alex, mais j'ai des projets, moi aussi, et je ne voulais pas qu'Anthony fourre le nez dedans.

Elle l'observa un instant, puis lança :

—Devine quoi ?

—Quoi ?

—Hugh revient à la maison.

Alex fronça les sourcils.

L'honorable Hugh de Floures, frère aîné d'Alex et héritier de Bernard, exécrait tellement Champton qu'il vivait maintenant au Canada, où il cultivait de vastes champs de blé, dans un lieu aussi éloigné de son patrimoine qu'on pouvait l'imaginer. Il avait toujours détesté être le fils aîné et l'héritier, détesté le manoir, ses tableaux, son mobilier, détesté Eton au point qu'on avait dû le retirer du célèbre pensionnat et l'inscrire dans une école du comté. C'était dans cet établissement que les riches fermiers de la région envoyaient leurs fils, et Hugh y avait été heureux pour la première fois de sa vie : tout le monde se fichait qu'il ne sache pas faire la différence entre le nominatif et l'accusatif, ou qu'il connaisse uniquement les grandes lignes de l'histoire de l'Angleterre, et rien sur l'importance économique des mines de charbon dans le sud du pays de Galles. Timide et gauche, il avait rejoint le Young Farmers' Club, où il s'était découvert une aptitude pour les choses pratiques comme faire des balles de foin, conduire des tracteurs, porter des vêtements cirés sous une pluie battante, et pour la camaraderie brusque des autres jeunes agriculteurs. Il n'avait pas choisi le collège d'Oxford où son père et son grand-père avaient étudié, mais une école agricole. Dans le cadre d'un échange universitaire, il s'était rendu au Canada et avait ressenti sous ses vastes cieux indifférents un sentiment de liberté qu'il n'avait éprouvé nulle part ailleurs. Alors, évidemment, il était resté. Bernard souhaitait qu'il revienne, car le jour viendrait où Hugh hériterait à la fois du titre et du domaine, et qu'il lui fallait apprendre les rudiments des fonctions de propriétaire terrien et de pair, mais cette perspective était loin de plaire à Hugh. « Si seulement tu avais été un garçon », se plaisait à dire Bernard à Honoria, qui aurait été un bien meilleur choix, avec son sens des affaires, ses talents en société et son élégance ; mais la primogéniture ne permettait aucun autre candidat à la succession de Bernard que son fils inapte. Parfois, Honoria craignait que Hugh se fasse écraser par des chevaux ou une moissonneuse-batteuse, ou encore qu'il se fasse dévorer par un ours, et que ce soit sur Alex que retombe l'hermine. Bien qu'elle aime ses deux frères, elle-même avait conscience que cela pourrait être préjudiciable pour la famille Floures.

—Pourquoi Hugh rentre-t-il ? Ce n'est pas à cause du meurtre, quand même ?

—Je ne sais pas, répondit Honoria.

Mais elle n'imaginait rien de plus pénible pour Hugh : il n'aimait pas attirer l'attention en tant qu'héritier du domaine. Mais se retrouver au cœur d'un scandale par-dessus le marché lui serait insupportable.

—Il va détester tout ce cirque.

16

Theo ne fut pas le seul à regagner Londres, les journalistes en firent autant une fois que l'intérêt pour le meurtre s'estompa et que d'autres affaires réclamèrent leur attention. Après le choc de la découverte et la vive émotion des premiers jours, Champton s'installa dans une sorte de limbes. Le corps d'Anthony, propriété du médecin légiste pendant que l'enquête de police se poursuivait, gisait sur une étagère réfrigérante à la morgue plutôt que dans la terre enveloppante de ses ancêtres, et le processus méticuleux de récolte d'informations, supervisé par le sergent Vanloo, progressait peu et lentement.

D'autres animations divertirent les Champtoniens pendant l'accalmie. Audrey fut absorbée un temps par le *Concours Eurovision de la chanson*, un spectacle qu'elle appréciait, ses stéréotypes populaires étant plus à son goût que la finale de la coupe de la Ligue anglaise diffusée la semaine précédente. Le titre britannique, *Go*, de l'invraisemblablement nommé Scott Fitzgerald, avait été son favori dès les qualifications, et était maintenant donné gagnant. Daniel et elle regardèrent le concours retransmis en direct de Dublin, et virent hélas le Royaume-Uni se faire coiffer au poteau par la Suisse, avec une chanson d'une jeune femme nommée Céline Dion, qu'Audrey décrivit comme une hôtesse de l'air bulgare qui se serait trompée de jupe. Sa victoire, avec seulement quelques points d'écart lors du vote final, avait un parfum de corruption, un soupçon renforcé quand Audrey apprit que la chanteuse n'était même pas suisse mais canadienne.

— Pourquoi pas un ténor de Tasmanie ou un quatuor de barbiers de Quito ? demanda-t-elle à Daniel, et elle écrivit une lettre au *Radio Times*, qui resterait non publiée, pour se plaindre.

Mai commença. Le mois de la Vierge Marie, ainsi appelé, pensa Daniel, eu égard au jaillissement de la vie nouvelle.

« Si les choses poussaient toute l'année au même rythme qu'en mai, ce serait une jungle ici », répétait invariablement son père quand Daniel et Theo étaient enfants, tandis que les feuilles se déployaient, que les orties croissaient et que le cerfeuil sauvage ouvrait ses parasols couleur crème. À présent, Daniel commençait à le dire comme si c'était une expression à laquelle il venait juste de penser.

Le changement et la routine : le trimestre se poursuivait, et chaque jeudi, à la fin de la journée, la cloche sonnait et des files d'enfants, garçons en pulls bleus, filles en robes à carreaux bleus et blancs, emplissaient une grande salle et s'asseyaient sur le sol, en rangées inégales. Sur les côtés, les enseignants prenaient place sur des chaises, vigilants, regardant avec une sévérité exagérée les enfants qui bavardaient ou s'agitaient. Ce jeudi-là, installée au piano, Mme Buckhurst joua la musique d'entrée, la *Marche militaire* de Schumann, avec toutes les répétitions, et quelques autres supplémentaires, jusqu'à ce que les petits soldats soient tous en place et que Daniel remarque une nouvelle fois à quelle vitesse le charme de cette pièce pouvait s'estomper.

—Bonjour les enfants, dit-il.

—BONJOUUR PÈRE DANIEL, répondirent-ils en chœur, avec un crescendo sur le « JOUUR ».

C'était une salutation ritualisée, guère différente de celle du dimanche à l'église quand il disait « Le Seigneur soit avec vous » et que les gens répondaient « Et avec votre esprit » avec la même inflexion, quoique moins marquée.

—Est-ce l'anniversaire de quelqu'un aujourd'hui ? demanda-t-il.

Trente mains se levèrent, les doigts pointant vers le ciel.

—Est-ce vraiment l'anniversaire de quelqu'un aujourd'hui ?

Katrina Gauchet, la directrice de l'école, se leva.

—Où est Lily Weatherald ? questionna-t-elle.

Une fille dégingandée se mit debout, regardant timidement vers le sol. Elle portait un gros badge sur lequel on pouvait lire : « C'est mon anniversaire ».

—Père Daniel, dit Katrina, Lily a dix ans aujourd'hui.

—Joyeux anniversaire, Lily. Aimerais-tu venir allumer la bougie ?

Une table avait été installée en guise d'autel temporaire, sur laquelle était posée une grande bible ancienne provenant de la sacristie, rarement ouverte, une croix en laiton, un devant d'autel de la couleur de la saison (blanche pour la période pascale) attachée par des bandes Velcro, et une épaisse bougie. Pour commencer le cours, il fallait que cette bougie soit allumée, aussi la secrétaire de l'école avait-elle pris soin de laisser une boîte d'allumettes sur la table.

Lily, rougissante, se fraya un chemin entre les rangées d'enfants. Daniel lui tendit la boîte. L'enfant eut du mal à sortir une allumette et à l'allumer. La bougie n'avait pas été taillée et la mèche était courte, par conséquent la tâche fut plus difficile que prévu.

—Joyeux anniversaire, Lily, dit-il.

Tous les enfants chantèrent « Joyeux anniversaire » puis se turent, regardant Daniel avec espoir.

Durant ces huit années à Champton, Daniel avait appris à s'adapter à son public. Dans son précédent poste, à Londres, il avait une assemblée de fidèles constituée de gens comme lui et de retardataires des classes moyennes supérieures qui n'avaient pas encore abandonné Londres (ou abandonné leur maison du quartier de Belgravia qui valait maintenant plus que leur maison du Sussex) et qui attendaient un certain type de sermons, prononcés d'une certaine façon. À une époque, il se rendait dans une école primaire privée très imposante pour y donner des cours, et les enfants aux cheveux blonds et au teint de pêche avaient une certaine assurance. Un jour, lors d'une sortie scolaire à l'abbaye de Westminster, il avait dû relever les noms des élèves. Il y avait eu des « Rupert » et des « Caroline » à foison, jusqu'à ce qu'un petit garçon réponde « Michael ». Quand Daniel lui avait demandé son nom de famille, l'enfant avait répondu : « Je suis Michael de Roumanie. »

Durant son premier mois à Champton, où les sorties scolaires étaient rares, les enfants moins privilégiés que les membres de la royauté européenne en exil, et les cours religieux, hebdomadaires, Daniel avait essayé de faire découvrir aux élèves les éléments de la doctrine chrétienne, mais après la rédemption et la Présence réelle, Mme Gauchet avait suggéré avec tact qu'il tente une approche différente.

Il en avait testé plusieurs, et avait constaté qu'il était plus profitable que les enfants bougent et fassent du bruit, ce qui était gratifiant pour eux comme pour lui, mais ennuyeux pour les enseignants qui devaient ensuite calmer leurs classes turbulentes quand les parents venaient chercher leurs enfants. Mme Gauchet avait par conséquent suggéré que Daniel essaie d'alterner entre les moments d'activité et les moments de calme. Désormais, les cours finissaient par une chanson et une prière. Le thème d'aujourd'hui étant l'Ascension – Jésus montant au ciel après la Résurrection, un thème prometteur –, Daniel demanda aux enfants de sauter comme pour s'élever vers le ciel, puis il leur fit chanter la chanson *Brille, Ô, Jésus.* Un morceau qui n'était pas à son goût, mais qui plaisait aux enfants, et qu'ils chantèrent en poussant sur leurs voix aiguës, ce qu'ils n'auraient pas fait s'il s'en était tenu à son morceau préféré, *Viri Galilaei.* Puis vinrent les prières : une prière pour tous ceux qui étaient inquiets ou perturbés, et le *Notre Père*, que les élèves récitèrent avec une foi qui ne manquait jamais de l'émouvoir, et qu'ils ponctuèrent par un « AAMEEEEN ! ».

Mme Buckhurst joua le morceau de sortie, la *Chanson sans paroles* de Mendelssohn en sol mineur, « Agitation » (Daniel se demanda si c'était un jugement sur ce qu'ils venaient de chanter), et les enfants reformèrent des files obéissantes. Tout le monde sortit de la salle, à l'exception de Daniel et de Mme Gauchet, qui déplacèrent le piano, laissé là par Mme Buckhurst, qui avait des problèmes de dos.

—Les enfants vont bien ? demanda-t-il. Que leur avez-vous dit au sujet du meurtre ?

—Certains sont perturbés, d'autres ne comprennent pas vraiment ce qui s'est passé. Il n'y avait jamais eu de meurtre auparavant. Nous essayons de les rassurer, mais ce sont surtout les enseignants qui sont affectés. Et les parents.

—Quelle est l'ambiance devant les portes de l'école ?

—Les gens se demandent si les enfants sont en sécurité. Il y a un assassin dans la nature. Et nous n'avons aucune idée de son identité. J'offre des paroles apaisantes. Mais en réalité, je n'en sais pas plus qu'eux.

—Et dans la salle de pause ?

—Même chose. Nous avons eu une réunion du personnel hier. Je crois que cela ira mieux quand nous saurons ce qui s'est vraiment passé et pourquoi. N'est-ce pas vous qui avez découvert le corps ?

—Si.

—Qu'est-ce que cela fait ?

Daniel ne trouva pas de réponse immédiate.

—Désolée, Dan.

—J'essaie de ne pas trop y penser. Il faut continuer à vivre comme d'habitude, vous ne croyez pas ?

—Si. Qu'en est-il de la police ? Ils ont des pistes ?

—Ils ne disent pas grand-chose, hormis pour poser des questions. Je suppose qu'ils ont brossé un tableau des emplois du temps des uns et des autres.

—J'ai entendu dire que le pavillon des bains était interdit d'accès.

—En effet. Peut-être qu'ils y ont trouvé quelque chose ?

—Je n'y suis pas allée depuis des années, je croyais qu'il était fermé. Vous savez qu'il y a une peinture là-bas ?

—Oui, je l'ai vue. Comment êtes-vous au courant ?

—Par Hervé.

Hervé, l'époux de Katrina, fils d'un Français libre, de mère inconnue, recueilli et amené au village.

—Il a toujours su. Il pense que cette peinture a quelque chose à voir avec son père.

—Son père ?

—On raconte que c'était un artiste, envoyé ici pour se remettre de ses blessures, mais qui est décédé. C'est de lui que vient le prénom Hervé. Mon mari porte le nom d'un homme qu'il n'a jamais connu.

—Ah, oui, j'avais entendu cette histoire.

—L'identité de sa mère est un mystère, en revanche.

—Je crois l'avoir entendu aussi.

—Sans doute une fille du coin avec laquelle le Français a couché. Hervé ne l'a jamais connue, il était en famille d'accueil.

Les hasards de la guerre, songea Daniel : elle dispersait les gens aux quatre vents, et quand ils se posaient, ils étaient des personnes différentes, dans des endroits différents.

—Souhaite-t-il découvrir qui sont ses parents ? demanda-t-il.

Il se souvint d'un ancien paroissien, adopté lorsqu'il était bébé, et qui ne l'avait appris que lorsqu'il avait une vingtaine d'années. Après avoir fait des recherches sur sa famille biologique, il était allé frapper à une porte, dans une ville inconnue. Un homme qui lui ressemblait comme deux gouttes d'eau lui avait ouvert ; ils s'étaient regardés, sans rien dire, et après quelques secondes, l'homme avait doucement refermé la porte.

—Parfois. Nous organisons une commémoration spéciale pour le cinquantième anniversaire de la guerre. Nous allons faire voyager toute l'école dans le temps, nous habiller comme à l'époque, manger de la tourte Woolton et des œufs en poudre, si nous arrivons à en trouver, et faire venir certains des anciens du village afin qu'ils nous racontent comment c'était. J'ai demandé à Hervé s'il avait envie de faire quelque chose autour des Forces françaises libres, et maintenant, il ne pense plus qu'à ça. Il discute avec Ned Thwaite, qui est un véritable expert. Ned frappe aux portes des anciens qui travaillaient pour le domaine, et les enregistre sur son dictaphone.

Anthony avait un jour montré à Daniel une photographie de la visite de Charles de Gaulle à Champton en 1943. On y voyait le grand général, avec son képi, l'air distant, entouré d'officiers et de soldats des Forces françaises libres sur les marches de Champton House. L'un de ces hommes était-il le père d'Hervé ?

—Vous connaissez la photographie de M. de Gaulle en visite au village ? demanda Daniel. Ce n'est sûrement pas la seule. Mais je n'en ai jamais vu d'autres. Peut-être que vous pourriez essayer de voir auprès de l'ambassade de France ?

—Quand j'aurai une minute, je le ferai. Justement, auriez-vous une minute, Daniel ? J'aimerais vous montrer quelque chose.

Daniel suivit la directrice dans son bureau. Une toile enroulée était posée sur une table.

—Nous avons trouvé ça, dit-elle.

Elle déroula la toile. Sous un blason représentant l'Union Jack et le drapeau tricolore français mêlés, avec la croix de Lorraine et le V de la victoire, était inscrit un texte, que Daniel reconnut vaguement, avec un sentiment de désarroi.

Allons enfants de la Patrie,
Le jour de gloire est arrivé !
Contre nous de la tyrannie,
L'étendard sanglant est levé,
Entendez-vous dans les campagnes
Mugir ces féroces soldats ?
Ils viennent jusque dans vos bras
Égorger vos fils, vos compagnes !
Aux armes, citoyens,
Formez vos bataillons,
Marchons, marchons !
Qu'un sang impur
Abreuve nos sillons !

—C'est une autre ambiance que *Brille, ô Jésus*, commenta-t-il.

—Vous la reconnaissez ?

—Je crois que c'est *La Marseillaise*. Je ne me doutais pas que c'était aussi sanglant.

—Pendant la guerre, les enfants la chantaient chaque matin après l'hymne national, en l'honneur des Forces françaises libres. Il y avait aussi des élèves français.

—Je l'ignorais.

—Certains des civils installés au manoir avaient des enfants, qui ont donc fréquenté l'école. Champton était étonnamment cosmopolite dans les années 1940.

17

Audrey prenait son temps dans la boutique de Stella, notamment parce qu'Anne Dollinger était seule en caisse et plus facile à intimider que Stella, une adversaire plus à sa taille. Ce n'était pas une grande boutique, mais il y avait un nouveau stock en prévision de l'été, et Audrey voulait étudier toutes les pièces de près. Pour la satisfaire, Anne n'arrêtait pas de faire des allers-retours entre l'arrière-boutique et les rayons, pendant qu'Audrey s'amusait à replacer les vêtements aux mauvais endroits, quand elle daignait les replacer. Bientôt, Anne fut chargée d'une pile de robes qu'Audrey souhaitait essayer, et les accrocha tant bien que mal dans une cabine d'essayage. Audrey ferma la porte derrière elle et s'assit sur le petit banc afin de reprendre son souffle et de retirer ses chaussures trop serrées.

Tandis qu'elle hésitait entre prendre deux robes Country Casuals abordables et une seule Tricoville splendide, elle entendit la porte s'ouvrir et Stella parler avec sa voix de commerçante, une voix étranglée à la Joan Fontaine qu'Audrey aimait imiter, de manière subtile et néanmoins perceptible.

—Anne, dit Stella, auriez-vous la gentillesse d'aller poster ce paquet pour Gillian Thwaite ? L'adresse est notée, mais il faudra que vous régliez les timbres, je vous rembourserai. Je dois m'occuper de Mme Lee…

—D'accord. Voulez-vous que j'aille chercher une tranche de cake et…

Mais Stella avait déjà reporté toute son attention sur Mme Lee. Cette dernière était l'épouse du patriarche d'une famille de gens du voyage, à présent installée de l'autre côté de la ville. Grâce à l'entreprise de M. Lee, son épouse pouvait se permettre des tenues élégantes dont la mère de M. Lee n'aurait jamais osé rêver. Elle était l'une des meilleures clientes de Stella, et bien que celle-ci la critique parfois dans son dos, face à elle, elle était aussi accommodante que le couturier royal Norman Hartnell avec la reine Élisabeth.

—Parlons affaires, madame Lee : que suggérez-vous comme arrangement ?

En d'autres circonstances, Audrey aurait toussé poliment pour indiquer sa présence. Bien sûr, dans le cas présent, elle s'abstint. Avec Stella, la moindre occasion de prendre l'avantage devait être saisie.

—J'ai mille livres en espèces dans mon sac pour régler mon ardoise.

—Cela n'ira pas, madame Lee, ça couvrirait à peine mes frais.

—Mille deux cents ? Et nous sommes quittes ?

Un silence s'ensuivit.

—Entendu, finit par répondre Stella.

Bien qu'elles n'aient pas craché dans leur paume et échangé une poignée de main, le marché fut conclu, et la cloche de la porte retentit quand Mme Lee s'en alla, allégée de mille deux cents livres. Ce fut qu'à ce moment qu'Audrey sortit de la cabine d'essayage, la robe Tricoville drapée sur son bras.

—Audrey !

—Stella.

—J'ignorais que vous étiez là.

—J'essayais cette robe. Je vais la prendre.

—Excellent choix, fit Stella. Comment voulez-vous régler ?

—Peut-être devrais-je vous demander vos conditions pour les paiements en espèces ? roucoula Audrey.

Pour une fois, Stella ne trouva rien à répondre.

—Je pense que je vais utiliser mon amie arrangeante. Je parle de ma carte de crédit, Stella, pas de vous.

Stella alla chercher le terminal de paiement et glissa la carte dans la fente d'une main légèrement tremblante.

—Oh, ne vous inquiétez pas, Stella, vous avez cru que j'allais vous dénoncer au fisc ?

—Je peux vous assurer, Audrey, que mes comptes sont en règle, répondit Stella avec sa voix de commerçante, qui ne renforça en rien la crédibilité de son affirmation.

—Je n'en attendais pas moins. Et je n'oserais pas remettre en question votre honnêteté, que même un torrent de ragots ne pourrait ébranler.

Stella arracha le ticket de la carte de crédit avec un bruit sec qui rappela à Audrey celui d'une guillotine.

—Y a-t-il autre chose que je puisse faire pour vous ?

—Non, ma chère, merci.

Stella lui remit la robe, placée dans un sac élégant.

—À la réflexion, il y a une chose, dit Audrey.

—Laquelle ?

—Pourrais-je utiliser vos toilettes ?

Et Stella saisit le message.

18

Daniel se rendit au salon de thé, ouvert pour la saison, et constata qu'il y avait un cake aux noix, son préféré. À première vue, confectionné par Kath Sharman, de loin la meilleure pâtissière de tout le village. Il était posé sur un comptoir chargé, couvert de napperons et de présentoirs à gâteaux.

—Bonjour, Daniel, dit Dot Staveley. Nous avons eu la visite de votre célèbre frère ce matin.

—Oui, il m'a dit qu'il passerait. Il dépérit sans ses expressos.

—Son passage a suscité un grand enthousiasme, ajouta-t-elle, désignant d'un signe de tête une table dans le coin, où Dora Sharman était installée.

Portant son manteau et son chapeau, Dora observait Daniel avec sa pose caractéristique, semblable à celle d'un pigeon attentif. Il lui fit un signe de la main. Elle le salua à son tour, aussi emporta-t-il son gâteau et son thé pour aller se joindre à elle.

—Bonjour, Dora. C'est l'un des gâteaux de Kath, je crois ?

—Oui. Pourquoi ça ne le serait pas ?

—Oh, je disais ça comme ça.

—Nous n'apprécions peut-être pas cette pimbêche de Dot Staveley, mais les clients aiment les cakes, et nous, nous aimons l'argent.

—Ses cakes sont fabuleux, commenta Daniel, espérant que son compliment ne serait pas mal pris, mais on ne savait jamais avec les sœurs Sharman. Et votre tarte aux pommes est la meilleure que j'aie jamais mangée, Dora. Digne d'un restaurant gastronomique.

—Vous pensiez qu'il n'y avait que du pudding et de la crème anglaise ici ?

Daniel voulut répondre par la négative, mais se rendit compte que Dora avait vu juste.

—Oui, je crois, avoua-t-il.

—On peut remercier les Français. Il y avait un chef cuisinier au manoir pendant la guerre, il m'a appris à faire la tarte aux pommes, et des tas d'autres choses. Et il y avait les Ritals, aussi. Grâce à eux, nous pouvons avoir une tasse de café correcte.

—Les prisonniers de guerre italiens ? demanda doucement Daniel.

—C'est ça, répondit Dora. On les a fait défiler au village, quand ils étaient en chemin pour rejoindre leur camp à Little Frimmington. Ils étaient drôlement beaux. Et joyeux. Difficile de croire qu'ils venaient du front. Toutes les filles venaient les saluer.

Daniel se rappelait avoir discuté avec un aumônier de l'American Air Force, qui s'était retrouvé sur une base du Northamptonshire, d'où les Boeing B-17 américains décollaient pour aller bombarder les villes de l'Allemagne du Nord. Des milliers d'Américains étaient stationnés là-bas et venaient à Braunstonbury pour les pubs et le cinéma. Braunstonbury aussi venait à eux : les femmes étaient charmées par leur accent et leur générosité, et émues par leur situation. Dans le monde de la guerre, rude et dépourvu d'amour, les réconforts et les plaisirs que les gens pouvaient échanger avaient été échangés. Daniel s'était souvent demandé ce qui était le pire pour ces Italiens, subir les horreurs de la guerre, de la reddition et de la captivité, ou être coincés dans des cabanes en bois des Midlands, par un après-midi humide et sombre, sans rien d'autre à boire que du thé trop infusé. À présent, il se demandait si Kath et Dora Sharman, jeunes filles à l'époque, avaient sympathisé avec les Américains, et si, pour leur peine, elles avaient été récompensées en bas nylon, en chewing-gums et en café.

—Sordide affaire, Recteur, avec M. Bowness.

—En effet, Dora.

Ils marquèrent une pause.

—Le connaissiez-vous ? Autrefois, je veux dire.

—Je ne peux pas dire que je le connaissais. Je me souviens de lui, quand il était gamin. Il passait toutes ses vacances ici avant la guerre. Lui et M. le baron étaient cousins, comme vous le savez, et ils se sont rapprochés après la mort du père d'Anthony. On les voyait à Champton, jusqu'à l'arrivée des Français. Après ça, la famille était surtout dans le Norfolk.

—Et vous ?

—Moi ?

—Vous n'étiez pas en service au manoir ?

—Si, comme Kath, mais tout a changé avec la guerre.

—N'étiez-vous pas la femme de chambre de la mère de lord de Floures ?

—Si. L'uniforme à l'époque, bonnet et tablier. Nous devions faire la révérence devant M. le baron et Mme la baronne.

—Que s'est-il passé pendant la guerre ?

—Nous avons été séparées. Je suis allée dans la maison de Rudnam avec la famille, pour m'occuper de Mme la baronne, et Kath est restée ici pour aider aux cuisines. Ensuite, Kath est allée à Rudnam et je suis revenue ici. Ils nous échangeaient.

—Ça vous ennuyait d'être séparées ?

Dora haussa les épaules.

—C'était comme ça. Ils avaient besoin de personnel ici pour garder un œil sur les Français, et pour leur montrer comment s'occuper du manoir. Peu de gens sont restés. Après la guerre, tout était différent. La plupart des domestiques ne sont pas revenus. Pas de valets de pied, pas de sous-majordomes. Pas de femme de chambre après la mort de Mme la baronne. Je n'aurais jamais cru que tout changerait si vite, pourtant c'est arrivé. Après la guerre, tout ça ne semblait plus juste, simplement.

—Que voulez-vous dire ?

—Les révérences, les « oui, Madame », « non, Madame ». Cette époque était passée. Et j'aimais bien quand les Français étaient là. Je ne voulais pas revenir au temps d'avant.

Quand Daniel était arrivé à Champton, il y avait encore une cuisinière, une employée de maison et un majordome au manoir, mais ils étaient partis depuis. À présent, Mme Shorely, des femmes de ménage payées à la journée, les sœurs Sharman et quelques bénévoles entretenaient la maison, toutefois le manque de personnel pour allumer les feux, aérer les pièces, changer les draps, polir l'argenterie, avait changé la vie de tous ceux qui étaient liés à cette demeure. On aurait dit une horloge qui tournait au ralenti.

—J'aurais adoré voir le manoir dans toute sa splendeur, dit Daniel.

—C'était l'une des plus belles maisons de toute l'Angleterre, répondit Dora, se redressant un peu. Quand j'étais petite, il y a eu un bal pour l'entrée dans le monde du père de M. le baron. Des torches éclairaient toute l'allée, du portail jusqu'à la maison. Les voitures défilaient, il y avait tout le gratin. Même le prince de Galles est venu. Cravates blanches, tiares, la maison illuminée comme un paquebot. Un orchestre a joué jusqu'à minuit, et la fête a duré jusqu'à l'aube. On en a parlé dans tous les journaux.

Daniel avait vu les coupures de presse dans les archives du manoir, et les photographies montrant des aristocrates et des gens célèbres en queues-de-pie et robes de soirée, l'air innocent, comme au dernier bal des Romanov en 1913.

—Bon, il faut que j'y aille, déclara brusquement Dora.

Et avant même que Daniel s'en rende compte, elle était à la caisse et cherchait son porte-monnaie dans son sac.

19

Daniel fit un détour par le bureau de poste avant de rentrer chez lui. « Bureau de poste et alimentation générale », c'était ce qui était inscrit en lettres beiges sur la devanture. Cependant, le mot « générale » était trompeur, car il y avait à peine trois étagères de produits en vente : des paquets de sucre, des sachets de thé, des cigarettes Players n° 6, des biscuits, des boîtes de conserve de viande infecte. Il y avait aussi un congélateur coffre, qui contenait des barres glacées au chocolat, des bâtonnets à l'orange et des bâtonnets de poisson pané. La moitié du comptoir était réservée à l'épicerie, l'autre moitié, à la poste, et Mme Braines devait naviguer entre les deux, étant légalement contrainte de vendre des timbres et des permis de détention de chiens en plus des paquets de sucre et de biscuits.

La cloche au-dessus de la porte tinta quand Daniel poussa le battant. Mme Braines était derrière le comptoir de l'épicerie, et la petite boutique était pleine : Dot Staveley, Stella Harper, Kath Sharman et Jane Thwaite étaient présentes. La discussion qu'il avait entendue depuis la rue cessa dès qu'il entra, en revanche, le Jack Russell des Sharman se mit à sauter et à aboyer.

—Scamper, chut ! tonna Kath, et le petit chien émit un minuscule grondement avant de s'asseoir. Ce sont vos deux teckels qu'il sent sur vous, Recteur. Vous savez comment sont les petits chiens entre eux.

Daniel éprouva l'envie de défendre Cosmo et Hilda, mais il savait que Kath avait raison. Ils détestaient Scamper et Scamper le leur rendait bien.

—Bonjour, Recteur, le salua Mme Braines.

Pourquoi ce ton formel ? se demanda-t-il. Était-ce pour dissiper les énergies déchaînées des commérages ?

—Bonjour, Mesdames, répondit Daniel sur le même ton, et il alla se placer derrière Jane Thwaite comme pour attendre son tour.

—Allez-y, Daniel, dit Jane. Nous sommes déjà servies.

Mme Braines adressa à Jane un regard réprobateur.

—Nous ne faisons que cancaner, Recteur, précisa-t-elle.

—Des timbres, s'il vous plaît, madame Braines, dit-il.

D'un air sérieux à nouveau, elle alla derrière le comptoir de la poste, sur lequel un panneau de verre était placé pour la séparer des usagers, telle la grille d'un confessionnal.

—Des timbres économiques et des timbres prioritaires, s'il vous plaît.

Elle ouvrit l'épais livre de timbres.

—Voulez-vous des timbres simples ou des beaux timbres ? Les beaux timbres ont pour thème la Bible galloise, cela pourrait vous plaire.

Daniel, qui était difficile en matière de papeterie, avait une préférence pour l'uniformité en ce qui concernait la correspondance.

—Simples, je pense.

Tandis qu'elle détachait des pages des bandes bleu foncé et rouge vif, Dot prit la parole.

—La paroisse se porte bien, Recteur ?

—Je le crois… en ces circonstances.

—Ned est encore très secoué, Daniel, observa Jane Thwaite. Dire que le meurtrier campait dans le pavillon des bains et que personne ne le savait !

—Oh, ne tirons pas de conclusions hâtives. Nous ne savons pas qui se trouvait là-bas. Nous ne savons pas grand-chose, en fait. Cela pourrait être un détail.

—Un détail ? s'exclama Stella. Un homme a été assassiné ! Il y a un meurtrier parmi nous !

—Ne vaut-il pas mieux éviter de faire des spéculations tant que nous n'avons pas une vision plus claire des choses ?

—Je suppose… concéda Stella, mais il n'en demeure pas moins qu'il y a un assassin dans la nature.

—Norman est à la mairie aujourd'hui, déclara Dot. Il passera voir le chef de la police pour savoir s'il y a eu quelque chose de fait.

—Oui, approuva Stella. Nous voulons des actes.

Mme Braines et Mme Thwaite approuvèrent d'un signe de tête.

—Il est facile de dire à quelqu'un de faire quelque chose, mais quoi ? objecta Daniel.

—Arrêter le meurtrier, répondit Stella. Tant qu'il n'est pas derrière les barreaux, je ne vois pas comment nous pourrions ne serait-ce que commencer à retrouver une vie normale. Et c'est ce que nous souhaitons, n'est-ce pas ? Que les choses redeviennent normales.

—Tout est en suspens, ajouta Jane. Et que va-t-on faire pour la Pentecôte ? Le Festival des fleurs ? La nouvelle cuisine… Oh.

Le faux pas fut suivi d'un court silence. Puis Stella reprit la parole.

—Nos projets semblent si insignifiants à la lumière de ce qui s'est passé. Peut-être que nous pourrons y revenir quand tout cela sera fini et y réfléchir à nouveau.

—Vraiment, Stella ? s'étonna Daniel. Vous sembliez très sûre de vos plans, la dernière fois que nous en avons discuté. Avez-vous changé d'avis ?

—Non, Daniel, je n'ai pas changé d'avis. Mais, avec le recul, je me rends compte qu'il est bon de prendre en compte les points de vue différents.

Un silence à nouveau. Ce fut Daniel qui le brisa.

—Combien vous dois-je pour les timbres, madame Braines ?

—Six livres cinquante.

Daniel paya avec un billet de vingt livres qu'il avait glissé dans son portefeuille ce matin précisément pour cette transaction.

—Au revoir, Mesdames. J'espère qu'il ne faudra pas attendre longtemps pour que nos plus grands soucis soient les bancs de l'église ou l'installation de toilettes.

Elles se serrèrent pour le laisser passer, et Scamper gronda, comme pour rappeler à Daniel que, malgré la concession inattendue de Stella, il était encore *persona non grata*.

Quand il rentra au presbytère, Daniel trouva le sergent Vanloo dans la cuisine avec sa mère.

—Chéri, dit Audrey, le sergent Vanloo est passé te voir et je lui ai demandé de t'attendre.

Daniel scruta le visage du policier, cherchant des signes de souffrance, mais le sergent était, comme à l'accoutumée, impassible.

—Pourrions-nous parler en privé, Monsieur ?

Ils s'installèrent dans le bureau de Daniel et attendirent brièvement que les chiens, temporairement exclus derrière la porte close, cessent leurs grattements indignés.

—Juste quelques questions, Monsieur. À propos de la chronologie des événements. Nous savons que vous avez découvert le corps peu après 21 heures. Et nous savons que M. Bowness a été vu pour la dernière fois au Royal Oak vers 19 heures. Donc, le décès est survenu dans l'intervalle. Où étiez-vous exactement, à 19 heures ?

—Chez moi. Je dînais avec ma mère. Je pense vous l'avoir déjà dit.

—Quand avez-vous vu M. Bowness pour la dernière fois ?

—Je l'ai vu à Champton House. C'était la journée portes ouvertes, qu'Anthony avait tâché d'éviter. Nous nous sommes tous vus le matin, vers 9 heures, avant que les visiteurs ne commencent à arriver. Je me souviens l'avoir vu à ce moment-là. Et je l'ai vu partir, ce devait être à l'heure du déjeuner. Je crois qu'il avait eu un accrochage avec Alex de Floures dans son bureau, près de l'ancienne cuisine. En début d'après-midi.

—Un accrochage ?

—Rien de notable. Alex se montrait juste agaçant. Selon moi, cela n'allait pas plus loin.

—Avez-vous une idée de l'endroit où il allait ?

—J'ai supposé qu'il se rendait au pub.

—Oui. Il y était tout l'après-midi. Nous avons parlé à M. Thwaite, qui était de service à l'église jusqu'à la fin de la journée. Il est parti vers 17 h 30. M. Bowness devait revenir pour fermer à clé. Mais nous savons qu'il était au pub jusqu'à 19 heures passées. Donc, l'église était ouverte et accessible à tout le monde ?

—Oui. Je me demande pourquoi Ned ne m'a pas téléphoné pour me demander de fermer.

—Il l'a fait, mais vous n'étiez pas rentré de Champton House. Votre mère lui a dit qu'elle vous transmettrait le message à votre retour.

—Mais elle ne l'a pas fait.

—Y a-t-il une raison à cela ?

—Elle a sans doute oublié. Mais vous devriez lui poser la question.

—Je l'ai interrogée. Elle a en effet oublié. L'église est-elle fermée en temps normal ?

—Oui, le soir. L'un de nous ferme à clé, Anthony ou moi.

—Vous souvenez-vous avoir vu quelqu'un après votre départ du manoir ?

—Non, je ne crois pas. J'ai dit au revoir à Margaret Porteous et à une ou deux autres personnes, puis je suis rentré en traversant le parc. Nous sommes sans doute partis en même temps, mais les autres vivent tous à l'autre bout du village, et ont probablement pris un autre chemin. Margaret Porteous pourrait vous renseigner.

—Êtes-vous sûr que quand vous avez découvert le corps, le sang était encore humide ?

—Tout à fait sûr. Je me souviens distinctement que les chiens ont laissé des traces avec leurs pattes, et vous avez vu, je présume, l'état de mes vêtements ?

—Que déduiriez-vous du fait que le sang était humide ?

Daniel réfléchit.

—Qu'il avait coulé récemment. Je n'y ai pas vraiment pensé.

Le sergent Vanloo prit des notes, puis poursuivit :

—Autre chose. Ça semble ridicule, mais savez-vous s'il y a quelqu'un dans le village qui pourrait être un expert dans les combats à mains nues ?

—Oui. Bob Achurch, ancien membre de commando. Mais ce n'est pas lui le meurtrier.

—Comment le savez-vous ?

—Je mange mon chapeau si c'est lui. Les combats à Champton ont tendance à être plus distingués.

—Que voulez-vous dire ?

—Je ne veux rien dire, excepté que ce n'est pas un endroit violent. Toutefois, certains pourraient me rétorquer que la politique paroissiale est une continuation de la guerre par d'autres moyens.

—M. Bowness était-il impliqué dans la politique de la paroisse ?

—Oui, nous le sommes tous, mais je ne peux imaginer quiconque être violent envers un autre paroissien…

Le dernier conflit en date concernait l'installation de toilettes dans l'église. On est loin de l'assassinat de l'archiduc François-Ferdinand.

—M. Bowness était-il impliqué dans ce conflit ?

—Oui, dans la mesure où il était membre du conseil paroissial de l'église.

—Il faudra que nous interrogions les autres membres, si vous pouviez me transmettre une liste ?

—Bien entendu.

Le sergent Vanloo prit d'autres notes, puis leva les yeux vers Daniel.

—Comment allez-vous, au fait ?

—Moi ? Oh, je vais bien, je crois. L'émotion est encore vive. Vous savez comment une mort violente peut affecter les gens. Cela ramène à la surface toutes sortes de choses.

—Qu'avez-vous remarqué ?

—Rien de très défini encore. Mais il y a une montée de tension. Le cœur de la paroisse est… à cran.

—Quelqu'un en particulier ?

—Trop tôt pour le dire. Vous pensez vraiment que le meurtrier pourrait être l'un d'entre nous ?

—Je ne sais pas. Mais…

Daniel remarqua un changement de ton dans la voix du policier.

—… le meurtre semble professionnel. Un seul coup, qui a atteint sa cible exacte, l'artère carotide. Et il a été porté avec un sécateur, une arme peu aiguisée. Donc, le meurtrier savait non seulement où frapper mais aussi comment frapper. Il a dû mettre la tête de la victime en arrière pour étirer le cou et faire ressortir la carotide. Imaginez ça, se glisser derrière une personne agenouillée, lui incliner la tête en arrière, le frapper dans le cou avec assez de force pour percer la carotide, avec une lame émoussée, et ensuite le tenir pendant qu'il agonise et diriger le jet de sang pour ne pas en avoir sur soi. Ça vous semble être un crime d'opportunité ?

—Non. Mais le sécateur… Si on se prépare à assassiner quelqu'un, vraisemblablement, on s'équipe au préalable. N'est-ce pas s'en remettre en hasard que d'improviser en prenant une arme sur la scène de crime ? Ça ne colle pas.

—Les choses ne collent pas toujours, Monsieur. Ce n'est pas comme dans les romans policiers.

—Qu'avez-vous trouvé au pavillon des bains ?

—Seulement ce que vous avez vu. Quelqu'un y est passé, probablement plus d'une fois. Il semble avoir pris ses aises. Il n'a laissé aucune preuve, aucune empreinte. Il n'y a pas de raison de relier cela avec le meurtre, ni d'exclure un lien. Avez-vous des idées sur l'identité du visiteur ?

—Oui, Alex de Floures. Le second fils. Il est artiste et vit à Londres, mais quand il est ici, il séjourne dans la loge et utilise des sites partout dans le domaine pour ses… je crois qu'il appelle cela des installations. Elles sont assez spectaculaires. Il a utilisé l'orangerie et les anciennes écuries, alors je ne serais pas surpris s'il se servait aussi du pavillon des bains.

—Et Ned Thwaite ?

—Historien local. Il fait des recherches sur le manoir au temps de la dernière guerre, quand les Français étaient présents et que la fresque a été peinte. Mais il n'a découvert cette peinture que récemment. Le pavillon des bains n'a pas été utilisé depuis des années. Il était visible, mais inaccessible, en réalité, depuis la guerre. Une de ces choses que le domaine a laissées à l'abandon.

—Je ne pense pas que le bâtiment soit encore utile pour nous, alors considérez qu'il n'est plus interdit d'accès.

—Et mon église, sergent ?

—Je crains que nous ne devions laisser cela en suspens encore un peu.

—Savez-vous quand nous pourrons la récupérer ?

—Non. Et quand ce sera le cas, il y aura un peu de ménage à faire. Il y a des spécialistes qui s'occupent de ce genre de choses, nous pouvons vous transmettre leurs coordonnées.

Le policier termina son thé.

—Ce n'est pas quelque chose que l'on s'attend à voir survenir dans une église, observa-t-il.

—Ce n'est pas le premier meurtre à Champton, glissa Daniel. Nous avons tué un Quaker, arrivé au XVIIe siècle. Il a réprimandé un de mes prédécesseurs pendant un prêche et l'a accusé d'hérésie. Des paroissiens l'ont emmené hors de l'église et l'ont battu à mort. Et pendant la guerre civile, après la bataille de Naseby, certains royalistes sont passés par Champton, où ils ont été capturés et massacrés.

—Et moi qui pensais qu'ici, tout n'était que compositions florales et prières du soir…

—L'inhumanité de l'homme envers l'homme, sergent. Elle se manifeste partout, n'importe où. Et la guerre civile ne remonte pas à si loin.

—Qu'auriez-vous été, Monsieur ?

—Comment ça ?

—Auriez-vous été pour le roi ou pour le Parlement ? Tête-Ronde ou Cavalier ?

—J'aurais été du côté de la Couronne, sergent, je suppose. Mon prédécesseur à l'époque l'était, ainsi que les Floures, ou la plupart d'entre eux.

—J'aurais probablement été une Tête-Ronde, confia le policier. Nous sommes non-conformistes chez moi. Frères moraves de Manchester.

—Toujours pratiquants ?

—Pas moi, non. Mais la religion a laissé son empreinte.

—La route est longue de la Moravie à Manchester.

—Je vous raconterai un jour. Merci pour le thé, Monsieur.

—Appelez-moi Daniel. Et vous êtes… ?

—Neil.

Daniel le raccompagna à la porte.

—Je suis heureux que nous ayons eu l'occasion de discuter. Si je peux vous aider en quoi que ce soit, il vous suffit de demander.

—Justement, j'ai une question. Où puis-je trouver M. Achurch ?

—La maison du sacristain, juste après le cimetière.

20

L'ancien presbytère de Pitcote avait accueilli son dernier pasteur et fermé ses jolies portes dans les années 1960. Vendu par le diocèse, qui cherchait à lever des fonds durant l'une de ses fréquentes périodes de crise financière, il fut finalement transformé en maison de retraite. Il avait à nouveau accueilli un ecclésiastique dans les années 1980, quand le chanoine Dolben, prédécesseur de Daniel en tant que recteur de l'église St. Mary, avait enfin pris sa retraite à plus de quatre-vingt-dix ans.

Daniel rendait visite au chanoine Dolben une fois par mois, en général le premier samedi, pour lui donner la Sainte Communion et parler de criquet quand c'était la saison, ce qui était certainement le cas aujourd'hui car la veille, Graeme Hick avait marqué 405 points pour Worcestershire contre Somerset, et l'ancien chanoine était plus enthousiaste que jamais. Ce dernier eut un autre moment de joie quand Daniel l'emmena faire un tour dans le Land Rover, un divertissement que sa mère trouvait imprudent pour un homme si âgé et si frêle, mais le vieil homme était presque aveugle et appréciait les craquements, les freinages et les secousses de la conduite catastrophique de Daniel. « C'est le seul frisson physique qui me reste ! » Ce qu'il aimait par-dessus tout, c'était revenir à Champton et s'asseoir dans le bureau de Daniel, qui avait été si longtemps le sien.

Le chanoine Dolben avait été recteur durant trente ans – depuis la bataille d'Angleterre jusqu'à la grève des mineurs, comme il le disait – et, malgré son âge avancé, il ne montrait aucun signe de fatigue mentale ou d'absences. Il avait aussi une connaissance de la paroisse qui allait bien au-delà de ses années d'exercice. Un jour, il avait mentionné un autre recteur, Geoffrey quelque chose, que Daniel n'avait pas réussi à resituer.

—Quand était-il ici, Père ? avait-il demandé.

—Installé en 1217, avait répondu le chanoine, comme s'il l'avait personnellement connu.

Audrey leur apporta du thé et des biscuits aux pépites de chocolat provenant du bureau de poste, car le chanoine les adorait, et resta un peu trop longtemps dans l'embrasure de la porte pour discuter du récent décès de l'ancien archevêque de Cantorbéry, Michael Ramsey, qui avait été le voisin du chanoine Dolben dans le diocèse de Lincoln pendant les années 1930. Quand elle fut partie, le chanoine demanda à Daniel de lui raconter tout ce qui s'était passé depuis sa dernière visite, ce qu'il fit.

À la fin de son récit, ils restèrent assis en silence pendant un instant, puis le chanoine prit la parole.

—Une paroisse peut subir un traumatisme, comme une personne. C'est arrivé pendant la guerre. Les guerres, les deux dernières guerres, ont eu un effet incommensurable. Je suis de cette génération de jeunes hommes, d'adolescents, même, qui ont été témoins du massacre de leurs pairs. Avec des obus, des tirs de mitrailleuses, des gaz toxiques. Après cela, nous sommes tous rentrés à la maison. Ensuite, cela s'est reproduit, excepté que la seconde fois, j'étais à Champton. Loin des canons et des bombes, mais bien sûr, la guerre est venue jusqu'à nous sous la forme des gens qui sont revenus. Et de ceux qui ne sont pas revenus. Et pire que ça.

—Qu'est-ce qui pouvait être pire que ça ?

—Je me souviens d'un Français, dont j'ai oublié le nom, un officier qui était au manoir. C'était un peintre, assez célèbre avant la guerre je crois, un surréaliste, s'ils existaient déjà à l'époque ? Il était exactement comme on peut imaginer un peintre français : il portait une sorte de cravate et un pantalon original, il fumait constamment et il marchait avec un boitement très prononcé suite à ses blessures. Je crois qu'il travaillait sur le camouflage, et il adorait mettre en scène des spectacles, peindre des décors et concevoir des costumes. Il a monté une merveilleuse version de *Comme il vous plaira* dans le pavillon des bains et dans les bois, avec les autres Français et les gens du village. Il avait une personnalité explosive, charmante, clivante. Et il avait un appétit extraordinaire pour les gens, sans aucune discrimination. Il ne se souciait pas de leur classe sociale, et il était exactement le même avec les petites gens ou avec les aristocrates. Vous pouvez imaginer l'effet qu'il a eu sur Champton. Bernard se souvient sûrement de lui, Anthony et lui l'idolâtraient.

Le vieux prêtre se tut.

—Que lui est-il arrivé ? demanda Daniel.

—Tué. Ici. Il faisait sans doute plus que du camouflage car il était dans l'avion qui s'est écrasé dans le parc. Tous ceux qui étaient à bord sont morts. Je me souviens encore du bruit et de l'impact. Ça a fait exploser la moitié des vitres du manoir.

—Ah, oui, Alex m'en a parlé.

—Eh bien, je suppose qu'il est normal qu'il connaisse cette histoire. Que devient-il ?

—Il essaie encore d'être artiste, bien qu'il ne peigne plus vraiment maintenant. C'est une sorte d'agent artistique, un peu comme ce Français. Il organise des événements, des spectacles, et invite les gens à venir les voir.

Daniel sirota son thé, servi dans une tasse portant la légende : « Meilleure maman d'Angleterre ».

Le chanoine Dolben mordit dans son biscuit.

—Ces gâteaux sont vraiment bons, dit-il. Donc, la guerre a réuni toutes sortes de personnages, et des liaisons improbables se sont nouées. Les Français libres étaient un groupe d'hommes abîmés, élégants, différents de nous. Ils plaisaient beaucoup aux dames de Braunstonbury, qui sont venues danser un samedi soir. Il y a eu beaucoup de cœurs brisés, et parfois, des bébés dont on devait s'occuper discrètement – le père de Bernard était très compréhensif – et il arrivait que des filles du village soient envoyées au loin, pour travailler dans un autre domaine de la famille Floures, et des dispositions étaient prises pour que les enfants soient adoptés. Ce n'était pas inhabituel. En fait, ça n'a jamais été inhabituel.

Daniel pensa aux squelettes de bébés qui apparaissaient parfois quand la terre du cimetière était retournée afin d'y enterrer des cendres, des enfants non baptisés qui n'avaient normalement pas droit à une inhumation. Les prédécesseurs de Daniel avaient-ils fermé les yeux ou encouragé activement les mères à amener leurs enfants afin qu'ils soient enterrés ? Daniel l'ignorait, mais ces enfants étaient arrivés là, rejoignant leurs ancêtres, sans cérémonie ni repère, souvent contre le mur nord de l'église, où il n'y avait pas de visiteurs. « Le mur des larmes », c'était ainsi que Bob Achurch l'avait surnommé, en souvenir de ces dispositions non officielles.

—Le jeune chanoine Segrave m'a dit un jour qu'à l'époque de son père, l'employé de mairie inscrivait « né dans la bâtardise » sur le registre des baptêmes pour les enfants dont les parents n'étaient pas mariés.

—À présent, les baptêmes précèdent les mariages, commenta Daniel.

—Ça vous ennuie ?

—Non, je suis heureux de voir des gens. Et tant de choses que nous faisons, en tant que prêtres de paroisse, sont officieuses, si je puis dire.

—En effet.

Ils restèrent là, dans une solidarité silencieuse, pensant à des choses qu'ils ne pouvaient pas dire, pas même l'un à l'autre.

Quand Daniel revint de Pitcote, après avoir raccompagné le chanoine Dolben jusqu'à sa chambre, il n'alla pas au presbytère mais à l'église, à nouveau sous sa tutelle.

Dans la sacristie, il ouvrit le coffre et prit l'un des trousseaux de clés suspendus à des crochets collés sur l'intérieur de la porte.

Il y avait bien plus de clés que de serrures à ouvrir – des clés anciennes en fer vieilles de centaines d'années pour les portes extérieures, de minuscules petites clés pour ouvrir les troncs et les armoires liturgiques, ainsi que le vieux piano Bechstein qui avait appartenu autrefois au chanoine Segrave et sur lequel les dames Segrave avaient joué des sonates de Clementi et les exercices de Czerny comme des jeunes filles accomplies. Il y avait aussi des clés modernes, et Daniel prit un trousseau de chaque sorte avant de se diriger vers le porche sud, où il ouvrit une petite porte donnant sur un escalier qui menait à une pièce au-dessus du porche. C'était autrefois une salle de classe, si petite qu'elle ne pouvait pas accueillir plus d'une douzaine d'élèves ; au XVIIIe siècle, elle avait été transformée en bibliothèque paroissiale, le lord de Floures de l'époque ayant fait don de livres, et les étagères étaient emplies de volumes à la reliure de cuir sombre, dont les quatrièmes de couverture étaient pour la plupart illisibles désormais. Quand les livres étaient ouverts, ils exhalaient une odeur de moisi, et le généreux don le semblait soudain moins, car c'étaient surtout des sermons puritains, austères et durs, qui contrastaient avec les exubérants ex-libris collés sur les couvertures intérieures. Daniel s'était souvent demandé comment ces ouvrages étaient arrivés à Champton, la moins puritaine des paroisses ; même les fidèles les plus vaillants auraient eu du mal à finir les cent douze lectures de l'*Exposition sur le livre de Job* de Caryl. Mais il y avait des joies inattendues : un jour, Daniel avait trouvé quelques feuilles de papier collées dans un volume peu prometteur, sur lesquelles étaient inscrits à la main des remèdes pour différents maux, comme le soufre et le beurre pour la couperose.

Une autre clé du trousseau ouvrait les portes en métal du coffre antifeu où les registres de la paroisse, remontant au XVIe siècle, étaient conservés. Daniel les explorait de temps en temps, remarquant l'écriture minutieuse d'un prédécesseur, qui avait noté, dans une encre devenue brune, chaque sou payé et dû par les paroissiens.

Mais Daniel n'était pas là pour des remèdes pour l'âme ou pour corps, mais afin de satisfaire sa curiosité. Il trouva les livres de baptême des années 1940, les posa sur la table, alluma la lampe et se mit à les parcourir.

Puis il entendit la porte au pied de la tourelle s'ouvrir dans un grincement, et la voix de sa mère monter jusqu'à lui.

—Daniel ? Tu es là-haut ?

—Oui !

—Il faut que tu viennes tout de suite !

21

Daniel sonna à la porte, et il se demanda si Jane Thwaite verrait, à travers le verre dépoli, les silhouettes inquiétantes d'un policier et d'un pasteur sur le seuil de sa maison.

Jane vint ouvrir. Portant un tablier couvert de farine, elle regarda Daniel d'un air surpris.

—Bonsoir, Daniel.

Elle s'essuya les mains sur son tablier, puis reporta son attention sur l'inspecteur Scott.

—Inspecteur, fit-elle, et elle s'essuya à nouveau les mains, inutilement.

—Jane, dit Daniel, il s'est produit quelque chose de terrible. Pouvons-nous entrer ?

À minuit, la fille de Jane, Angela, qui avait pris la route depuis Londres après que Daniel lui avait téléphoné pour lui annoncer l'affreuse nouvelle, trouva une pâte à pudding conservée dans un pichet au réfrigérateur. Ne pouvant imaginer qu'elle puisse être utilisée désormais, elle la renversa dans l'évier. La pâte forma une flaque visqueuse par-dessus la bonde avant de s'écouler petit à petit.

22

Nathan Liversedge, encore plus nerveux que d'habitude à l'idée d'être interrogé par la police, avait vérifié et revérifié sa fermeture Éclair avant que Daniel et Neil Vanloo le rejoignent dans le vieil abri de jardin que Nathan utilisait pour des tâches variées et mystérieuses.

—Avec vos propres mots, Monsieur, pouvez-vous me dire ce qui s'est passé ?

—Je l'ai déjà dit à l'autre policier hier soir.

—Pouvez-vous le redire, s'il vous plaît, Monsieur ?

Nathan jeta un regard à Daniel, qui hocha la tête d'un air rassurant.

—J'étais dehors avec le fusil à l'heure du thé, pour chasser des visons et des loutres parce qu'ils tuent les canards et mangent les œufs.

Et peut-être pour chasser un lièvre, un pigeon ou un cerf, spécula Daniel.

—Je suis allé au lac et j'ai vu quelque chose flotter dans le lit de roseaux près du pavillon des bains. Je croyais que c'était un sac d'engrais ou autre, mais non, c'était M. Thwaite.

—Comment saviez-vous que c'était M. Thwaite ?

—Je savais pas au début, j'ai vu que c'était un corps, alors j'ai fait le tour jusqu'au pavillon, j'ai pris une perche et je l'ai ramené vers le bord, et c'était M. Thwaite.

—Qu'avez-vous remarqué ?

—Il était mort. Noyé, j'ai pensé, mais ensuite j'ai vu qu'il avait reçu un coup derrière la tête, qu'on l'avait battu, vous voyez. Alors je l'ai soulevé pour le mettre sur la berge, j'ai couru à la maison et je l'ai dit à mon grand-père, et il m'a dit d'aller chercher le recteur.

—Et je vous ai téléphoné, ajouta Daniel.

—Qu'avez-vous fait ensuite ? demanda le sergent.

—Nous sommes allés directement au pavillon des bains, dit Daniel. J'ai vu le corps de Ned, j'ai récité une prière. Ensuite, nous nous sommes tenus à distance jusqu'à votre arrivée.

—Qu'avez-vous remarqué ?

—Il y avait des empreintes de pas dans la boue autour la berge, je ne pouvais pas dire de qui elles étaient, sans doute les nôtres. Le pull de Ned était déformé, mais je pense que c'était à cause de la perche que Nathan a utilisée pour le ramener vers la berge.

Nathan acquiesça d'un signe de tête.

—Et les blessures ?

—Je n'en ai pas vu. Ned était allongé sur le dos.

—C'était pas respectueux de le laisser comme ça, comme si je venais de le sortir de l'eau, alors je l'ai mis sur le dos et je lui ai plié les bras sur le torse, et je suis allé chercher de l'aide.

—Vous aviez vu qu'il avait des blessures à l'arrière de la tête ?

—Oui. On l'avait frappé. Le sang avait été lavé, je pense, mais c'était une grosse blessure

—Des idées de ce qui aurait pu causer cette plaie ? La perche ?

Nathan réfléchit un moment.

—Je crois pas. Ça doit être quelque chose de plus gros, de plus lourd.

—Voyez-vous quoi que ce soit qui aurait pu provoquer cette blessure ?

Nathan réfléchit encore.

—Le grappin, finit-il par répondre. C'est comme une petite ancre qu'on utilise sur les canots, ça se déplie. Il était rangé dans le pavillon, près de là où on attache les bateaux… Je crois qu'il y est plus.

—Pourquoi ne l'avez-vous pas dit avant ?

—Je viens juste d'y penser.

—À quoi ressemble cet objet ?

—Il fait environ cette taille – il indiqua une soixantaine de centimètres – et il a des pinces, mais elles se déplient, et on peut les bloquer, alors c'est comme une arme, un genre de club de golf. Si on frappe quelqu'un avec ça, il s'en rappellera.

—Comment connaissez-vous cet objet ?

—Moi ?

—Comment étiez-vous au courant pour l'ancre ?

—Je suis au courant pour beaucoup de choses, je travaille dans tout le domaine, je dois réparer des trucs. Je sais où sont les outils.

—Êtes-vous allé souvent au pavillon des bains ?

Nathan parut mal à l'aise.

—Pas souvent. Je le connais. Quand je viens pour tuer des visons, je m'assois parfois ici, je prends un café. Je remarque des choses.

—Pourquoi ne dites-vous cela que maintenant ? Vous savez que nous avons mené une enquête sur le pavillon des bains ?

Nathan sembla encore plus gêné.

—Je savais que je devais pas être là-bas. Parfois j'attrape des canards. Pour les vendre. Je veux pas que M. Meldrum soit au courant.

—M. Meldrum ?

—Le gérant du domaine, intervint Daniel. Mais, Nathan, cette enquête est plus importante que quelques canards. Personne ne vous punira pour ça. Dites au sergent tout ce que vous savez.

—C'est tout ce que je sais. J'ai jamais vu personne d'autre ici, à part Alex. Il m'a demandé de lui montrer le pavillon quand il était intéressé.

—C'est M. de Floures ? demanda Neil.

—C'est le fils du lord. Je dois faire ce qu'il dit.

—Que voulez-vous dire par « il était intéressé » ?

Nathan marqua une pause et réfléchit.

—Il s'intéresse aux vieux endroits : la loge, la folie, le pavillon des bains. Il aime bien s'en servir pour ses spectacles artistiques. Il aime bien que je lui fasse visiter.

Daniel vit que Nathan s'était légèrement tendu en disant cela, comme s'il redressait les épaules avant un combat. Et soudain, il comprit une chose qu'il n'avait pas comprise auparavant : l'intérêt d'Alex pour Nathan n'était pas uniquement lié à sa grande connaissance du domaine.

Le sergent Vanloo écrivit quelques mots puis ferma son carnet.

—Ce sera tout pour l'instant, Monsieur. Il faudra que nous vous interrogions à nouveau. Avez-vous le projet de quitter Champton prochainement ?

—Non. Je vais nulle part.

Daniel raccompagna Nathan jusqu'à la porte.

—Quelque chose qu'il ne dit pas, Daniel ? demanda Neil quand Daniel revint.

—Je suppose. N'est-ce pas toujours ainsi ?

—Tenez-moi au courant si quelque chose se produit.

Daniel regarda le sergent Vanloo reprendre la direction du pavillon des bains, à nouveau interdit d'accès. Cette fois, les agents en combinaisons blanches étaient plus nombreux, allant et venant dans le pavillon des bains, entrant et sortant de petites tentes blanches, de celles qui apparaissent tel un mausolée pliable quand un corps est découvert.

Un autre meurtre. Plus difficile à accepter, en quelque sorte, parce que c'était le second, que la routine qui l'entourait était déjà tragiquement familière, et qu'il occultait l'horreur de la mort de Ned. Or, Daniel ne voulait pas que l'horreur de la mort de Ned soit diminuée un tant soit peu.

Nathan roulait une cigarette. Ses mains tremblaient et l'aisance avec laquelle il disposait d'habitude le tabac filandreux dans un cylindre de papier lui faisait défaut. Il fit une nouvelle tentative.

—Ça va, Nathan ?

—Non. J'avais jamais vu un mort avant.

Il alluma sa cigarette et tira une bouffée de fumée aigre.

—Je vais avoir des problèmes avec M. Meldrum ? demanda-t-il.

—Je ne crois pas.

Hautement improbable, pensa Daniel, car le domaine avait bien plus besoin de Nathan que Nathan du domaine.

—Qu'est-ce que les flics voudront savoir ?

—Ce que vous avez vu, ce qui s'est passé. Il est vraiment important que vous leur racontiez tout. Un détail qui ne veut rien dire pour vous pourrait signifier beaucoup pour eux.

—J'ai vu personne là-bas. J'étais pas avec Alex, si c'est ce que vous pensez.

—Vous êtes déjà allé là-bas avec Alex ?

—Quelques fois. Il voulait me montrer comment entrer dedans, mais les gens sont toujours entrés là-bas, ceux du village. J'ai jamais vu personne d'autre, mais on voyait qu'il y avait eu des gens. Des canettes, des mégots de cigarette…

—Mais vous y êtes allé plus d'une fois avec Alex ?

—Une fois ou deux.

Nathan sembla à nouveau se raidir.

—Pourquoi ?

—Il… aimait avoir de la compagnie.

Je parie que oui, pensa Daniel. La compagnie de Nathan, si beau, si inconscient, si étonnamment ouvert, comme sa braguette imprévisible.

Un autre dimanche et un autre scandale. St. Mary, ouverte à nouveau maintenant que la police avait levé l'interdiction d'y entrer, était inhabituellement pleine. Il y avait non seulement des paroissiens en quête de réconfort pendant cette terrible période, mais aussi des journalistes, revenus en force à Champton, désormais scène de deux meurtres, donc deux fois plus intéressante. Ils avaient établi leur camp dans le village, surveillant les grilles de Champton House, prenant des photos avec de longs objectifs par-dessus les murs et à travers les arbres, occupant toutes les chambres du Royal Oak. Et ce matin, ils étaient là, dans une ambiance de piété inaccoutumée, dérangeant les habitués en s'asseyant à leur place au fond de l'église.

Lorsque Bernard arriva, il fut furieux et voulut les mettre dehors, mais Daniel répondit qu'il ne pouvait pas faire cela. Bernard fut encore plus furieux et repartit d'un pas lourd, créant un exode de journalistes et de photographes sans confession. Audrey, qui avait prévu la réaction de Bernard, se précipita pour le secourir, l'entraînant vers le presbytère et fermant le portail. Elle l'installa dans le bureau de Daniel, d'où il téléphona chez lui et demanda à Mme Shorely d'envoyer Honoria le chercher en voiture.

Tandis qu'il téléphonait, Audrey alla préparer du café et une assiette de biscuits, mais la boîte en métal, hélas, ne contenait que des biscuits mornes, commandés pour l'église au magasin de Braunstonbury, et non des biscuits de qualité supérieure. Audrey n'eut pas d'autre choix que de prendre le gâteau de la reine Victoria, préparé pour la visite funéraire des Thwaite plus tard dans l'après-midi, de le poser sur un plateau, et de l'offrir aux Floures, en partant du principe qu'il valait mieux être trop généreux que trop mesquin. Hilda et Cosmo, confinés dans leur panier près de la cuisinière, gémirent quand elle ferma la porte de la cuisine en sortant.

—Merveilleux gâteau, chère Madame, la félicita Bernard, car il avait oublié son prénom, tandis que des gouttes de crème et qu'une coulée de glaçage descendaient le long de sa cravate comme une mini-avalanche.

Honoria posa sa tasse sur sa soucoupe.

—Nous allons devoir donner aux journalistes quelque chose.

—Pourquoi leur donner quoi que ce soit ? Ils ne peuvent pas se mêler de leurs fout... maudites affaires ?

—Ce sont leurs affaires, Papa, et ils n'iront nulle part tant qu'ils n'auront pas eu ce qu'ils veulent. Peut-être devrais-je leur parler ? Voir si nous pouvons trouver un arrangement ?

—Fais-les partir, c'est tout ce que je demande.

Le prix de la tranquillité fut une conférence de presse, devant les grilles de la maison. Honoria choisit de la prévoir à 12 h 30, afin que Bernard ait la promesse du déjeuner pour l'encourager, et les représentants de la presse, celle du pub où ils pourraient se rafraîchir gratuitement. Bernard avait insisté pour que Daniel l'accompagne, et ils marchèrent ensemble dans la longue allée pour se diriger vers les photographes, les caméramans et les journalistes.

—Les barbares aux portes, marmonna Bernard, et Alex dans la loge. Ça n'augure rien de bon.

Bernard et Daniel, respectivement en costume de tweed et tenue cléricale, ressemblaient aussi à des représentants de l'Ancien Régime. Conscient de son statut, Bernard s'était efforcé d'apparaître digne et réservé. Mais pas pour longtemps ; sous le déluge de questions, il fulmina bientôt et choisit une échappatoire facile.

—Je crois, Mesdames et Messieurs, qu'il vaut mieux que vous dirigiez vos questions vers le recteur, le chanoine Clement.

Les caméras et les journalistes se tournèrent vers Daniel.

—Pensez-vous que le mal soit venu à Champton ?

—Comment est-ce d'avoir un tueur parmi vous ?

—Vous demandez-vous qui sera le prochain ?

Dès qu'il le put, Bernard les remercia tous d'être venus, noblesse oblige, puis Daniel et lui repassèrent les grilles pour retourner vers la maison. Ils ne parlèrent pas ; Bernard n'en avait pas envie, et Daniel savait quand garder le silence.

Au lieu de quoi, il regarda les brebis et les agneaux installés le long de l'allée, certains sur l'asphalte, ignorants du monde et de ses dangers jusqu'à ce que Bernard et lui soient presque face à eux. Alors ils commencèrent à se lever, les agneaux en chancelant, les brebis en marchant de manière raide, et quand Bernard et Daniel furent passés, ils reprirent leur place.

Alex et Honoria regardaient l'interview depuis la loge nord.

—C'est pour ça que tu es là ? demanda Alex. Pour me dissuader de parler à la presse ?

—Comme si je le pouvais ! rétorqua-t-elle. Mais il ne faut pas que tu leur parles, trésor. Ils ne seraient pas gentils avec toi. Et ça perturberait papa.

—Je ne suis pas complètement idiot.

—Je sais bien que non. Mais qu'est-ce que c'est, ces dessins morbides ?

Aux pieds d'Honoria étaient posées de petites piles de feuilles A5 couvertes de ce qui ressemblait à des tombes, des couronnes funéraires et des corbeaux solitaires dessinés au fusain de façon brouillonne.

—Des idées pour ma nouvelle pièce.

—Je ne suis pas certaine que ce soit du meilleur goût, étant donné les circonstances. Mais il faut dire que le bon goût, ce n'est pas vraiment ta tasse de thé.

—Ce n'est pas lié aux circonstances actuelles... En fait, peut-être un peu. Tu les reconnais ?

Honoria s'accroupit pour les regarder de plus près.

—Je ne pense pas. Ça représente le cimetière ?

—Non. Mais j'envisage de faire mon spectacle là-bas, et j'ai besoin que tu uses de tes charmes auprès du recteur.

—Ah, ça y est, je vois ce que c'est. « Ne mourez pas d'ignorance » ?

Deux ans plus tôt, un spot d'information gouvernemental avait été diffusé à la télévision pour alerter sur les dangers du sida – un film sans nuances mais puissant – après que le Département de la Santé avait pris conscience que le virus pouvait potentiellement infecter et tuer n'importe qui. « Ne mourez pas d'ignorance » conseillait solennellement le slogan, taillé dans ce qui ressemblait à une stèle, qui tombait au ralenti sur le sol.

Tandis qu'un nuage de poussière s'élevait dans l'air, un bouquet de lys atterrissait sur la stèle. « Ne mourez pas d'ignorance », psalmodiait John Hurt en voix off.

—Les gens sont plus susceptibles de mourir du choléra que du sida à Champton, petit frère, avança Honoria.

—C'est peut-être précisément le genre d'ignorance dont tu pourrais mourir.

—Je doute être concernée, Alex.

—Pourquoi ? Il te suffit de coucher avec quelqu'un qui a couché avec quelqu'un qui a couché avec quelqu'un.

—À t'entendre, c'est comme le jeu du furet.

—C'est exactement comme le jeu du furet.

Honoria se leva et alla à la fenêtre, ayant besoin d'un peu d'air et de lumière.

—Je ne crois pas que ce soit moi qui doive craindre d'attraper le sida.

—Tu te souviens quand les premiers cas ont commencé à apparaître à Londres ? Quand je suis revenu et que tu as cru que j'avais été infecté parce que mes cuticules étaient devenues bleues, mais qu'en réalité, c'était parce que je venais de me teindre les cheveux ?

—Oh, oui ! Nous étions tous un peu inquiets pour toi. En tout, cas, moi je l'étais.

—Je suppose que papa ne l'a pas remarqué.

—Difficile de savoir ce que papa pense, derrière les coups de colère et la façade.

À l'heure du thé, les Thwaite vinrent au presbytère. Jane était assise sur le Canapé des Larmes, flanquée de ses filles. Il y avait des larmes en effet, aussi tapotaientelles leurs yeux avec les mouchoirs absorbeurs de chagrin que Daniel avait laissés sur la table basse.

—Je ne sais pas pourquoi nous sommes venues, commença Angela, la fille aînée. Ce n'est pas comme si vous pouviez faire quoi que ce soit.

Les gens aiment avoir quelque chose à faire, songea Daniel, quand leur vie est soudainement dévastée. L'administration ennuyeuse et ardue de la mort était en fait d'une grande aide pour ceux qui affrontaient le premier choc d'un décès – l'annulation de permis de conduire et la clôture de comptes en banque étaient bien plus faciles à gérer qu'une existence achevée de manière inconcevable.

Jane grimaça. Daniel répondit simplement :

—En effet, il n'y a rien que je puisse faire.

Un coup contre la porte, et Audrey arriva, poussant un chariot à thé.

—Je suppose qu'il nous reste toujours le thé, marmonna Angela.

Une tasse de thé, c'était ce que Daniel avait proposé, mais Audrey avait librement interprété son offre, et le chariot était non seulement chargé d'une théière, de quatre tasses, d'un pot à lait et d'un sucrier (la plus belle porcelaine), mais aussi d'un assortiment de couverts argentés et de petites assiettes. Un cake aux dattes et aux noix était posé sur un présentoir à gâteau sur pied, un rectangle sur un cercle ; cela paraissait quelque peu incongru, mais le gâteau Victoria spécialement préparé avait été sacrifié pour l'aristocratie ce matin, et d'ailleurs, pensa Audrey, il aurait pu paraître trop festif, alors que personne ne pourrait penser cela de son cake aux dattes et aux noix.

—Merci, Maman, dit Daniel.

—Je ne vais pas rester, dit-elle, mais je voulais simplement vous dire à quel point je suis désolée. Nous adorions Ned, et je ne peux imaginer Champton sans lui. Et la manière dont c'est arrivé. Si horrible.

Tandis qu'Audrey quittait la pièce, Jane se remit à pleurer et Daniel se dit, et ce n'était pas la première fois, que sa mère savait choisir ses mots. Certaines personnes sont douées pour affronter les crises.

—La manière dont il est mort, lâcha Gillian, la fille cadette. Assommé et noyé dans un lac. Ce n'est pas censé arriver dans des endroits comme Champton.

—J'ai bien peur que le mal puisse apparaître n'importe où, répondit Daniel. Je tiens à ce que vous sachiez, toutes les trois, que vous êtes dans nos prières, et que…

—C'est très gentil, Recteur, et nous sommes reconnaissantes, bien sûr, dit Angela, bien que son ton indique le contraire. Cependant, pour l'instant, tout ce que je veux, c'est que la personne qui a assassiné mon père, et qui je suppose a aussi assassiné l'archiviste, soit arrêtée.

—Mais qui voudrait assassiner Ned ? gémit Jane.

—Je ne sais pas, répondit Daniel. Je ne vois rien dans sa vie qui aurait pu pousser quiconque à lui faire le moindre mal.

—C'était un homme bon, gentil et doux, il n'aurait jamais fait de mal à personne, renchérit Gillian.

—Il n'avait jamais été violent, à part sur un terrain de rugby.

Il y eut une pause. Puis Jane déclara :

—Il n'était pas vraiment lui-même ces derniers temps. Avez-vous remarqué qu'il commençait à oublier des choses ?

Gillian et Angela échangèrent un regard.

—Oui, avoua Angela. Et il cherchait ses mots parfois. Mais il n'y avait rien dans son comportement qui semble bizarre. Avais-tu remarqué quoi que ce soit, Maman ?

—Il savait que son esprit n'était plus ce qu'il était. Nous en plaisantions. Au début. Mais sa grand-mère avait perdu la mémoire – Alzheimer ou quelque chose comme ça – et il redoutait de perdre la sienne. Son esprit était pour lui son plus grand atout, voyez-vous. Mais en dehors de cela, il était toujours le même. Pas d'explosions de colère comme on en voit parfois, rien de ce genre. Je suppose qu'il n'y a plus à s'inquiéter pour ça désormais.

Elle pleura à nouveau.

—Dire qu'on l'a frappé à la tête ! se lamenta-t-elle.

Ses filles se rapprochèrent d'elles et firent de leur mieux pour la réconforter, mais il y avait très peu de réconfort pour les Thwaite en cet instant.

Après un instant, Angela demanda :

—Qu'a dit la police ?

—Rien que nous ne sachions déjà, répondit Daniel, ce qui n'était pas la stricte vérité.

Neil Vanloo et lui avaient commencé à collaborer, pas formellement, et sans autorisation officielle, bien sûr, mais ils partageaient des pensées et des informations que, strictement parlant, aucun d'eux n'avait le droit de partager. Mais ils se faisaient de plus en plus confiance, alors que cette confiance aurait dû normalement s'affaiblir rapidement, étant donné l'angoisse et les soupçons générés par deux meurtres, sans doute commis par la même main. Les deux attaques semblaient être celles d'un professionnel. Aucun des crimes n'avait été commis dans un accès de rage : dans les deux cas, un seul coup, soigneusement ciblé. Il était probable, Daniel et Neil en convenaient, que les meurtres soient liés et qu'ils aient quelque chose à voir avec l'histoire de Champton : un archiviste et un historien local, retournant le passé, mettant peut-être au jour des choses enterrées depuis longtemps mais encore puissantes.

—Ned vous avait-il dit quoi que ce soit sur le sujet de ses recherches ?

—La guerre, confia Jane. Il était fasciné par la guerre à Champton, les hommes qui sont allés à Dunkerque, et en Birmanie. Ainsi que les hommes qui sont venus ici, les Français libres qui étaient au manoir. Il voulait parler de l'impact que ces Français ont eu sur les gens de Champton. Il avait trouvé un article de journal dans le *Braunstonbury Evening Telegraph*, à propos d'une sentinelle. Un soir, le soldat était à un carrefour et a interpellé un étranger venu de nulle part. L'étranger n'a pas répondu, alors il a crié à nouveau – toujours par de réponse. Au moment où il s'apprêtait à tirer, il a vu que c'était le général de Gaulle. Ça a l'air trop beau pour être vrai, non ?

—Anthony m'en avait parlé, en fait.

—Oui, et il y avait des photos. Anthony les a trouvées dans les archives, et le *Telegraph* en avait aussi.

De Gaulle, avec son… comment appellent-ils leurs couvre-chefs militaires ?

—Un képi ?

—Un képi, c'est ça, entouré de ces hommes blessés et de certaines personnes du village qui s'occupaient d'eux, ou qui géraient la maison.

—Je l'ai vue. Ned a-t-il reconnu quelqu'un sur ce cliché ?

—Oui, Gilbert Drage, le charpentier du domaine à l'époque. Il avait aidé à transformer la maison quand les Français sont venus, mais il est très vieux maintenant et il n'a plus toute sa tête, et quand Ned l'a interrogé, il a juste divagué. Ce qu'il disait n'avait pas de sens. Je crois que Ned a trouvé cela un peu difficile à supporter.

—Pourquoi ?

—Il n'aimait pas quand les gens étaient – appelle-t-on cela du racisme si c'est contre les Français ? Et les gens qui ont perdu la boule le mettaient mal à l'aise aussi, parce qu'il avait peur d'être comme eux.

Elle sanglota.

—Il craignait de finir ses jours dans un fauteuil, en regardant le mur, sans savoir qui j'étais, ajouta-t-elle.

Personne ne parla, et le silence ne fut émaillé que par ses sanglots étouffés, jusqu'à ce qu'Angela commente :

—Ce gâteau est un peu dense.

Elle toucha la tranche sur son assiette.

—Il est aux dattes ? demanda-t-elle.

—Entre autres, répondit Daniel.

Un silence à nouveau, brisé cette fois par le bruit lointain des chiens qui devenait de moins en moins lointain, puis de leurs aboiements à la porte et de leurs grattements furieux.

—Oh, je vous en prie, laissez-les entrer, dit Jane.

—Je ne suis pas sûr que ce soit sage. Ils ne sont pas très bien éduqués.

—Ce sont des chiens saucisse, non ? fit Gillian. Nous en avions un. Caspar, tu t'en souviens, Maman ?

—Oui, un petit chien roux à poil lisse. Le même que les vôtres, Daniel. Ça me ferait plaisir de les voir.

—Bon, si vous êtes sûre.

Dès que Daniel ouvrit la porte, les teckels surgirent dans la pièce. Hilda se jeta sur les genoux de Jane avec une telle force que celle-ci en renversa son thé ; mais avant qu'elle puisse faire quoi que ce soit, Hilda roula sur le dos, ses mamelons ressemblant à une rangée de boutons, attendant qu'on la caresse. Cosmo s'installa devant Gillian et aboya, sans agressivité mais avec insistance. Les teckels, inconscients des heurs et malheurs humains, firent ce que font les chiens, exigèrent ce qu'exigent les chiens et – ignorants de la terrible disparition de Ned – brisèrent la pesanteur du moment. Daniel adorait leur indélicatesse, l'enthousiasme avec lequel Cosmo essayait de monter sur la jambe de l'évêque, ou le fait qu'Hilda lèche le visage peu aimable de Stella Harper.

—Tu es une bonne petite, fit Jane, frottant le ventre d'Hilda. Une très bonne petite.

Gillian tapota nerveusement la tête de Cosmo, qui répondit en lui léchant la main.

Pendant que la mère et la sœur étaient occupées avec les chiens, Angela prit la parole.

—Que se passe-t-il maintenant, Daniel ?

—Rien, je le crains, tant que le travail du médecin légiste ne sera pas fini. Il y aura une autopsie et une enquête. Il est impossible de savoir dans combien de temps nous pourrons organiser des obsèques.

—Et en attendant ?

—En attendant, vous avancez un jour à la fois, comme vous le pouvez. Essayez d'être gentilles les unes envers les autres. Les émotions sont fortes et les comportements, erratiques.

—Vous êtes en train de devenir expert dans ces situations, n'est-ce pas ? Dans le soin pastoral des endeuillés du crime.

Il y avait quelque chose d'âpre, de corrosif, même, dans la franchise d'Angela ; elle l'affichait comme si c'était un accomplissement, mais ceux qui l'entouraient ne l'appréciaient pas autant qu'elle.

—Nous affrontons ce qui survient.

—Deux meurtres, Daniel, en deux semaines. C'est sûrement bien au-dessus de la moyenne pour un village de campagne anglais. Que se passe-t-il, enfin ?

—L'humanité. Ou l'inhumanité, plutôt. Elle survient partout.

—Cette inhumanité est survenue ici et elle a tué mon père. Je veux vraiment savoir qui a fait cela et je veux qu'il soit puni. Je veux qu'il souffre. Je suis désolée, mais c'est le cas. Je n'ai jamais cru en la peine de mort jusqu'à cet après-midi. Savez-vous ce que cela fait ?

—Quand j'étais étudiant, j'ai fait un stage à la prison de Winchester. J'avais à peine vingt ans. L'un des prisonniers avait été condamné pour meurtre. Il avait tué un fermier pendant un cambriolage – je crois qu'il avait volé cinq livres – et pour cela, il avait été condamné à mort. Je me souviens avoir joué aux dames avec lui la veille de sa pendaison, j'avais gagné, et il a plaisanté en disant qu'il prendrait sa revanche. Je n'ai pas assisté à l'exécution – l'aumônier ne l'aurait pas autorisé même si c'était possible, et ça ne l'était pas. Il me l'a racontée, cependant. L'aspect morne terrible de la cellule du condamné, la sollicitude du bourreau, la cagoule blanche, le levier, comme ceux des passages à niveau sur la voie ferrée. 8 heures ont sonné, la trappe s'est ouverte, et un bruit sourd a résonné et fait trembler le sol quand la corde a accueilli le poids. Je n'ai jamais oublié.

—C'est exactement ce que je veux pour la personne qui a tué mon père.

Il faisait encore jour quand Daniel retourna à l'église. La chorale n'était pas encore arrivée pour s'exercer avant les prières du soir, et Daniel avait tenu à être là avant elle, pour sentir l'ambiance, pour vérifier que les ombres et les échos du terrible meurtre qui s'était produit ici étaient maintenant dissipés. Il se souvint d'un Roumain en train de visiter son ancienne église à Londres, qui avait été horrifié de voir Cosmo et Hilda courir partout, car dans son pays, la présence de chiens dans l'église était une profanation qui requérait le remède de la prière. Peut-être était-ce la même impulsion qui avait conduit Daniel ici ce soir, peut-être voulait-il corriger, nettoyer et sanctifier à nouveau l'église ? Il s'assit dans sa stalle, pria puis s'adossa à son siège pour regarder le soleil briller à travers les vitraux au nord du chœur. Un vitrail était particulièrement criard, typique de son époque et de celui qui l'avait conçue ; Daniel se disait souvent qu'il ressemblait à une image de *Tom et Jerry*, non pas que l'artiste ait pu prévoir cela. Ses couleurs étaient intenses et égales, et le verre était dépourvu des imperfections qui donnaient un aspect pailleté et grainé à ses voisines. Il projetait une tache aux couleurs vives sur le mur opposé, qui montait sur le blanc de chaux aussi lentement que l'aube – trop lentement pour qu'on la voie bouger, mais si on détournait le regard quelques secondes et qu'on le reposait sur la tache, elle avait bougé, comme dans le jeu « Un, deux, trois, soleil ! ».

Ces dernières semaines avaient été extraordinairement turbulentes. Daniel avait ressenti cette turbulence non seulement dans la paroisse mais aussi en lui-même, dérangeant l'équilibre qu'il maintenait d'habitude à travers la discipline de la prière. Une partie de cette discipline résidait dans sa régularité, et le fait de quitter l'église l'avait éloigné du rythme ordonné qui en temps normal prévalait. L'instabilité à l'intérieur de lui reflétait celle qui s'était répandue dans Champton, le village ayant été ébranlé par les deux morts violentes qui s'y étaient produites. Ce n'était pas simplement le choc créé par les décès et l'horreur de leur cause, c'était aussi l'interruption qu'elles avaient provoquée dans le rythme cardiaque régulier de la communauté, à présent agité et inégal. Les disputes à propos des toilettes, le tableau de service des fleurs, les places de parking étaient soudain devenus des questions ingérables, car le sentiment de menace était devenu plus sévère. Ce sentiment affectait les gens de différentes manières. Les sœurs Sharman étaient silencieuses et en retrait ; Bernard était morose ; Alex, d'un autre côté, était plein d'entrain, aspirant le tumulte comme une culture en pleine croissance aspirait la pluie.

Mais c'étaient les questions sans réponse planant au-dessus du village qui revenaient tarauder Daniel encore et encore, quand il disait ses prières puis attendait en silence les retours inattendus de cette pratique. Neil retraçait les mouvements de chacun à Champton, et des anomalies commençaient à apparaître, peut-être parce que les gens avaient oublié où ils se trouvaient, peut-être parce que, comme Nathan, ils avaient des raisons de vouloir que les autres ne soient pas au courant de leurs affaires. Quelque part dans ces comptes rendus, une irrégularité désignait le meurtrier, pensa Daniel. Deux victimes, avec un intérêt et un objectif communs : le passé de Champton. Le motif de la personne qui avait commis les crimes, Daniel en était certain, était lié à ce but commun. Il était convaincu qu'Anthony et Ned avaient été tués parce qu'ils avaient fait intrusion dans le passé de quelqu'un, et découvert quelque chose d'enfoui qui devait rester secret à tout prix.

C'était une certitude, Anthony avait été tué par un coup unique à la gorge, avec un sécateur qui avait tranché son artère carotide ; il était mort en quelques secondes. L'heure du décès était située entre 19 heures et 21 heures ;

selon Neil Vanloo, il y avait un doute sur l'heure exacte car le sang d'Anthony avait été fluidifié par l'alcool, ce qui élargissait la fenêtre fournie par l'expert. Autre certitude : aux alentours de 17 heures ou 18 heures, Ned avait été frappé par un seul coup à l'arrière de la tête avec un grappin (finalement retrouvé par un plongeur) puis était tombé, ou avait été poussé, dans le lac et s'était noyé. Une question nécessitait une réponse : Ned portait d'habitude un carnet, un appareil photo et un dictaphone lors de ses expéditions historiques, et aucun de ces objets n'avait été retrouvé sur lui, près de lui, ou à son domicile. Le meurtrier les avait-il emportés ? Pourquoi ?

Les heures des décès, si elles étaient précises, n'étaient pas d'une grande aide. Anthony était mort pendant que la plupart des gens du village étaient rentrés chez eux, profitant de leur soirée. Ned avait été tué quand la plupart rentraient chez eux après le travail (et ceux qui n'étaient pas dans ce cas auraient très facilement pu marcher sans être vus près du lac et du pavillon des bains). S'il y avait quelqu'un en dehors du village qui était responsable des morts, alors il était venu et reparti sans laisser de traces.

Enfin, Daniel quitta sa stalle, les chiens à ses pieds se levant aussi, et il marcha avec eux le long de l'allée jusqu'à l'endroit où il avait découvert le corps d'Anthony. La scène de crime avait été nettoyée par l'équipe de spécialistes ; ils avaient fourni un travail si excellent que les pervers en quête de taches de sang seraient obligés d'avoir recours à leur imagination. Ils le feraient, bien sûr, et les meurtres entreraient dans le folklore local, généreraient des histoires de chiens qui refusaient d'entrer dans l'église, d'oiseaux qui ne chantaient plus dans les arbres autour du pavillon des bains. Neil et lui devraient préserver les faits les plus ennuyeux du mélange de conjectures et de mythes dans lequel les meurtres étaient déjà en train de disparaître.

23

Le lundi était censé être le jour de congé de Daniel, mais il le prenait rarement car il ne voyait pas son emploi comme un travail, ou pas complètement. Il faisait ce qui devait être fait quand cela devait l'être, si c'était possible ; et s'il n'y avait rien à faire, alors il ne faisait rien, car il jugeait l'inactivité aussi importante que l'activité, et peut-être même plus importante, si Marie et Marthe de Béthanie dans le quatrième évangile étaient offertes comme un exemple à suivre. Mais il était plus difficile de justifier l'inactivité dans un monde qui mesurait les réalisations de plus en plus étroitement, et on ne reconnaissait aucun mérite à ceux qui paraissaient être oisifs. Au contraire, on les regardait de haut, ou avec méfiance, dans ce meilleur des mondes fait de tableurs et de productivité. Nos évaluations seront seulement aussi solides que les outils de mesure que nous utiliserons pour les établir, avait-il dit un jour à un doyen de campagne passionné qui souhaitait appliquer les méthodes du monde des affaires au calcul des âmes sauvées. Ce dernier avait décoché à Daniel un regard plutôt aigre, et depuis, Daniel était de plus en plus tenté par le péché de dissimuler les choses dans lesquelles il ne croyait pas. Il n'était pas le seul. Un jour à Londres, n'ayant rien de prévu, il était allé au cinéma à Leicester Square, une projection à l'heure du déjeuner de *L'aigle s'est envolé*. Il avait cru être la seule personne dans la salle jusqu'à ce que les lumières s'allument et qu'il constate qu'il y en avait une autre : le Secrétaire d'État à l'Énergie, M. Benn, qui lui avait lancé un regard penaud – que Daniel lui avait rendu – en haussant les épaules comme un homme coupable sans aucune défense à présenter.

Ce lundi matin, en revanche, n'était pas consacré au loisir. Daniel était en train de traverser les bois situés au bord du domaine – sans les chiens cette fois, car lorsqu'il avait rendu visite à ce paroissien un jour, il l'avait trouvé en train de faire bouillir la tête coupée d'un Rottweiler dans une casserole sur le fourneau (il avait tiré sur le chien parce qu'il « inquiétait les moutons » et l'avait ramené chez lui « pour voir à quoi ressemblait le crâne »).

Le cottage des Liversedge se trouvait dans une clairière qui devenait de moins en moins claire, en partie à cause de la nature qui empiétait sur l'herbe, et en partie à cause des détritus qu'Edgy avait réunis au fil des ans : machines en panne qui attendaient d'être réparées, bidons d'huile, pneus de tracteur. De la fumée s'élevait de la cheminée, et Daniel sut qu'Edgy était là car ses bottes étaient devant la porte d'entrée. Il frappa contre le battant.

—Monsieur Liversedge ? C'est le recteur.

Il entendit de lents mouvements à l'intérieur, un grincement et un bruissement, puis la porte s'ouvrit. Edgy le regarda sous le bord de sa casquette noircie par la fumée.

—Vous feriez mieux d'entrer, Père. Je me demandais si vous alliez passer. La bouilloire a sifflé.

En effet, une bouilloire était posée sur une grille sur le fourneau. Le vieil homme prépara laborieusement du thé. La tasse, quand elle arriva, était un autre des souvenirs invendus de Bernard, bien qu'elle ne soit pas en état de provoquer des souvenirs agréables, car le breuvage qu'elle contenait était noir comme du teck, sentait la créosote et laissait des taches qui résistaient à tous les détergents. Il faudrait un effort pour le boire, mais le boire, Daniel le devait, car il y avait des formalités à observer ici, aussi rigides que pour n'importe quelle cérémonie du thé japonaise. Toute offre d'hospitalité, d'un côté ou de l'autre, devait être acceptée. Daniel observait toujours la politesse dans ses interactions avec les Gitans et les gens du voyage.

—Nathan vous a-t-il parlé, monsieur Liversedge, à propos du meurtre ?

—Il était assez secoué. Il aimait bien le vieux maître d'école. Il passait du temps avec Nathan, parfois, il lui apprenait des choses sur la maison et la famille.

—Il craignait, je pense d'avoir des ennuis si les gens découvraient – je pense à M. Meldrum – qu'il était… euh… allé au-delà des conditions officielles de son poste. Il ne faut pas qu'il s'inquiète pour ça.

Edgy hocha la tête, mais son instinct, et l'expérience, le poussaient à rester loin de la loi en général. Il s'en était tenu à l'écart toute sa vie, une stratégie nécessaire pour un homme du voyage, déconnecté des structures que les gens sédentaires connaissaient. Il avait appris un code différent, plus exigeant que celui de la masse, car fondé sur les principes simples de la survie dans un monde hostile. Nathan, qui avait grandi autrement, était dans un entre-deux, et sa vie était définie par l'incertitude, incertitude sur son identité, et sur sa place. Sa perspective n'était pas aussi claire que celle de son grand-père, et l'un des effets de ce flou était sa volonté de plaire. Une volonté un peu trop forte parfois, surtout avec quelqu'un qui cherchait à en profiter, et en la personne d'Alex de Floures, Nathan avait rencontré quelqu'un qui était toujours prêt à exploiter une telle faiblesse. Enfant, Alex était fasciné par Edgy : il avait pour habitude de venir s'asseoir près de lui quand Edgy coupait du bois, et lorsque la bûche se fendait et que les échardes volaient, il criait de joie. Adolescent, il regardait Edgy soigner les verrues. Le garde-chasse frottait les éruptions disgracieuses avec une cosse fendue de petits pois en disant une prière, ou en jetant un sort, avant d'enfouir la cosse dans la terre. Puis, Nathan était arrivé, en provenance du sud du pays, dans des circonstances qui l'avaient obligé à se réfugier rapidement et discrètement chez son grand-père. Alex, de retour pour les vacances, était venu voir Edgy un jour et s'était retrouvé face à un garçon d'environ son âge, mais avec le mystère, l'élégance et l'allure de son aïeul.

Daniel avala une gorgée de thé.

—Je me demandais, monsieur Liversedge, quand la police est venue vous parler, si vous aviez dit beaucoup de choses sur Nathan et son passé ?

—J'ai répondu aux questions, Père, sur l'endroit où j'étais, et l'endroit où il était. C'est pas allé plus loin. Quelqu'un d'autre a parlé ?

—Pas à ma connaissance.

—Bien. Vous voulez bien m'en allumer une ? demanda Edgy, désignant d'un signe de tête une boîte à moitié remplie de cigarettes.

Daniel en prit une ainsi qu'une allumette à côté du feu ; il alluma la cigarette avec et la passa à Edgy, qui émit un grondement d'appréciation.

—Je ne veux pas que Nathan ait plus d'ennuis que ceux qu'il a déjà eus, déclara Edgy.

—Bien sûr, mais s'il devait savoir quoi que ce soit qui pourrait aider à retrouver le meurtrier, alors toutes les autres considérations, j'en suis sûr, seraient mises de côté.

—Et mes autres considérations, Père ?

—Je ne pense pas qu'elles entrent en jeu, monsieur Liversedge.

—Les flics pourraient avoir un autre avis.

Ce que les flics ne savaient pas – ce que ni Nathan, ni Alex, ni personne à Champton à part Daniel ne savait –, c'était qu'Edgy avait autrefois eu un autre emploi. Jeune homme, il avait été boxeur, mais lorsqu'il était devenu trop âgé pour les rings, il avait développé une activité parallèle, la collecte de dettes. Quand d'autres moyens échouaient, Edgy était envoyé pour persuader un mauvais payeur de rembourser rapidement ses créances. Cela avait fini par mener à un service plus spécialisé, exclusivement pour des clients outre-mer, une solution extrême quand un défaut de paiement, ou un autre manquement, devenait impardonnable.

L'outil choisi par Edgy pour ce travail était le rasoir coupe-choux. Il arrivait à destination, accomplissait sa tâche, collectait l'argent puis revenait chez lui avant même que quelqu'un ait remarqué son absence. Edgy considérait cela comme un service professionnel pour des clients professionnels uniquement : il ne recherchait aucune notoriété et ne montrait aucun signe menaçant en dehors de son activité. Il avait pris sa retraite il y avait longtemps puis s'était rendu utile à Champton, comme son père et son grand-père avant lui ; avec l'âge, il ne s'était pas exactement ramolli, mais il ne cherchait pas les ennuis et tenait à ce que son petit-fils ait une vie plus facile que celle qu'il avait connue. Ses échecs en tant que père étaient une source d'ennuis pour lui, et bien qu'il ne puisse rien faire à ce sujet, il pouvait au moins faire de son mieux pour Nathan, qui avait besoin qu'on le surveille, qu'on le remette sur le droit chemin et – pardessus tout – qu'on assure sa sécurité.

—Une des leçons de la vie, monsieur Liversedge, c'est que nous ne pouvons pas échapper éternellement aux conséquences de nos actes, vous ne croyez pas ?

—C'est normal que vous disiez ça, Père. C'est votre métier. Le mien, c'est le contraire.

—Votre métier n'est-il pas de prendre soin de Nathan ?

—Si, et je le fais.

—Bien. Merci pour le thé, monsieur Liversedge. Vous me le direz si je peux faire quoi que ce soit pour vous, n'est-ce pas ? Et si vous entendiez quelque chose qui pourrait susciter de l'inquiétude… ?

—Mes hommages à votre mère. Je ferai repeindre votre clôture par le gamin dès que le temps sera meilleur.

Edgy le raccompagna et referma la porte avec force derrière lui. En partant, Daniel sentit un courant d'air chaud, comme si quelqu'un avait ouvert la porte d'un four, et une faible odeur de pneus brûlés, une odeur qui flottait souvent au-dessus du cottage d'Edgy, comme celle du pain au-dessus d'une boulangerie. Il vit que quelque chose brûlait dans l'un des vieux barils de pétrole qu'Edgy et Nathan utilisaient pour se débarrasser de vieux morceaux de bois, de carcasses de rats, de restes combustibles de tracteurs, ou de toutes les autres choses inutilisables ou inavouables qu'ils ramassaient pendant leur travail quotidien. L'odeur lui rappela le crématorium de sa première paroisse, qui avait commencé à organiser des obsèques hindoues après que la première génération d'immigrants indiens avait commencé à mourir. Dans cette religion, la coutume voulait que les proches assistent à la crémation – il pensa à tous ces bûchers funéraires près du Gange – mais la loi ne permettait pas un tel spectacle en Angleterre, alors la famille se réunissait à l'extérieur, regardant avec attente la cheminée pour voir l'âme du défunt monter vers la *mukti* – la délivrance finale –, mais elle était déçue, car l'incinération ne produit pas de fumée. Après discussion avec les directeurs funéraires, les employés avaient décidé de mettre un vieux pneu avec le cercueil afin d'obtenir un panache de fumée satisfaisant. *Non habemus papam*, pensait Daniel chaque fois qu'il voyait un nuage noir s'échapper par la cheminée et qu'il respirait ces effluves terribles.

En chemin pour rentrer chez lui, il passa par le bureau de poste. En écrivant des notes marginales dans un exemplaire d'*Après la vertu. Étude de théorie morale*, il avait remarqué que sa gomme avait perdu en netteté ; les gommes à effacer – ses préférées étaient les Faber-Castell, sans latex pour ne pas laisser de taches – étaient l'un de ces articles que Mme Braines conservait dans un tiroir, avec les cartes à jouer et les bougies d'anniversaire, afin de répondre à des demandes rares mais régulières.

Le parlement du petit village se trouvait au comptoir : Margaret Porteous, Anne Dollinger et, les dominant de sa hauteur, Bob Achurch. Le silence se fit quand Daniel entra.

—Bonjour, Mesdames. Bob, dit-il.

—Magasin ou poste ? demanda Mme Braines.

—Je ne veux pas passer devant quelqu'un…

—Non. Nous ne faisons que discuter.

—Magasin, s'il vous plaît, madame Braines : une de vos gommes.

Pendant que Mme Braines allait au fond du magasin, Margaret déclara :

—Vous venez de manquer votre frère, Recteur.

—Mon frère ?

—Oui, il est passé prendre des cigarettes. Il nous a raconté qu'il joue un pasteur dans une nouvelle série à la télévision, et que vous l'aidez.

Daniel fronça les sourcils.

—Il sait choisir ses moments, n'est-ce pas ?

—En effet, répondit Daniel.

—Vous ne saviez pas qu'il était là ?

Daniel se demanda un instant si on l'avait prévenu et qu'il avait oublié, mais il n'aurait jamais accepté que Theo revienne à un moment pareil.

—Non. Je ne savais pas.

—Votre mère le savait, intervint Anne Dollinger. Elle l'a mentionné l'autre jour, ici même.

Mme Braines était de retour avec la gomme.

—Oui, elle était ici hier, enchérit-elle, pour acheter les barres préférées de votre frère.

—Ses barres préférées ?

—Des United.

Elle mit la gomme dans un petit sac en papier.

—Ça fait 75 pences. Autre chose ?

—Non, merci, madame Braines.

Les United n'étaient pas les barres préférées de Theo – c'étaient les Club Fruit – mais Mme Braines n'avait que des KitKat, des Penguin et des United. Audrey avait donc prétendu que les United étaient les préférés de Theo afin d'avoir un prétexte pour annoncer sa visite.

—Très consciencieux, votre frère, Recteur, remarqua Bob. Ils n'appellent pas ça la méthode Actors Studio ? Quand on se met dans la peau du personnage. C'est comme vivre des vies différentes, j'imagine.

—C'est ce que nous faisons tous, souligna Margaret. Un homme joue plusieurs rôles au cours de sa vie, n'est-ce pas, Recteur ?

—Shakespeare le dit. « Chacun fait ses entrées, chacun fait ses sorties. » D'ailleurs, je dois vous laisser.

—Recteur, est-ce que nous vous verrons ce soir ? demanda Anne Dollinger

—Ce soir ?

—Oui, pour la réunion du Festival des fleurs à 19 heures. Avez-vous oublié ?

—Oui. Mais la réunion peut-elle être maintenue ?

—Pourquoi ne le pourrait-elle pas ?

—Si ma mémoire est bonne, l'objectif de cette réunion était d'étudier le rapport d'Anthony sur les bancs. Et… eh bien, il n'y a pas de rapport.

—Parce qu'il n'y a rien à rapporter, rétorqua Anne.

—Peut-être vaudrait-il mieux reporter toute discussion future sur les bancs tant que nous ne savons pas exactement de quoi il retourne ? Et ne pensez-vous pas que cela peut attendre après l'enterrement d'Anthony, qui a lieu, puis-je vous le rappeler, demain ?

Anne haussa les épaules.

—Je ne vois pas pourquoi…

—Ne pensez-vous pas qu'il serait un peu étrange d'avoir cette discussion littéralement au-dessus du corps d'Anthony, qui sera dans le chœur, allongé dans son cercueil, à partir de 18 heures ?

Un silence s'ensuivit, que Bob Achurch interrompit.

—C'est vrai, Dora, le corps arrive à l'église à l'heure du thé.

Il y eut un autre silence.

—Eh bien, reprit Anne Dollinger, je pense vraiment que quelqu'un aurait pu nous prévenir. Stella avait préparé un programme. J'ai dû le faire photocopier chez Coleman.

—Les meurtres sont des choses très inopportunes, Anne. Auriez-vous la gentillesse d'informer Stella ? Et je pense qu'à vous deux, vous pourrez prévenir tout le monde que la réunion est annulée ?

—C'est un changement de toute dernière minute !

—Merci. Je vous verrai tous demain à l'enterrement. Bob, je vous vois plus tard.

—Entendu.

Daniel avait en effet oublié la réunion du Festival des fleurs, non pas parce que cela lui était sorti de la tête, mais plutôt parce que l'information avait été remplacée par une question incommensurablement plus importante. Personne n'avait sérieusement envisagé de tenir une telle réunion la veille de l'enterrement d'Anthony, si ? Stella laissait rarement passer une occasion d'avancer ses pions, mais même elle n'irait pas jusqu'à perturber les obsèques d'Anthony pour une question liée au Festival des fleurs.

Il offrit une prière d'action de grâce silencieuse au Dieu tout-puissant, mais tandis qu'il arrivait dans l'allée du presbytère, sa gratitude se mua en appréhension quand il aperçut la Golf de son frère.

Theo était dans la cuisine avec leur mère.

—Mon très cher frère ! s'exclama Theo d'un ton théâtral, se levant de table et avançant, la tête penchée sur un côté, les bras ouverts, menaçant de le prendre dans ses bras.

—Theo, répondit Daniel, esquivant l'accolade en s'agenouillant pour frotter les oreilles des chiens. Quelle surprise.

—L'idée de maman, expliqua-t-il, laissant ses bras retomber. Je pensais qu'elle t'avait prévenu.

Daniel savait que c'était un mensonge.

—Ça ne te dérange pas ? demanda Theo.

—Être prévenu aurait été utile. Et le moment choisi… sort de l'ordinaire.

—Oh, allons, Dan…

Audrey vint à la rescousse de Theo.

—Il n'y a jamais de bon moment avec toi, n'est-ce pas ? Et tu n'es pas tout seul.

—J'aurais cru que le moment était mal choisi pour nous rendre visite à l'improviste, avec une enquête en cours sur un double meurtre, la communauté sous le choc, deux paroissiens décédés à enterrer et leurs familles en deuil à consoler.

—C'est parfait, répliqua Audrey. Je ne vois pas de meilleures circonstances pour que Theo ait un bon aperçu de ton travail ! Et il va résoudre des affaires criminelles aussi, alors il pourra poser des questions à ce sympathique policier.

—J'ai déjà fait ce genre de choses, Dan, quand je me préparais pour le rôle de l'agent Plummy Plod. J'ai passé une semaine au commissariat. Ils appréciaient ma compagnie.

—Et Bernard a dit que ça ne posait pas de problème, Honoria lui a demandé son accord, ajouta Audrey.

Daniel resta immobile, se contentant de cligner des yeux alors qu'il essayait de contrôler un élan de colère :

ils venaient rarement, mais il y en avait bien un à cet instant. Il lui fallait de l'espace pour réfléchir.

—Je vais sortir les chiens.

Cosmo et Hilda filèrent par la porte de service, leur course éloignant le courroux inexprimé de Daniel de sa mère et de son frère pour l'apporter dans la tranquillité apaisante du jardin. Daniel ferma la porte derrière lui avec une sorte de claquement modéré, une fermeté qui trahissait son humeur, et alla se poster à un endroit encore éclairé par la lumière du jour, malgré les ombres grandissantes.

Tandis qu'il regardait les chiens courir dans l'ombre et la lumière, sa colère commença à se dissiper. Il pensa à sa mère. Bien souvent, quand il rentrait à la maison, les soucis de la paroisse sur ses épaules, il se retrouvait face à quelqu'un pour qui ces soucis ne signifiaient rien. Parfois, c'était un soulagement, car il avait en effet besoin d'oublier ses inquiétudes. Les joies de sa mère, comme quand Stella Harper avait raté son pull irlandais parce qu'elle n'arrivait pas à manier les longues aiguilles doubles – « la tricoteuse interrompue ! » s'était exclamée Audrey triomphalement, paraphrasant Debussy –, agissaient comme un antidote. Mais, plus souvent, quand une tragédie survenait, la superficialité de l'empathie de sa mère le perturbait. Daniel ne savait jamais vraiment si elle ne ressentait vraiment rien – s'il lui manquait un mécanisme émotionnel – ou si elle était simplement pleinement absorbée par ses propres causes.

Theo apparut à côté de lui, l'air penaud.

—Ça va ? demanda-t-il.

Puis il s'agenouilla et pendant un instant, Daniel se dit qu'il se vengeait pour l'accolade esquivée, mais Theo ramassa un bout de corde jaune au bout duquel se trouvait une balle de caoutchouc, effilochée et mâchée. C'était la Chose jaune, le jouet préféré des chiens, et dès qu'ils le virent, ils coururent vers lui, mais firent demi-tour quand Theo lança la balle avec une agilité que son frère ne possédait pas. Elle alla plus loin qu'à l'accoutumée, et les teckels, décontenancés, la regardèrent, muets, quand elle vola au-dessus de leur tête et atteignit une distance inhabituelle. Hilda se mit à aboyer de manière péremptoire.

—Il faut que tu ailles chercher la balle et que tu fasses un autre essai, expliqua Daniel.

Theo s'éloigna à grandes enjambées, et les chiens décidèrent de le suivre. Il y eut une pause, comme lorsque des duellistes échangent leurs places, et la Chose jaune, lancée avec à peine moins de force que la première fois, atterrit aux pieds de Daniel, mais pas assez près pour suggérer que la balle avait été envoyée comme un missile. Cosmo et Hilda coururent si vite qu'ils se heurtèrent aux mollets de Daniel, avant de se battre et de grogner en tirant sur la balle.

Theo approcha, l'air timide – presque trop timide, théâtralement timide.

—Ce qu'il y a, Dan, c'est que ça m'aiderait vraiment si je pouvais juste rôder, en arrière-plan – pas vraiment rôder, plutôt traîner – pendant quelques jours. Je sais que ce sont des journées particulières, mais maman a vu avec Bernard, et il est d'accord…

—Oh, elle a vu avec Bernard, hein ?

—Nous avons discuté... Elle a parlé à Honoria, qui a demandé à son père si ça ne le dérangeait pas que je sois là pour l'enterrement d'Anthony, peut-être pour aider, ou juste voir comment tout ça fonctionne...

—Elle a parlé à Honoria, qui a parlé à Bernard...

—Oh, tu sais, c'est le maître du domaine, le parent le plus proche, et ma présence ne le dérange absolument pas, il pense que c'est une bonne idée...

—... mais pas à moi. Aucun de vous n'a pensé à me consulter ?

Theo haussa les épaules et regarda Daniel avec un air avenant.

—C'est plus facile de demander pardon que la permission. En tout cas, avec toi.

24

Plus tard, alors que les ombres commençaient à s'allonger, Bob Achurch sonna le glas pendant que Daniel et Bernard attendaient devant le porche du cimetière afin d'accueillir ce qui restait d'Anthony dans ce monde. Un corbillard apparut au bout du chemin et batailla, comme toujours, avec un angle presque trop étroit pour les longues limousines dans lesquelles nos derniers voyages se font vers la terre ou les flammes. Autrefois, le corbillard était un chariot branlant tiré et poussé par la famille et les amis de l'occupant du cercueil entre la maison de ce dernier, l'église et la tombe. Le vieux corbillard était toujours là, dans l'une des dépendances inutilisées depuis des années, mais il ne serait jamais jeté ou doté d'une nouvelle fonction, son but d'origine étant trop solennel pour être remplacé par un autre. Les traditions et les coutumes de la mort perduraient, même à l'ère industrielle, et les entrepreneurs des pompes funèbres avaient gardé quelques rituels victoriens, même si c'était difficile à imaginer alors qu'ils débouclaient leurs ceintures de sécurité et garaient la voiture à boîte automatique.

—Monsieur le baron. Recteur.

M. Williams fit une petite révérence formelle et respectueuse. C'était le petit-fils du menuisier du village, et il avait choisi – à cause de l'activité de son grand-père – le métier d'entrepreneur de pompes funèbres. La menuiserie avait été abandonnée en deux générations pour devenir les Pompes funèbres Williams, une entreprise florissante. M. Williams avait maintenant toute une flotte de corbillards noirs et de limousines, mais sa déférence demeurait. Les porteurs sortirent le cercueil de l'arrière du corbillard et le hissèrent sur leurs épaules. Daniel vit que l'un d'eux était l'inspecteur Scott.

—Merci, Messieurs, dit M. Williams.

Daniel hocha la tête et déclara :

—Nous recevons le corps de notre frère Anthony, avec foi en Dieu, le donneur de vie, qui a ressuscité le seigneur Jésus des morts.

Bernard et lui menèrent le cortège jusqu'à l'église pendant que la cloche résonnait. Devant le chœur, avec les tombes des Floures au nord, et à l'opposé, le transept sud éclairé par une lumière oblique, deux tabourets étaient posés pour accueillir le cercueil. Theo, dans une tenue d'enterrement presque comique, se leva depuis le transept. Quatre grosses bougies sur pied furent allumées, et le cercueil fut placé sur les tabourets. Daniel l'aspergea d'eau provenant des fonts baptismaux puis Bernard et lui prirent le drap funéraire, une étoffe mauve foncé de la taille d'un tapis ornée d'une croix de velours noir brodée et des armoiries des Floures au centre, et l'étendirent comme un couvre-lit géant sur le cercueil. Daniel plaça une bible et un crucifix sur le drap et récita un passage du psaume 90 :

—« Apprends-nous la vraie mesure de nos jours : que nos cœurs pénètrent la sagesse. / Reviens, Seigneur, pourquoi tarder ? Ravise-toi par égard pour tes serviteurs. / Rassasie-nous de ton amour au matin, que nous passions nos jours dans la joie et les chants. »

M. Williams et ses hommes se retirèrent, solennels, et Daniel et Bernard restèrent pour veiller le corps, debout devant les bancs, chacun d'un côté de l'allée. Après quelques minutes, quand il se rendit compte que rien ne se passerait, Theo s'éclipsa.

Bernard resta une demi-heure puis partit en silence ; Daniel attendit quelques minutes puis se leva, ayant satisfait aux exigences rituelles. Il laissa les bougies allumées – une délicate attention que les assureurs ecclésiastiques désapprouvaient, craignant qu'un accident ne provoque une crémation fâcheuse – ferma la porte côté sud et le portail du porche puis sortit par la porte de la tour, qu'il avait laissé ouverte, comme le voulait la coutume, afin que tous ceux qui souhaitaient veiller Anthony puissent le faire jusqu'à l'heure de son enterrement. Audrey était dans la cuisine, en train de nourrir les chiens, et même l'arrivée de Daniel par la porte de service ne put les distraire de leur repas.

—Chéri, dit-elle par-dessus le bruit que faisaient Cosmo et Hilda, parmentier de mouton pour le dîner – un agneau bêla au loin –, ce sera prêt dans une demi-heure. Je vais sortir les chiens.

Daniel se rendit dans son bureau. Il était en train de rédiger un compte rendu de l'accueil du corps d'Anthony quand on frappa à la porte.

—Dan, je peux ?

Theo entra avant que Daniel ait eu le temps de répondre et s'affala sur le Canapé des Larmes.

—Question, dit-il.

—Oui ?

—La veillée, combien de temps est-elle censée durer ?

—Toute la nuit.

—Quel est le but ?

—Le but est de montrer son respect au défunt. Je suppose que cela vient de la veillée du Christ dans le jardin de Gethsémani, après la Cène.

—Rappelle-moi ce que c'était ? demanda Theo en allumant une cigarette.

—Après que Jésus et ses disciples ont partagé un repas ensemble dans la salle du haut, ils sont allés dans le jardin pour qu'il puisse prier – Daniel désigna d'un signe de tête un cendrier sur une petite table – et les disciples sont restés veiller avec lui, mais ils s'endormaient les uns après les autres et au bout du compte, il s'est retrouvé seul et a demandé à Dieu de lui épargner ce qui allait arriver.

Theo eut un regard vide.

—Son arrestation, son procès et son exécution, précisa Daniel.

—Il n'a pas eu cette chance.

—Il ne s'agissait pas vraiment de chance, Theo. Ce n'était pas quelque chose qu'il aurait pu éviter.

—Il aurait pu. Il aurait pu tous les transformer en piliers, en sel ou autre.

—Oui, je suppose qu'il aurait pu.

—Alors pourquoi ne l'a-t-il pas fait ?

—Parce qu'il avait besoin de souffrir et de mourir en tant qu'homme d'abord, afin de pouvoir ensuite racheter les fautes de toute l'humanité, en tant que Dieu. C'était le prix à payer.

Theo grimaça.

—Mon Dieu, c'est un peu tordu. Et assez difficile à comprendre. Pas étonnant que les disciples se soient tous endormis. Mais pourquoi n'es-tu pas là-bas ? Je veux dire, je sais qu'il ne se passe pas grand-chose, mais pourquoi tu ne veilles pas le défunt ? Tu n'es pas censé être à ses côtés ?

—Je l'étais, pendant un intervalle décent. Mais ce sont des choses cérémoniales que l'on doit observer plutôt que des instructions à suivre. Et nous finissons tous par nous endormir, parce que nous sommes mortels. C'est fondamental, Theo : nous sommes des gens imparfaits qui essaient d'atteindre la perfection, alors habitue-toi à l'échec.

—Je suis acteur, et l'échec, nous avons ça en commun. Mais une veillée, c'est rester assis sans rien faire, ce qui doit être barbant.

—Non, pas du tout. Et si c'est ennuyeux, c'est un fardeau à porter plutôt qu'une corvée à éviter.

—Je me suis ennuyé et je ne suis resté que cinq minutes. Combien de temps a tenu Bernard ?

—Une demi-heure. Je suis resté environ une heure. J'y retournerai plus tard pour l'office des défunts.

—Est-ce que c'est un peu plus animé ?

—Pas exactement, mais il y a des prières à dire. Tu pourrais venir.

La cloche résonna dans le couloir, annonçant le dîner.

—Si nous y allions ? suggéra Daniel.

—Je finis ma cigarette, Dan. Je te rejoins.

Ils mangèrent leur hachis avec des pois et des carottes, relevés avec de la sauce Worcestershire.

Theo secoua vigoureusement le flacon au-dessus de son assiette en grimaçant.

—Rappelle-toi, Theo, dit sa mère, que cette sauce appartient à l'époque où la nourriture était soit trop insipide, soit trop dégoûtante. Nous couvrions nos plats de sauces qui donnaient de la saveur, ou qui masquaient la saveur, et nous avons appris à les aimer. Pense au fromage de Stilton, ou au gibier faisandé, qui sont au cœur de la cuisine anglaise. Pendant la guerre, l'usine a été bombardée, mais la sauce a continué à être fabriquée, excepté que les flacons étaient différents, avec des étiquettes simples. C'était l'une des très rares choses qui avaient du goût pendant le rationnement.

—C'est très Église d'Angleterre, ce goût pour la putréfaction, commenta Daniel, encore d'humeur funéraire.

—Oh, oui, mais tu as toujours aimé ça, Dan. Je n'ai jamais eu à m'inquiéter, même quand tu étais petit, que tu fasses la fine bouche devant des rognons, de la cervelle ou du faisan. Tu as toujours aimé les abats, les choses qui commençaient à tourner, à pourrir. Tu es fait pour ça. Et je me demande si ça ne t'a pas donné tes talents de détective, toi qui flaires la corruption comme un des chiens. Toi aussi, Theo, à ta façon, dans le sens où tu veux toujours aller au fond des choses. Sans relâche.

—Je me demande d'où ça nous vient ? demanda Theo.

—Pas de moi. Je préfère ne pas toucher aux choses qui commencent à pourrir.

Ils mangèrent en silence. Daniel pensa à Cosmo et Hilda, recroquevillés dans leur panier près de la cuisinière ; leur goût pour les odeurs, même les plus âcres et les plus dégoûtantes, était illimité. Daniel les regardait parfois renifler soudainement, non pas en savourant délicatement une faible fragrance comme un parfumeur, mais en impliquant tout leur corps, comme si un grand aspirateur venant des profondeurs de leur longue poitrine aspirait les effluves à travers leurs narines frémissantes, envoyant les données dans la partie de leur cerveau qui décodait les odeurs. Un teckel occupé par un parfum était impossible à distraire ; parfois, ils couraient comme un lévrier après un lièvre ; parfois ils se roulaient dedans, en plein abandon extatique, malgré ses cris de protestation. Le monde pour eux était avant tout olfactif, et interprété d'abord à travers l'odorat plutôt qu'à travers l'ouïe ou la vue. Était-ce l'une des raisons pour lesquelles il les trouvait si fascinants ?

Audrey prit un yaourt en guise de dessert. Daniel, n'étant pas un bec sucré, ne prit rien. Theo finit la bouteille de côtes-du-rhône qu'il avait apportée et dont il avait bu les deux tiers, puis ils débarrassèrent. Audrey fit la vaisselle, Daniel l'essuya et Theo la rangea, un partage des tâches qui remontait à l'enfance des garçons.

—Votre arrière-grand-père, dit Audrey à brûle-pourpoint, est mort à la quarantaine, en laissant votre arrière-grand-mère avec treize enfants à nourrir. Comment pensez-vous qu'il soit mort ?

—Était-ce la boisson ? demanda Theo

—Qu'est-ce qui te fait dire cela ?

—C'est ça, en général, dit-il en haussant les épaules.

—Tu as raison, il buvait, mais ce n'est pas ce qui l'a tué.

—Qu'est-ce que c'était, alors ?

—C'était le remède contre la boisson. Son père l'avait envoyé dans l'asile du comté, et le traitement était une forme d'hydrothérapie. Les patients – les prisonniers, plutôt – étaient déshabillés et mis dans une pièce carrelée avec une évacuation d'eau, où ils étaient douchés et arrosés avec un tuyau. Je ne sais pas pourquoi. Mais pour quelqu'un comme votre arrière-grand-père, déjà affaibli par la boisson, qui avait probablement des symptômes de sevrage terribles, être soumis à ce prétendu traitement… c'était trop pour lui, et il en est mort.

—Pourquoi ont-ils pensé que ça allait guérir son alcoolisme ? demanda Daniel.

—Peut-être qu'ils pensaient que c'était un péché qui pouvait être lavé ? C'est davantage ton domaine que le mien. Mais c'était si cruel… Pas seulement pour lui mais aussi pour sa femme et ses enfants. Et si humiliant. Il faut savoir que les gens avaient terriblement peur d'être couverts de honte à cette époque.

—Pourquoi ?

—Le statut, je suppose. Rappelez-vous que votre arrière-arrière-grand-père était un modeste fils de tisserand, et qu'il a réussi à devenir commerçant et à grimper dans l'échelle sociale. Comme la plupart des gens qui se sont faits tout seuls, il avait le sentiment que tout ce qu'il avait bâti, il pouvait le perdre. Votre grand-mère a craint de finir dans un refuge pour sans-abri durant toute sa vie.

—Mais grand-mère et grand-père étaient riches comme Crésus ! s'exclama Theo.

—Oui, mais ça n'a pas fait disparaître sa peur de la pauvreté. Une part d'elle était toujours la petite fille qui avait perdu son père et dont la mère s'asseyait dans le salon, en se demandant comme elle allait nourrir, habiller et éduquer treize enfants sans père et sans argent. On ne peut pas laisser cela derrière soi, ça vous accompagne toute votre vie. Ça a façonné la vie de votre père, et je pense que ça façonne la vôtre.

—Comment ça ?

—Eh bien, toi, Theo, tu affrontes cette peur, en menant la vie précaire d'un acteur. Et toi, Daniel, tu fuis la pauvreté, tu la crains. Tu redoutes les revers de fortune. L'effondrement d'un monde confortable. C'est pour ça que tu es pasteur, et que tu adores les fournitures de bureau.

Theo, qui tout à l'heure avait fouiné dans le bureau de Daniel, pensa au pot de petits clous rangé entre les trombones et les œillets autocollants.

—« Et laisse nos vies ordonnées confesser la beauté de ta paix », chanta Audrey, presque sans fausse note.

Après que les chiens eurent fait leurs besoins, Daniel alla à l'église pour prier. Les chiens le suivirent à travers la porte de la sacristie et commencèrent leur exploration olfactive dans la nef sombre. Elle n'était pas totalement plongée dans le noir car dans le chœur, les quatre bougies autour du cercueil étaient allumées. Les flammes vacillèrent quand un courant d'air passa, et Daniel fut presque aussitôt distrait dans sa lecture de l'office des défunts. Il remarqua le silence des chiens : son estomac se noua pendant une seconde lorsqu'il se souvint de la dernière fois où ils avaient été aussi silencieux dans l'église, et se retourna. Dans le noir, au-delà des halos de lumière jaune des bougies, il distingua la silhouette d'une personne installée sur un banc au fond de l'église. Il sut de qui il s'agissait à la façon dont elle était assise, et d'après sa place, car elle était assise là-bas pendant chaque service, d'habitude avec sa sœur, mais pas ce soir. Dora Sharman croisa son regard tandis qu'il se retournait, puis baissa les yeux et continua ses prières. Il continua les siennes, et lorsqu'il arriva vers la fin, il lut le *Nunc dimittis* à voix haute ; les mots et le rythme étaient si familiers aux chiens qu'ils revinrent dans le chœur et s'assirent à côté de lui, sentant qu'il avait presque fini.

—Que le Seigneur nous bénisse, nous protège du mal et nous apporte la vie éternelle, conclut-il à voix haute.

—Amen, répondit Dora.

Elle s'apprêta à partir mais Daniel parcourut l'allée pour la rejoindre.

—Kath n'est pas là, ce soir ?

—Elle ne voulait pas venir, Recteur. Mais je peux dire des prières pour nous deux. J'ai donné un biscuit aux chiens, j'espère que ça ne vous dérange pas.

—Je me demandais pourquoi ils étaient si calmes. Anthony et vous étiez proches ?

Dora sembla surprise par la question.

—Proches ? Non, non. Mais nous sommes des gens de Champton. Autrefois, quand le chef de famille mourait, nous faisions la veillée dans l'ancienne chapelle. Toute la nuit. Le majordome et l'intendante la commençaient et la terminaient. Nous, les créatures inférieures, nous faisions le milieu. Les femmes de chambre arrivaient à minuit avec les valets de pied. Beaucoup d'histoires d'amour ont commencé comme ça. L'amour à la lumière des bougies, près d'un corps.

—J'ai souvent remarqué que les enterrements étaient suivis par des mariages, observa Daniel.

Et c'était vrai. Ce n'était pas inhabituel de marier des gens qui s'étaient rencontrés à une veillée.

—La vie continue. Mais j'aimais bien M. Bowness, en fait. Il était différent. Il avait une vue différente sur les choses. Je suppose que c'était parce qu'il n'était pas à l'aise avec lui-même.

—Comment ça ?

—La boisson. Je crois qu'il y avait quelque chose qui le tracassait et qu'il voulait oublier. Mais il n'était jamais méchant, contrairement à certains.

La lumière des bougies éclairait son regard. Dora, cette femme si peu sentimentale, avait les yeux embués.

—Que se passe-t-il, Dora ?

Elle ne répondit pas mais sortit un mouchoir de son sac et s'essuya les yeux. Daniel s'assit à côté d'elle. Après quelques instants, elle se leva, enfila son manteau et empoigna son sac et son chapeau.

—Je ne suis pas du genre à pleurer et à gémir, Recteur. Mais c'est triste quand quelqu'un meurt, non ? M. Bowness, M. Thwaite. Aucun d'eux n'aurait dû finir comme ça.

—Dora, pourquoi pensez-vous qu'ils ont été tués ?

Elle ne répondit pas d'abord. Puis elle déclara :

—L'imprudence coûte des vies. Vous êtes trop jeune pour vous en souvenir. C'était une affiche pendant la guerre pour nous convaincre de nous taire au cas où il y aurait des espions.

—Je les ai vues.

—Et tous ceux qui ont connu cette époque savent à quel point trop parler peut être dangereux.

—Discrétion assurée, Dora. Selon vous, qui est derrière cela ? Ou quoi ?

—Comment peut-on le savoir ? M. Bowness et M. Thwaite sont morts. C'est à ça que je pense. Je ne fais pas de spéculations.

Elle attendit qu'il se déplace pour pouvoir partir. Il se leva et la laissa passer. Dora partit sans ajouter un mot, son chapeau crocheté disparaissant par la porte de la tour, tandis que les chiens la regardaient encore avec espoir.

25

Daniel sortit les chiens peu après l'aube le lendemain matin, non seulement parce que c'était une belle matinée, mais aussi parce qu'il voulait éviter Theo. C'était le jour de l'enterrement d'Anthony, et avec celui de Ned qui suivrait bientôt, Daniel avait décidé de ne pas faire son habituelle promenade autour du lac. Il ne voulait pas que son regard soit attiré par le pavillon des bains ni que le souvenir de ce qui s'y était produit jette une ombre sur cette journée. Il marcha vers le manoir, mais au lieu de descendre l'allée et de franchir les grilles baroques, il prit la direction du nord et marcha jusqu'à la Sainte Promenade, une autre des idées de Repton qu'un lord de Floures à la main verte avait plantée deux cents ans plus tôt. Une fois arrivé, il retira leurs laisses aux chiens, qui coururent le long du chemin, flanqué de vieux buissons de houx à présent enchevêtrés et désordonnés, et d'arbres couverts de lierre. La Sainte Promenade commençait depuis le jardin, traversait le parc puis, plus sauvage à chaque pas, descendait vers le ruisseau qui alimentait le lac et qui était surmonté d'un vieux pont ornemental ; depuis ce pont, Daniel avait déjà vu des martins-pêcheurs, un héron qui se nourrissait paresseusement, et une fois, ce qu'il avait espéré être une loutre mais qui était probablement un vison, car la nature ici n'était pas longtemps préservée de l'activité humaine et de la folie qui l'accompagnait. Il guida Cosmo et Hilda le long des terriers de blaireaux qui criblaient les flancs en pente du chemin, dépassant les trous qui apparaissaient entre les racines exposées et emmêlées des buissons. Il redoutait de voir les chiens tomber dans l'un de ces trous et de devoir les tirer par la queue, les décoincer ou encore les conduire en urgence chez le vétérinaire avec des museaux entaillés.

La fin de la Sainte Promenade arriva abruptement, se terminant en une volée de marches raides qui menaient aux champs, parfois couverts de graines de lin bleues, mais pour la plupart, ils avaient la couleur jaune du colza, la culture que Nicolas Meldrum souhaitait partout. Daniel la trouvait trop affirmée, préférant de loin le bleu poussiéreux du lin, et c'était d'autant plus le cas quand le jaune vif se transformait en orange et que les champs commençaient à exhaler une odeur de chou désagréable. Pour l'instant, les cultures autour de Champton étaient une alternance de vert et de jaune et lui faisaient penser au club de football de Norwich City.

Il marcha le long de la rivière et bien qu'il ne voie pas de martin-pêcheur, il entendit un couple d'alouettes qui s'envolait d'un champ. Plus faciles à entendre qu'à voir, ces oiseaux bruns étaient si petits que l'œil pouvait à peine les distinguer quand ils s'élevaient vers le ciel. L'un des concertos de Vaughan Williams faisait leur éloge, mais pour Daniel, les alouettes ne ressemblaient en rien au solo de violon si apprécié. Leurs piaillements évoquaient pour lui le bruit d'un fax, ou celui des commérages. Un nouveau frisson d'angoisse le parcourut tandis qu'il longeait le cours d'eau.

Et in arcadia ego[1] ; si ce n'était pas le pavillon des bains, c'était le gazouillement des alouettes, ou les chiens qui respiraient une odeur, ou même le jaune criard des fleurs de colza. Même ici, dans la douce splendeur de cette scène pastorale anglaise, se trouvaient des rappels du mal qui était descendu parmi eux – qui était encore parmi eux, Daniel en était persuadé.

Il s'arrêta à côté du ruisseau et regarda la façon dont la lumière faisait scintiller les courants et les remous. Les branches d'un aulne pendaient au-dessus du ruisseau sur la rive opposée, secouées par la brise, dans un mouvement contraire à celui de la lumière sur l'eau. Un motif croisé qui semblait presque vibrer : il attira et retint l'attention de Daniel avec une telle force qu'il en devint presque hypnotique. Les notions du temps et de l'espace disparurent, et à côté du ruisseau, par cette belle matinée, Daniel se sentit soudain saisi par la terreur, et il sut que c'était la même terreur qu'Anthony et Ned avaient dû ressentir après avoir été frappés, pendant que la vie commençait à les quitter. Elle était si puissante et si évidente que Daniel n'était conscient de rien d'autre. Puis, aussi vite qu'elle était venue, elle disparut. Un sentiment pathétique intense s'ensuivit. Le pathétique de

1. Locution latine signifiant « Je suis aussi en Arcadie », pouvant s'interpréter comme : « Moi [la mort], j'existe aussi en Arcadie ».

la mort d'Anthony et de Ned, de la solitude et de la peur non méritées de leurs derniers instants, et aussi, une tristesse sans fond. Ensuite, quelque chose de froid, de dur et d'impénétrable, comme une pierre, tomba quelque part, le ramenant à l'instant présent. Il fut à nouveau conscient et pensa : c'était le meurtrier.

Tout ce qu'il venait de ressentir, Daniel l'avait déjà ressenti auparavant. Ici, à Champton. Et à nouveau, il songea que le meurtrier était l'un d'entre eux, vivait parmi eux, et était intimement lié à Anthony, Ned et tous les autres.

26

Dans le salon de thé The Flowers, les Staveley étaient en train de grignoter leurs profits.

— Ooh, des macarons ! s'exclama Dot, se servant avant même que l'assiette ait touché la table.

Norman déclina tristement, le médecin généraliste ayant déclaré que les douceurs qu'il aimait prendre pour la pause de 11 heures n'étaient plus autorisées. Millie Staniland posa soigneusement deux tasses sur la table.

— Autre chose, monsieur Staveley ?

Norman voyait bien une chose ou deux, mais il essaya de chasser cette pensée de son esprit. Ces derniers temps, il s'était mis à regarder les poitrines, les serveuses, les étudiantes, les secrétaires à l'hôtel de ville. Un jour, alors qu'il faisait le plein à une station essence, une jeune femme en Peugeot 205 à la pompe voisine l'avait observé à son tour, et il avait vu dans son regard de dégoût son propre désir reflété de manière asymétrique. Il ne mourait pas d'envie d'avoir plus de relations sexuelles que celles qu'il avait dans le cadre de son mariage, bien que le sexe soit pour lui un autre régime strict, ou différent, du moins, du régime thé et biscuits qui avait longtemps fait l'affaire pour Dot et lui. C'était la jeunesse, pensa-t-il : la peau, les yeux brillants, la chevelure épaisse et chatoyante... Et regarder les femmes était aussi une évasion. C'était comme tomber dans un bassin d'eau et voir toutes ses angoisses du moment disparaître, lavées par la lustration. Sa conscience provoqua une autre poussée d'adrénaline, et il sursauta quand il se rappela une fois de plus cet idiot d'Anthony Bowness en train de prier au fond de l'église, et son accès de colère à l'idée que cet homme – cet innocent, cet intrus, ce raté – puisse mettre en péril tout ce que Norman avait accompli ainsi que son statut social et celui de Dot.

Ces accès d'adrénaline étaient de plus en plus fréquents – des attaques de panique, selon un article qu'il avait vu dans le magazine de Dot ; l'andropause, apparemment, mais il pensait que c'était plus psychologique que physiologique, que c'était sa conscience plutôt que les hormones qui étaient à l'œuvre.

—J'ai un gros mal de tête, dit-il pendant que Dot expérimentait le trempage de macaron. Je vais à la maison pour prendre un cachet.

—Ton thé va être froid, Norman, fit-elle remarquer.

—Prends-le, chérie, je ne peux pas le boire.

Il se leva et s'éloigna. Sa femme le regarda un instant, avant de tendre le bras vers la tasse qu'il avait laissée.

En voyant l'expression sur son visage, il se sentit un peu mieux, puis, un peu moins bien. Alors, il s'efforça de respirer de manière régulière tout en marchant, mais un nouveau pic d'adrénaline survint. Il accéléra le pas et se mit à transpirer. C'est comme ça qu'arrivent les crises cardiaques pensa-t-il. Puis, sentant qu'il était observé, il leva les yeux et vit Anne Dollinger devant la boutique de Stella, en train de l'observer. Après une seconde, elle lui fit signe.

— Ça va, Norman ?

Il la salua de la main, fit un geste comme pour dire : « Je ne peux pas m'arrêter » et continua son chemin, mais il manqua de trébucher et dut faire semblant de courir pour cacher le fait qu'il avait failli perdre l'équilibre. Il tourna à l'angle de la rue et parvint à l'arrêt de bus, où il s'assit pour reprendre son souffle.

— Tais-toi, tais-toi, tais-toi, dit-il à voix haute.

Une femme qui attendait son bus et qu'il ne connaissait pas – et inversement, espérait-il – se tourna vers lui et lâcha :

— Je n'ai rien dit.

— Ce n'est pas à vous que je parlais, répondit-il, encore essoufflé.

Puis les bords de sa vision devinrent d'un gris brumeux et il pensa à Anthony Bowness, assis au fond de l'église, indistinct dans la lumière déclinante.

La cloche sonna dans la tour de St. Mary, et tandis qu'elle tintait, des nuages apparurent et mirent fin à cette belle matinée.

« Un temps d'enterrement », dit Daniel, en soutane, surplis, capuche et étole, à l'inspecteur Scott, en gants blancs et uniforme, ses médailles accrochées sur la poitrine, pendant qu'ils attendaient devant le porche du cimetière que la famille du défunt arrive. Les Floures avaient fait le chemin à pied : c'était la tradition, mais ce n'était peut-être pas la meilleure idée en ces circonstances, car leur apparition au bout de Church Lane donna au peloton de photographes et d'équipes de télévision une excellente occasion de se presser autour d'eux, s'immisçant dans leur chagrin privé pour la satisfaction du public. La famille marcha sans dire un mot, Bernard regardant devant lui avec toute la dignité qu'il avait pu rassembler, dans sa tenue la plus solennelle – queue-de-pie noire, gilet noir et cravate noire –, menant leur groupe non pas de trois, comme Daniel s'y était attendu, mais de quatre. Il était flanqué d'Alex et d'Honoria, elle en robe noire élégante et lui en costume noir croisé, large aux épaules et resserré à la taille ; et à côté d'eux, dans un costume noir mal coupé, marchait un homme que Daniel connaissait un peu. Grand et maigre, il ressemblait davantage à Alex qu'à Bernard, mais avec un air plus doux. On aurait dit un cousin de la campagne – légèrement mal à l'aise, comme si sa présence était seulement tolérée – mais il était le fils et l'héritier, Hugh de Floures, revenu des grands champs de blé du Canada.

Daniel avait toujours trouvé ces arrivées au porche quelque peu gênantes, car il ne pouvait pas maintenir le sourire de sympathie convenable destiné aux proches des défunts pendant tout le temps qu'ils mettaient à arriver. En général, à la manière anglaise, il faisait semblant de ne pas les avoir vus, admirant les forsythias des Achurch, ou une gargouille sur la tour, ou encore le roucoulement d'une colombe à col, jusqu'à ce que les membres de la famille soient seulement à quelques pas et qu'il se tourne vers eux pour les accueillir.

—Bernard, Alex, Honoria. Et Hugh, très heureux de vous revoir et très content que vous ayez pu venir.

—Pour l'amour du ciel, Dan, fit Bernard, finissons-en avec ça.

Margaret Porteous, qui occupait, de manière temporaire et irrégulière, les fonctions de marguillier d'Anthony, les observait depuis le porche. Daniel se tourna vers elle, lui donna le signal et elle disparut à l'intérieur de l'église.

Daniel reporta son attention sur la famille.

—Sommes-nous prêts ? demanda-t-il, et il conduisit les Floures sur le chemin.

Mme Buckhurst, pianiste de l'école, avait pris la place de Jane à l'orgue et commença à jouer *I know that My Redeemer liveth* quand ils entrèrent dans l'église pleine de monde. Toutes les têtes se tournèrent à l'arrivée des Floures, et tous les regards furent braqués sur le fils prodigue de retour. Daniel les accompagna jusqu'au banc familial et se mit sur le côté pendant que la chorale arrivait depuis la tour, en aubes et surplis, menée par Bob Achurch, qui avait immobilisé la cloche afin de venir jouer le rôle de cruciféraire et de mener le cortège. Les sopranos d'abord, les nouveaux choristes en collerette tenant des dossiers trop grands pour eux, les dames de la dernière rangée et enfin, les altos, y compris les enfants Staniland, sur la voix desquels l'adolescence opérait ses changements embarrassants. Daniel les suivit quand ils passèrent à côté du cercueil, à présent dépourvu de son drap funéraire, et ils se séparèrent sous l'arche du chœur pour rejoindre les stalles de la chorale. Le recteur et les choristes s'inclinèrent à l'unisson devant l'autel, le cruciféraire plaça la croix processionnelle sur son support, et tandis que Daniel prenait place derrière l'ambon, la musique s'arrêta. Parfaitement exécuté, se dit-il avec une satisfaction inappropriée, et il souhaita la bienvenue à l'assemblée.

Dispersés dans des endroits inhabituels se trouvaient des groupes de gens de Champton, privés de leurs places par des étrangers, mais pas les sœurs Sharman, assises de manière inconfortable sur leur banc habituel, empêchant un groupe de quatre personnes d'occuper le seul espace où elles auraient pu s'asseoir côte à côte. D'autres étaient allés vers le fond et les côtés, leurs places habituelles étant aujourd'hui prises par des gens du passé d'Anthony, des personnes de sa famille, de son ancien travail, d'Oxford, de Soho. Un mélange de visages patriciens, de visages grisâtres et de visages rouges de buveurs.

Daniel se disait souvent que la nécrologie la plus fiable était celle présentée par les gens sur les bancs, qui racontaient l'histoire la plus fidèle de la vie du défunt. Il avait assisté un jour aux obsèques d'un jeune homme, un ancien paroissien mort du sida, dont la famille biologique était dans l'Armée du salut du Yorkshire, et la famille élue, constituée d'un groupe d'adeptes du SM. Sur les bancs de gauche, des hommes à casquette noire, et sur les bancs de droite, des hommes avec des casquettes différentes, en cuir et non en laine, chaque groupe étant surpris de voir l'autre.

Un visage appartenait au présent d'Anthony, celui du sergent Neil Vanloo, que Daniel était heureux de voir ; le policier portait une cravate noire dont Daniel se demanda si elle était à enfiler plutôt qu'à nouer.

Daniel lut une prière pour les défunts puis l'assemblée se leva pour chanter le premier hymne, *Love Divine*, sur l'un des plus beaux airs de Purcell, *Fairest Isle*.

L'un des anciens rédacteurs en chef d'Anthony prononça un discours, un chef-d'œuvre dans l'art de dire la vérité sans être méchant : Honoria lut, merveilleusement « Ne crains plus les ardeurs du soleil » tiré de *Cymbeline*, et tressaillit légèrement lorsqu'elle arriva à : « Tu es au-delà de la portée du trait des tyrans » ; Bernard lut ensuite un passage du quatorzième chapitre de l'évangile selon Jean, et les gens clignèrent des yeux quand il dit : « Dans la maison de mon Père, il y a plusieurs demeures » ; Daniel prononça une courte homélie sur la peur de l'abandon, et le retour au foyer, et en entendant ces derniers mots, Hugh leva les yeux vers lui depuis le banc familial.

Des prières furent offertes, puis tous se levèrent pour chanter le vingt-troisième psaume, un air et des mots si pratiques qu'ils convenaient aussi pour les mariages et les baptêmes : « L'Éternel est mon Berger, je ne manquerai de rien ; / il me fait reposer dans de verts pâturages ; / il me dirige / près des eaux paisibles. »

Après l'éloge, les robustes porteurs de M. Williams, tous des agents de police qu'il employait au noir, furent rejoints par Alex et – un murmure s'éleva – Honoria, qui accueillirent le cercueil sur leurs épaules et passèrent rapidement devant la chapelle des Floures, non ouverte aux cousins, afin de rejoindre le cimetière où Bob Achurch et Nathan Liversedge avaient préparé une tombe dans le carré familial, situé dans le coin sud-ouest. Dans cette terre, les restes mortels d'Anthony furent déposés, Honoria et Alex ayant du mal à contrôler les sangles à l'aide desquelles le cercueil fut baissé.

—L'homme né de femme est de courte vie. Il sort comme une fleur, puis il est coupé...

Daniel, prenant une poignée de la terre que M. Williams avait placée dans un petit pot à son intention, la versa dans la tombe en trois fois – de la terre à la terre, des cendres aux cendres, de la poussière à la poussière – et elle résonna contre le couvercle du cercueil comme un roulement de tambour sinistre. Pour ceux qui trouvaient cela trop chtonien, M. Williams avait fourni des roses rouges, une gentille attention gâchée par le bruit étonnamment fort que les fleurs faisaient quand elles heurtaient le bois.

Il s'était mis à pleuvoir, légèrement mais suffisamment pour qu'une voiture soit envoyée depuis Champton House pour reconduire la famille chez elle et éviter les prédations de la presse.

Daniel était dans la sacristie avec Theo et remplissait le registre.

—Combien de personnes que tu connais étaient présentes, Theo ?

—Oh, je ne sais pas... cent cinquante ?

—Je crois que c'est exact.

Il inscrivit le nombre cent quarante-quatre.

—Ce n'est pas un peu malhonnête ? s'étonna Theo.

—Ce n'est pas entièrement précis, mais ces choses-là ne le sont jamais.

—Alors pourquoi ne pas dire simplement « environ cent cinquante » ?

On frappa contre la porte ouverte. C'était le sergent Vanloo.

—Vous êtes occupé ?

—Oui, répondit Daniel, mais entrez. Je vous présente mon frère, Theo.

—Oui, je vous ai reconnu d'après *Appletree End.*

Theo ne put masquer un petit sourire fier.

—Oh, c'est très flatteur, venant d'un vrai policier.

Neil resta muet.

—Theo, tu peux t'assurer que maman est prête ? demanda Daniel. J'arrive dans une minute.

Theo haussa les épaules.

—D'accord. Vous venez à la réception, Sergent ?

—Oui, Monsieur. Il faut juste que je parle au recteur d'abord.

—J'aimerais beaucoup vous parler plus tard, si c'est possible ?

—D'accord.

Theo partit, fermant la porte de la sacristie avec une délicatesse exagérée, comme si c'était lui qui leur accordait un peu d'intimité et non eux qui lui demandaient de partir.

—Qu'est-ce que c'est ? Un registre de péchés ?

—Je falsifie juste quelques chiffres.

Daniel signa dans la colonne et remit le capuchon sur son stylo à encre Osmiroid 75 – plume italique, réservoir amovible à piston que l'on remplissait avec un petit flacon d'encre, une encre grise au départ mais qui devenait ensuite d'un noir dense et vivace. Il prit une feuille de papier buvard et la posa doucement sur ce qu'il venait d'écrire avant de la mettre de côté. Après quoi, il ferma le flacon d'encre puis le rangea, tout comme le papier buvard et le stylo-plume.

—C'était comme regarder une cérémonie du thé, commenta le sergent Vanloo.

—Je ne supporte pas de bâcler ces choses.

—Tout est à sa place ?

—Oui, dit-il, retirant son aube, son étole et son surplis et les accrochant où ils devaient être accrochés. C'était gentil à vous de venir. Vous le faites en temps normal ?

—Oui. Comment allez-vous ?

—Je vais bien. Un peu secoué. Vous savez ce que c'est. La communauté sur laquelle je suis censé veiller est secouée aussi.

—Et ça peut être révélateur. Vous pourrez remarquer des choses.

—Ah, vous êtes en service.

—Quelque chose s'est produit dans ce village qui a donné à quelqu'un une raison de tuer non pas un mais deux de ses voisins. Et vous êtes, j'imagine, la personne la mieux placée pour relever tous les détails.

—Peut-être. Certains diraient que c'est plutôt Mme Braines, au bureau de poste.

—Je ne parle pas de qui fait quoi, je parle d'un autre niveau : les changements dans la façon dont la communauté fonctionne, la lumière et l'ombre. Vous voyez ce que je veux dire. Quel est votre sentiment ?

—Je ne voudrais pas donner trop d'importance à un sentiment. Mais je pense que c'est l'œuvre d'une seule personne, quelqu'un du village.

—Pourquoi ?

—Les changements de lumière et d'ombre.

—Pouvez-vous m'en dire plus ?

—Pas vraiment. Ce ne sont pas des preuves concrètes, c'est plus intuitif. Mais j'ai l'impression que quelque chose commence à apparaître. Ça pourrait m'aider si vous me disiez ce que vous savez et que j'en faisais autant.

L'enquêteur marqua un temps, réfléchit puis répondit :

—Que voulez-vous savoir ?

—Qui était où, et quand.

—Nous savons où étaient tous les habitants autour de l'heure des deux meurtres, ou plutôt où ils disent avoir été. Personne n'a rien vu de suspect, ou rien de crédible. Quelques-uns nous ont indiqué des noms, mais rien qui corresponde.

—Des favoris ?

—Alex de Floures. Les gens ne l'aiment pas. Bob Achurch, parce qu'il était membre d'un commando. Lord de Floures, parce qu'il a la rancune tenace, comme ses ancêtres. Nathan Liversedge, à cause de son passé gitan. Rien de sérieux. Et de votre côté ?

—Je pense avoir vu le meurtrier.

—Quoi ?

—Je pense avoir vu le meurtrier. Je n'ai pas été témoin des meurtres. Mais je pense avoir vu la personne qui a fait cela, bien que je ne sache pas encore de qui il s'agit.

—Que voulez-vous dire par : vous l'avez « vu » ?

—Je veux dire qu'il y a quelque chose à propos des meurtres que je reconnais. C'est très vague pour l'instant, mais ce que je commence à ressentir à propos des crimes pointe vers une seule personne, même si je ne connais pas encore son identité. Est-ce que ça vous paraît compréhensible ?

—Quel est votre sentiment ?

—Il s'agit de quelqu'un qui est plein de colère. Une colère contenue, mais quelque chose s'est produit qui l'a fait remonter à la surface. Un secret révélé, ou quelque chose de ce genre. J'ai déjà enterré des victimes de meurtre, et ce n'est pas la première fois que je regarde vers les bancs et que je pense voir le tueur assis devant moi.

—Vous avez ressenti cela aujourd'hui ?

—Je ne sais pas. Peut-être. Vous venez au manoir ?

—Je m'y apprêtais. Si nous y allions à pied ?

—Il pleut et je dois emmener ma mère et mon frère en voiture. Voulez-vous que nous vous déposions ?

Audrey attendait dans la cuisine avec Theo. Avec son plus beau manteau noir, ses gants, ses perles et sa broche en diamant, elle ressemblait à une douairière égarée dans un presbytère.

—Oh, bonjour, dit-elle. Vous êtes le policier, n'est-ce pas ?

—Sergent Vanloo, madame Clement. Nous avons discuté après la mort de M. Bowness.

—Oui, je me souviens de vous. Comme c'était aimable de votre part de venir. Daniel, si nous nous mettions en route avant que Stella Harper mange tous les sandwichs ?

Les chiens, comme toujours, parurent stupidement offensés quand Daniel les arrêta à la porte avec son pied. Hilda lâcha un petit jappement de colère.

—Je préfère vous prévenir, le Land Rover est plutôt ancien, Sergent, et sans doute peu adapté pour la route. Theo, peux-tu faire de la place ?

Theo se mit à retirer des choses sur les sièges arrière et à les jeter sur la pile de détritus derrière eux : sacs en plastique, journaux couverts de traces de pattes boueuses, vieilles cartes routières, cordes élastiques, pinces à linge, une bobine de ficelle. Accompagnés par les grincements de la boîte de vitesses et les geignements du moteur, ils roulèrent lentement dans l'allée et rejoignirent la route qui menait au manoir, dispersant les agneaux devant eux.

—Aussi mauvais conducteur sur l'autoroute, Sergent, confia Audrey pendant que Daniel se trompait de vitesse et faisait des zigzags. J'espère vraiment que vous ne le rencontrerez jamais quand vous serez en service à la circulation.

—Je doute que le sergent s'occupe de la circulation, Maman.

—C'est tant mieux, car cela m'aurait ennuyée qu'il soit face à un conflit de loyauté. Cela dit, Daniel, même ta conduite terrible semble moins menaçante pour la sécurité publique que certains de ces intellectuels venus de la ville. On pouvait presque sentir l'odeur des pubs sur eux. Très convivial.

—J'ai reconnu certains visages, Maman, dit Theo. Du Grouch, du French.

—Le French, chéri ?

—Le French House, maman. C'est un pub à Soho, populaire, fréquenté par des intellectuels sympathiques. Et le Groucho Club. Juste à côté.

—J'ai lu des choses là-dessus. Un abreuvoir à célébrités, commenta Neil.

—C'est le genre d'endroit réservé aux membres, où seuls les gens connus vont, avec d'autres gens connus, pour faire des choses qu'ils ne peuvent pas faire en public.

—Comme quoi ?

—Oh, vous savez, la cocaïne, les aventures…

Theo s'interrompit, mais il était trop tard.

—Es-tu membre, chéri ? demanda Audrey.

—Oui.

Un silence se fit pendant un instant.

—J'y vais rarement, ajouta Theo.

—M. Bowness était-il membre ?

—Je ne crois pas. Clientèle plus jeune. Il est peut-être allé au French House, mais je ne pense pas l'avoir vu là-bas. Je crois qu'il était davantage du genre Academy Club ou Gerry's.

—La boisson pour Anthony, je pense, dit Audrey. Pas la drogue ou les catins.

—J'y vais seulement pour manger un morceau après un spectacle. Et jouer au billard. Tu y es déjà allé, Dan ?

—Je suis plutôt du genre Athenaeum. J'y croisais Anthony, parfois.

—Et Hugh, intervint Audrey, changeant de sujet. Est-ce que tu arrives à te souvenir de la dernière fois où il était à Champton ? Quelle lady de Floures était l'actuelle à l'époque ? Sa tenue était horrible, vous ne trouvez pas ? On aurait dit qu'il avait filé chez Marks & Spencer et qu'il avait pris le premier costume noir en rayon.

Ils parcoururent la courte distance jusqu'au manoir dans un concert de grincements et de bruits de ferraille, éparpillant les ruminants trempés sur leur chemin, jusqu'à ce qu'ils voient Nathan Liversedge, arborant une écharpe un peu trop flamboyante, en train de diriger les voitures vers une section d'herbe délimitée. Nathan fit un signe à Daniel, qui ressemblait à un signal de direction, et Daniel sentit son cœur se figer, car il ne savait jamais ce que ces signaux étaient supposés exprimer. Il n'avait appris à conduire qu'à trente ans passés, et il était si peu doué qu'il ne pouvait assurer que les opérations de base. Quand les gens commencèrent à faire des gestes, il perdit confiance, ne sachant s'ils indiquaient la gauche ou de la droite ; il avait un jour foncé dans un fossé parce qu'il avait commencé à paniquer quand un membre du Rotary Club s'était impatienté face à son indécision, lors d'une journée familiale à Brighouse. Il se sentait également plus gêné que d'habitude, à cause de la présence de Neil Vanloo, quelqu'un qui semblait – et était – plus adroit, ce qui lui donnait le sentiment d'être plus perdu que d'habitude. Il cala et fit crisser la boîte de vitesses. Sa mère soupira. Nathan laissa ses bras retomber.

—Daniel, je peux ? demanda Neil, déjà à moitié sorti de la voiture.

Daniel descendit du véhicule pour laisser sa place à Neil. En deux secondes, le policier gara le Land Rover sur sa place réservée.

—Il est capable d'écrire une liste de courses en latin mais il ne sait pas brancher un câble, commenta Audrey. Mais ça ne fait pas de mal à l'enfant prodige de ne pas être doué pour tout.

Theo avait trouvé un parapluie cassé et fit de son mieux pour protéger Audrey de la pluie qui éclaboussait la cour, la conduisant jusqu'aux portes du vestibule, où Millie et Christian Staniland portaient des plateaux de champagne bien utiles, et qui se vidaient plus vite que prévu, grâce au groupe de Soho. Derrière eux, dans le salon bruyant où l'ambiance était conviviale, Daniel vit Alex en train de discuter avec l'inspecteur Scott, qui ne semblait guère à l'aise. On aurait dit qu'Alex lui donnait des petits coups sur la poitrine, mais il était simplement en train de le questionner sur ses médailles.

Les femmes de la famille Thwaite, vêtues de noir, se tenaient légèrement à l'écart, leur trio rappelant à Daniel la photo des trois reines endeuillées aux funérailles de George VI. Tout le monde semblait les éviter – à part Honoria, qui leur apportait régulièrement champagne et petits fours – car il n'y avait rien dans les guides du savoir-vivre sur la façon de parler à ceux qui pleuraient non pas une mais deux personnes. Un peu plus loin, Hugh était le centre de l'attention. Margaret Porteous, Anne Dollinger et Stella Harper l'encerclaient comme des requins, pendant que Hugh expliquait consciencieusement, sur un ton monotone, comment la grande fenêtre racontait l'histoire de la famille Floures depuis la conquête normande jusqu'au XXe siècle, à travers ses ascensions et ses chutes, à un homme dont l'intérêt était manifestement retombé avant même qu'il n'arrive à la Grande Rébellion.

Audrey apparut soudain, se dirigeant vers l'héritier, la main tendue, grillant la politesse à Margaret, la prochaine dans la file d'attente.

—Bonjour, Hugh, dit-elle. Audrey Clement – vous ne vous souvenez sûrement pas de moi, je vis au presbytère. Daniel est mon fils.

—Bien sûr que je me souviens de vous, répondit-il poliment, lui serrant la main.

—Comme c'est agréable de vous revoir à Champton. Votre dernière visite doit à remonter à… quand, déjà ?

—Au vingt et unième anniversaire d'Alex.

—Ah, bien sûr. Quelle soirée ! Mais le Canada semble si loin, et j'imagine que quand on cultive de si grands espaces, ce doit être très difficile de prendre des vacances. Je n'y suis jamais allée, mais j'ai toujours pensé que c'était un pays si romantique. Et quand il était enfant Daniel avait un livre qu'il adorait, qui parlait du Canada et d'un trappeur – Dan, comment s'appelait-il, déjà ? demanda-t-elle, lui faisant signe de les rejoindre. Je parlais à Hugh du livre que tu aimais tant quand tu étais petit, sur un trappeur au Canada.

—*Hank le Trappeur*, répondit Daniel.

Puis il s'adressa à Hugh.

—Hugh, je suis si heureux de vous voir. Mes condoléances.

—Merci, Padre.

Hugh observa Neil d'un air interrogateur.

—Je suis Hugh.

Ils échangèrent une poignée de main.

—C'est le sergent Vanloo, Hugh, et il est chargé de l'enquête, intervint rapidement Audrey.

—Oh, merci d'être venu. Pourquoi êtes-vous là ?

Un silence gêné s'ensuivit.

—Ce n'est pas inhabituel, Monsieur, dit Neil, le ton soudain formel. On se sent impliqué.

—Oh, je ne voulais pas être impoli, vous êtes tout à fait le bienvenu, mais je me demandais si c'était comme dans les films : les flics viennent à l'enterrement parce qu'ils pensent que le meurtrier n'arrivera pas à rester à distance. C'est drôle de se dire qu'il est peut-être ici maintenant, en train de manger nos petits fours et de boire notre vin.

—Peut-être bien, Monsieur.

—Mais vous ne donnerez aucun indice.

—Non, Monsieur, en effet. Je dois présenter mes hommages à lord de Floures.

Neil sourit et s'éloigna.

—J'espère que je ne l'ai pas vexé, dit Hugh.

Daniel avait remarqué que Hugh était souvent un peu incisif quand il était de retour à Champton. Ses visites étaient rares et courtes. Il revenait pour les questions familiales, comme la coutume le dictait, et pour des affaires liées au domaine, dont il se chargeait avec application, car un jour Champton serait sous sa responsabilité ; mais pour Daniel, Hugh ressemblait toujours à un ancien élève de retour dans l'école où il avait été malheureux, et qui était encore marqué par les peurs et les misères de l'enfance. Bernard avait confié à Daniel qu'il n'était pas sûr que Hugh soit à la hauteur de son rôle, mais qu'il avait les mains liées en ce qui concernait la succession. Alors, il devait faire en sorte que ça fonctionne, car un jour Hugh devrait quitter ses champs de blé au Canada, afin de remettre son costume noir et de s'asseoir sur le banc familial – pour ne plus repartir, cette fois.

—Daniel, pourrais-je passer vous voir pour discuter ?

—Oui, bien sûr.

—Quand cela vous conviendrait-il ?

—Je suis libre demain, disons 11 heures ? Au presbytère ?

—Merci.

Margaret Porteous arriva brusquement, se penchant vers Hugh comme une suppliante envahissante.

—Hugh, je suis Margaret Porteous. Nous nous sommes rencontrés au vingt et unième anniversaire d'Alex, vous aviez eu la gentillesse de m'expliquer… des aspects de l'agriculture… au Canada.

—Bonjour, madame Porteous.

—Je vous en prie, appelez-moi Margaret. Je suis désolée qu'aujourd'hui soit un triste jour et non une occasion heureuse. Étiez-vous proche d'Anthony ?

—C'était mon parrain.

—Oh, je suis désolée, intervint Stella Harper. Selon moi, la relation parrain-filleul est très importante. Le mien m'était très cher.

—Nous n'étions pas si proches. Il était juste toujours… là.

Hugh jeta un regard aux portraits de ses ancêtres qui le regardèrent en retour.

—Comme eux. Comme cette maison.

—Comme c'est formidable de se sentir si forcément enraciné. De savoir que Champton sera toujours là, où que l'on soit dans le monde. Le domaine doit vous manquer ?

Hugh haussa les épaules.

—Comme je l'ai dit, il est toujours là.

Audrey prit la parole à nouveau.

—C'est si grand, si sauvage. Et les ours. J'ai entendu dire qu'en hiver ils viennent en ville et qu'ils fouillent vos poubelles ?

Alex approcha, suivi d'un homme à l'air louche qui portait un costume sombre informe et des baskets.

—J'aimerais vous présenter Will. Il possède une galerie dans les Docks de Londres.

Will marmonna un bonjour et échangea des poignées de main.

—Nous avons des idées formidables pour le pavillon des bains, déclara Alex. Un événement dont on parlera pendant des années et des années.

—Quelqu'un n'y a-t-il pas été assassiné récemment ? demanda Hugh.

—Ça fera partie du spectacle, répondit Alex, les yeux brillants. Un rituel sanguin et une sorte de tableau vivant de la fresque murale.

—Êtes-vous sûr que c'est une bonne idée ? questionna Daniel, regardant autour de lui pour voir si les Thwaite étaient à portée de voix. C'était, après tout, un meurtre ?

—Pas le premier, ni le dernier sur ces terres ensanglantées, Dan.

—Mais celui-ci est plutôt récent.

—Je me souviens de la dernière fois que je suis revenu pour un de tes spectacles, dit Hugh. Celui avec les danseurs nus dans l'orangerie.

—Ah, oui. Ensuite les danseurs se couvraient de peinture, se roulaient dans de grands morceaux de papier sur le sol, et nous les pendions.

Le spectacle avait eu droit à quelques commentaires dans la presse locale et nationale. Selon Alex, c'était sa carte de visite.

—Tu sais ce que ça m'a rappelé, Alex ? Les événements pour les enfants défavorisés qui étaient organisés ici quand nous étions petits. Tu t'en souviens ? Les thés dans l'orangerie, les jeux dans le jardin. Une année, il y a eu un concours de peinture. Il fallait répandre de la peinture avec des tubes sur un côté d'une feuille de papier, qu'on pliait ensuite pour en faire un papillon. Tu te rappelles ?

—Oui. J'ai remporté le premier prix.

—Ça va dans le catalogue, décréta Will.

—Oui, mais tu avais présenté quinze papillons et grand-père était le juge, alors évidemment, c'est une de tes créations qui a gagné et tout le monde a dit que c'était truqué.

Alex s'affaissa un peu.

—Ça n'ira peut-être pas dans le catalogue, finalement.

Daniel se demanda si Hugh savait que ses paroles pouvaient blesser son frère. Puis il vit son propre frère et Neil dans une alcôve, entre deux bustes posés sur des socles, ce qui donnait l'impression qu'ils avaient amené des compagnons fantômes. Neil lui sourit, mais avec insistance. Daniel le rejoignit.

—Dan, Dan, fit Theo avec sa voix de maître de cérémonie, j'échangeais des histoires de flics avec le sergent.

Theo aimait le jargon des autres, un raccourci nécessaire pour entrer dans la peau de ses personnages.

—Il y a beaucoup de points communs entre sa vie et la tienne, ajouta-t-il. Pas étonnant qu'il y ait autant de prêtres détectives dans la littérature.

—Je n'ai jamais trop aimé ce genre de romans, commenta Neil. Les flics ne lisent pas beaucoup de fiction criminelle.

—Les cambrioleurs, si, observa Theo. J'ai joué une pièce un jour à la prison de Wandsworth, où j'ai travaillé avec les membres du groupe de lecture. Tout ce qui les intéressait, c'étaient les histoires criminelles. Maintenant que j'y pense, c'étaient des livres sur des criminels héroïques. Les frères Kray et *Papillon*, de vraies histoires.

—Je ne lis pas beaucoup de fiction ecclésiastique, confia Daniel, à part Trollope, que j'ai toujours trouvé exceptionnellement sympathique. Et j'ai aimé Guillaume de Baskerville dans *Le Nom de la rose*. Vous l'avez lu ?

—J'ai vu le film, répondit Neil.

—J'ai adoré le film, glissa Theo. Je devrais peut-être le revoir pour mes recherches ?

—Tu vas sûrement trouver la vie paroissiale très différente de celle d'un monastère bénédictin au XIVe siècle.

—Je ne sais pas. Deux meurtres mystérieux, non ?

Daniel garda le silence un instant.

—Je dois parler aux Thwaite, dit-il, personne ne va les voir.

Il rompit le cordon d'embarras autour d'elles et Angela se pencha aussitôt vers lui.

—Dieu merci, il y a les pasteurs. Nous avions l'impression d'être des pestiférées.

—Seigneur.

—Est-ce que nous commettons une faute en amenant notre deuil dans la veillée de quelqu'un d'autre ? demanda Jane.

—Vous connaissiez Anthony, Jane. Il est normal que vous ayez souhaité venir. Peut-être que les gens ne savent pas quoi vous dire, simplement.

—Mais ce qu'ils disent à ceux qui viennent de perdre un être cher est parfois drôle, remarqua Angela. Un des associés de mon cabinet m'a expliqué qu'il préférerait ne pas parler de ce qui était arrivé, comme si c'était son problème et pas le mien.

—Un jour, pendant une visite funéraire, quelqu'un m'a dit qu'il ne voulait pas parler de son deuil parce que c'était un peu trop personnel, répondit Daniel.

Angela rit.

—La discrétion anglaise.

—Mais pas ce genre d'Anglais, observa Jane. Les aristos n'ont pas l'air gênés.

—Je crois, dit Gillian, que ce genre d'embarras en société est vraiment un phénomène de la classe moyenne.

—Mais les aristos ne montrent pas leurs sentiments, non ? À supposer qu'ils en aient.

—Je crois que la plupart en ont, seulement le sang-froid est considéré comme une telle vertu qu'ils ne les montrent pas, avança Daniel.

—Ils les montrent, affirma Angela. Regardez autour de vous, ces ancêtres morts qui vous observent de tous les côtés.

—Décédés, mais pas oubliés, souligna Gillian, contrairement à nos défunts. Nous disparaissons, non ? Nous ne durons que le temps de la mémoire.

Jane grimaça.

—C'est ce qui me faisait si peur avec l'esprit de votre père qui déclinait. Être oubliée alors que j'étais encore là.

—L'effacement, dit Daniel. C'est une idée en philosophie, d'Heidegger, je crois. Quelque chose est à la fois annulé et pourtant encore là, comme un mot barré.

27

Le lendemain, après le petit déjeuner, Audrey ouvrit la boîte à biscuits et déclara que son contenu n'était pas assez noble pour l'invité de 11 heures – « l'Honorable Hugh », comme elle l'appelait désormais. Elle ajouta qu'elle allait à l'épicerie afin de se réapprovisionner. Ce n'était pas strictement vrai. Certes, les biscuits de la boîte n'étaient pas satisfaisants, mais il n'y avait rien sur les rares étagères de l'épicerie du village qui soit de qualité supérieure. Cela n'avait pas d'importance, car Audrey avait en fait de meilleurs biscuits cachés dans le cellier, et ce qu'il lui fallait en réalité, c'était un prétexte pour rejoindre la réunion matinale au bureau de poste, toujours animé le lendemain d'un enterrement, mais particulièrement aujourd'hui, avec l'apparition de l'héritier de la famille Floures à Champton.

Elle parcourut Main Street d'un pas pressé et poussa la porte grinçante du bureau de poste. Là, au comptoir, se trouvaient Mme Braines, Dora Sharman, Anne Dollinger et Stella Harper, qui se turent aussitôt. En temps normal, Audrey aurait tenu compte de cette alerte, mais elle était trop enthousiasmée par les nouvelles de ce matin, et trop heureuse de pouvoir piéger ses adversaires.

—Bonjour, Mesdames, dit-elle d'un ton courtois, et elle se plaça derrière Dora Sharman.

Personne ne dit rien pendant un instant.

Enfin, Mme Braines demanda :

—Vous faut-il quelque chose à l'épicerie, madame Clement ?

—Est-ce mon tour ? Je ne voudrais pas passer devant quelqu'un… ?

—Allez-y, Audrey, dit Stella, nous discutions… des dernières nouvelles.

—Les derniers seront les premiers et les premiers seront les derniers, dans ce cas.

Elle passa devant les autres dames d'une manière plutôt théâtrale.

—Madame Braines, qu'avez-vous comme biscuits ? Pas pour tous les jours, mais les meilleurs biscuits.

—Ce que vous voyez là, madame Clement, répondit Mme Braines, désignant d'un signe de tête l'étagère sur laquelle étaient posés des paquets de Rich Tea, de Bourbon, de Digestive, de Garibaldi, ainsi que de nouveaux biscuits au chocolat au lait, les Hob Nobs, qu'Anne Dollinger avait apportés pour la première fois au club de tricot.

—Un paquet de Hob Nobs, s'il vous plaît, dit Audrey. Mieux vaut avoir quelque chose de spécial à offrir pour la pause de 11 heures.

—La pause de 11 heures ? demanda Stella.

—Oui, Hugh va passer. N'était-ce pas formidable de le voir hier, même si c'était une journée triste ?

—Oui, formidable, fit Stella, et quel honneur pour vous de l'avoir pour vous seule.

—Pour nous deux, ma chère, rectifia Audrey. Il vient voir Daniel.

—Oui, nous sommes au courant, intervint Anne avec une défiance inhabituelle, mais aussitôt, elle riva les yeux au sol.

—Et pour annoncer une nouvelle si réjouissante, renchérit Stella.

Audrey sentit son cœur manquer un battement.

—Oui, n'est-ce pas ? Eh bien, je ne vais pas vous retarder plus longtemps…

—Je me demande comment ce sera ? Simple ou splendide ? questionna Stella.

—Qui sait ? Quoi qu'il en soit, je dois…

—Quelle est la procédure habituelle pour de telles choses, Audrey ?

Audrey se rendit compte que c'était elle qui avait été piégée. Mais elle refusait de capituler.

—De telles choses ?

—Oui. À quoi pouvons-nous nous attendre ?

—Je ne saurais le dire, Stella. Comme vous pouvez certainement le comprendre, il y a des confidences en jeu.

—Ce n'est pas confidentiel. Alex l'a dit à Jean Shorely, et Jean nous l'a dit. Alors, vous pouvez parler librement.

Il y eut un silence.

—Je ne me souviens pas, Audrey, si vous étiez présente pour le dernier ?

Audrey, partagée entre la méfiance et la curiosité, finit par répondre :

—J'ai oublié. Quel dernier ?

—Le dernier mariage, ma chère. La dernière lady de Floures. On aurait pu croire que le numéro trois aurait été un événement discret, mais non, c'était un vrai concert de cloches et de sifflets. Vous vous en souvenez sûrement. Mais peut-être que je vous embrouille l'esprit ? Hugh va se marier. Il va voir… le recteur… pour cette raison.

Anne émit un petit cri de triomphe.

—Comme je l'ai dit, Stella, il y a des confidences en jeu.

—Vêtements de deuil aujourd'hui, voiles de mariée demain, dit Dora Sharman, comme si c'était un adage et non une phrase qui venait de surgir dans son esprit.

—C'est si souvent le cas, commenta Audrey. Je pense que cela fera du bien à tout Champton d'avoir une grande occasion, un événement à fêter. Une église pleine de joie plutôt que de tristesse.

—« Car je changerai leur deuil en allégresse, et je les consolerai, et je les réjouirai en les délivrant de leur douleur. » Le prophète Jérémie, dit Dora.

—Une église pleine de monde, avec toutes les commodités, ajouta Audrey d'une voix chantante, n'est-ce pas, Stella ? Un nouveau petit coin pour une nouvelle ère.

—Vous voulez dire des toilettes ? Dans l'église ? Je pensais que nous avions mis le holà, souffla Dora.

—Oh, vous n'êtes pas au courant ? fit Audrey, feignant l'innocence. Stella a changé d'avis. La raison l'a emporté !

Stella répondit entre ses dents :

—J'ai entendu dire qu'ils en ont installé de très belles à Lower Badsaddle.

—N'y a-t-il pas eu un terrible conflit là-bas, à cause des bancs qu'il a fallu retirer ? demanda Anne.

—Les bancs, les bancs, les bancs. Il n'y a pas que les bancs dans une église, répliqua Stella avec un petit sourire forcé. Au revoir, Audrey. Transmettez nos amitiés à Hugh.

Audrey prit ses biscuits et s'en alla.

Stella se tourna vers Anne.

—On dirait une joueuse de casino qui encaisse ses jetons quand elle gagne et qui ne vous donne jamais l'occasion de les récupérer.

—Peu importe, lâcha Dora. Pourquoi remettre les toilettes sur le tapis ? Vous aviez dit qu'on n'en aurait pas.

—Les compromis, Dora, les compromis. Parfois, nous devons rester fermes, et parfois nous devons plier.

—Ça ne vous ressemble pas. Comment elle vous a coincée ?

—Il ne s'agit pas… de coincer quelqu'un, Dora, il s'agit de résoudre nos différends, s'ils devaient survenir, de manière amicale et généreuse. Quoi qu'il en soit, j'ai mille choses à faire, à bientôt !

Et elle sortit en trombe, sans attendre Anne, pendant que la petite cloche au-dessus de la porte tintait au bout d'un ressort hélicoïdal.

28

Daniel et Theo se trouvaient dans le bureau.

— Tu ne peux pas rester, Theo.

—Je ne vais pas voir grand-chose si tu ne me laisses pas observer ce que tu fais vraiment. Comment suis-je censé apprendre ?

—S'il ne tenait qu'à moi, tu n'observerais rien du tout, rétorqua son frère. C'est un entretien privé. Il faut qu'il le soit, c'est confidentiel.

—Pas vraiment, tout le monde sait que Hugh va se marier.

—Peut-être, mais je dois poser des questions personnelles pour satisfaire aux exigences légales, et des questions intimes à propos d'éventuels mariages précédents…

—C'est exactement ce que j'ai besoin d'entendre.

—Cela te plairait, à toi, de discuter de choses pareilles devant un tiers qui prend des notes ?

—Ça me serait égal.

—Eh bien, il faut que tu travailles un peu plus sur ce que le clergé fait vraiment. Donc, avec la plus grande délicatesse possible, je te demande de t'en aller.

Theo regarda par la fenêtre.

—Je vais peut-être aller au village. Frapper à quelques portes. Voir ce qu'ils pensent de toi ?

—Fais donc.

Il regretta aussitôt ses paroles. Dire à Theo de faire comme bon lui semblait était comme laisser un furet en liberté dans un poulailler plein de poules agitées.

—Je te vois tout à l'heure, dit Theo, se levant du canapé. Je peux emmener les chiens ?

Daniel réfléchit un instant.

—Je préférerais que tu les laisses ici.

—Rabat-joie.

Lorsque Theo ouvrit la porte, un rai de lumière éclaira la table basse, et le vase de pivoines que sa mère avait posé là parut encore plus splendide. Daniel adorait les pivoines, et leurs boules resserrées qui commençaient à s'ouvrir, comme des nouvelles étonnantes que l'on est impatient d'annoncer. À peine la porte s'était-elle refermée qu'elle se rouvrit à nouveau. Audrey entra en trombe, le *Daily Mail* à la main.

—Chéri, il faut que tu voies ça !

Là, sous une photo de la famille Floures à l'entrée du cimetière, avec un petit bout du bras de Daniel recouvert d'un surplis, se trouvait un article ayant pour titre : « La dynastie Floures maudite : meurtre et mariage ? »

Hier, la famille Floures a assisté aux obsèques de son cousin, à l'église, dans son domaine historique de six mille hectares à Champton Anthony Bowness, l'archiviste du domaine, poignardé par un assaillant inconnu le mois dernier, a été inhumé dans un cimetière autrefois tranquille, où plusieurs générations de la famille, depuis la conquête normande, sont enterrées. Les investigations de la police se poursuivent. Mais qu'en est-il des futures générations ? L'héritier de l'actuel lord de Floures, l'Honorable Hugh de Floures, qui cultive huit cents hectares de terre dans les prairies du Canada, était présent, et le bruit court qu'à sa prochaine visite, il reviendra avec une fiancée. Une châtelaine canadienne pour Champton House ? Elle ne serait pas la première à ne pas être issue de l'aristocratie anglaise. L'actuelle lady de Floures, Carla Petrucci, est italienne. Troisième épouse de l'actuel lord de Floures, elle vivrait dans son propre domaine familial près de Sienne. La feuille d'érable flottera-t-elle un jour au-dessus de Champton House ? Des sources proches de la famille révèlent que Hugh de Floures doit rencontrer le vicaire aujourd'hui. Des signaux de fumée nuptiale sont attendus.

Daniel soupira.

—Comment ont-ils su ? Je n'ai même pas parlé avec Hugh de ses intentions, s'il en a. C'est extrêmement embarrassant.

—Je sais, approuva Audrey, le regard brillant. Alex a-t-il révélé la nouvelle à un de ses amis intellectuels ? On dirait qu'ils t'ont coupé sur la photo, quel dommage. Et ils ont dit vicaire, pas recteur.

Toutes les paroisses ont des fuites, pensa Daniel, mais une paroisse telle que celle-ci – puissante génératrice de commérages – fuyait davantage encore. En partie à cause du prestige de la famille Floures, dont les faits et gestes intéressaient les rédacteurs en chef des journaux et les chroniqueurs mondains autant que les Champtoniens, mais aussi parce que Champton était une petite communauté et que les petites communautés ont tendance à disséminer les informations plus rapidement que les grandes. Il y avait le comptoir de la poste, il y avait les lignes de communication établies entre le manoir, Main Street et, Daniel était gêné de l'admettre, le presbytère, son téléphone étant parmi les premiers à alerter le monde quand des nouvelles étaient annoncées. Daniel avait été contraint d'avoir une conversation embarrassante avec sa mère une fois ou deux, quand sa compréhension de la discrétion nécessaire concernant les affaires de Daniel n'avait pas été pleinement en accord avec la sienne. Elle l'avait alors accusé d'être trop scrupuleux, trop protecteur avec des personnes trop sensibles – pire, trop restrictif vis-à-vis d'informations que les gens méritaient de savoir, et parfois avaient besoin de savoir. Comment, avait-il demandé, pouvait-il être trop scrupuleux avec des choses qu'on lui rapportait en confession ? Elle avait ricané et rétorqué que certaines personnes pouvaient être déraisonnables par rapport à leur vie privée.

—Ils la protègent comme si c'était un trésor. C'est une sorte de vanité.

Daniel lui avait demandé ce qu'elle ressentirait s'il devait révéler les détails de sa vie, mais cela, bien sûr, était très différent et n'était pas du tout ce qu'elle avait voulu dire.

—Daniel, il arrive ! s'exclama Audrey.

Un Land Rover en bien meilleur état que celui de Daniel tourna dans l'allée et s'arrêta devant la porte.

—C'est bien ce que je pensais ! s'exclama-t-elle. Les cloches du mariage !

Sur le seuil de la maison, Hugh avait l'air plus détendu dans ses vêtements habituels, jean, pull et bottines derby, une tenue aussi commune pour les diplômés des universités agricoles chics qu'une cravate aux couleurs de l'école pour les anciens pensionnaires d'Eton. Hugh semblait davantage lui-même que dans la solennité forcée de son costume de la veille.

—Bienvenue, bienvenue, Daniel vous attend !

Audrey le fit entrer et alla frapper à la porte de Daniel.

—Entrez, dit Daniel, se levant pour aller à la rencontre de Hugh, ne s'étant assis une minute plus tôt que dans ce but.

Il désigna d'un geste le Canapé des Larmes et grimaça en voyant l'exemplaire du *Daily Mail*, ouvert à la page des potins.

—Je vais préparer du café, déclara Audrey.

—Vous avez vu la nouvelle, alors ? demanda Hugh.

—Ah, oui. C'est un peu gênant. C'est ma mère qui a apporté le journal afin de me le montrer.

—Demain, il servira à emballer les *fish and chips.*

Daniel prit le journal sur la table basse, le posa sur son bureau puis s'assit sur le fauteuil face à Hugh.

—Mais est-ce vrai ? Avez-vous l'intention de vous marier ?

—Oui. Avec Michelle. Elle est vétérinaire. Je l'ai rencontrée pendant qu'elle inséminait du bétail.

—Oh, je vois. Elle s'y connaît en reproduction, alors.

—Nous n'allons pas avoir ce genre de conversation, dites-moi ?

—Seigneur, non, je n'aborde pas les questions de sexe.

Daniel ne se souvenait pas de la dernière fois qu'il avait conseillé des fiancés sur une vie sexuelle qu'ils avaient déjà depuis des années.

—Tout d'abord, félicitations pour cette merveilleuse nouvelle.

—Merci.

—Mais nous devons tout de même nous occuper de quelques formalités.

Daniel passa en revue la liste de ces formalités, l'Église d'Angleterre obligeant les membres de son clergé à assumer le rôle de bureaucrates étant donné son identité hybride, une sorte de branche religieuse des services de l'état civil. L'un d'eux avait-il été marié auparavant ? Non. Était-elle citoyenne canadienne ? Oui. Remplissaient-ils les conditions pour se marier à St. Mary ? Cette question était un peu plus compliquée, car bien qu'aucun d'eux ne réside dans la paroisse, Hugh était l'héritier du titre et du domaine, et cela signifiait qu'il avait sa place ici, selon la communauté.

—Il faudra que je dépose une demande de dérogation pour satisfaire aux obligations juridiques, expliqua Daniel. Je pense qu'il n'y aura pas de problème. Ensuite, le moment venu, nous devrons parler de ce que vous aimeriez pour la cérémonie.

Il se demanda un instant s'il y aurait des coutumes canadiennes traditionnelles, comme danser sur des bûches ou crier taïaut dans une vallée où il y avait de l'écho.

—Il y a une autre question, dit Hugh, avec l'air de quelqu'un qui était sur le point d'aborder un sujet sensible. Ma mère. Et mes belles-mères.

L'actuelle lady de Floures, Carla, « vivait à l'étranger », un arrangement qui convenait aux deux époux ; et il y en avait deux autres. La première, la mère de Hugh, lady Pamela de Floures, vivait maintenant dans une communauté végétarienne dans l'Argyll, où elle s'occupait d'un sanctuaire pour hiboux, et la seconde, lady Wendy de Floures, s'était remariée avec un promoteur immobilier richissime à Atlanta et continuait d'utiliser son titre pour son cachet bien utile. Elle était la mère d'Honoria et d'Alex, qu'elle n'avait pas « étouffés de son affection maternelle », comme Bernard l'avait un jour confié à Daniel.

—Est-ce que nous allons… faire jouer une équipe au complet ? demanda Daniel.

—Je ne sais pas. C'est la première fois que cela se produit, le mariage de l'héritier du domaine alors qu'il y a plus d'une lady de Floures.

—Qu'en pense votre père ?

—Il préférerait qu'aucune d'elles ne vienne, mais… il observe toujours les règles de politesse. Que dictent les convenances, et peut-on réussir à les suivre ?

—Votre mère doit, bien sûr, être invitée et traitée avec tout le respect dont jouit la mère du marié. Il faudrait peut-être inviter Carla, dans l'espoir qu'elle refuse de venir. Wendy… eh bien, il y a lieu de l'inviter aussi.

—Pensez-vous qu'elles sauront se tenir ? Elles ne se sont jamais retrouvées au même endroit au même moment.

—Je ne sais pas, mais idéalement, invitez tout le monde en espérant qu'elles se comporteront toutes correctement.

—Idéalement…

Un coup à la porte, et Audrey, sans attendre d'y être invitée, entra avec un plateau.

—Le café ! annonça-t-elle joyeusement tandis que Cosmo et Hilda entraient en courant, tout agités, et se jetaient sur les genoux du visiteur.

—Cosmo ! Hilda ! Descendez ! ordonna Daniel sans grande efficacité.

Hugh, qui traitait les chiens comme il traitait les gens – avec une froideur égale –, était moins intéressé par eux qu'eux par lui : quand ils lui présentèrent leur ventre et ne reçurent aucune de caresse, ils partirent pour grimper sur un fauteuil vide.

Audrey donna les tasses, les soucoupes et les assiettes de gâteaux, des sablés de la boîte à biscuits ainsi que des barres United qu'elle avait coupées en deux afin qu'elles aient l'air plus délicates. Elle s'attarda, et Daniel se dit qu'elle s'attendait peut-être à ce qu'il l'invite à se joindre à eux.

—Merci, Maman, dit-il, montrant la porte d'un geste.

Mais il n'était pas si facile de se débarrasser d'Audrey.

—Je suis si heureuse pour vous, dit-elle. Tout Champton vous soutient.

Daniel grimaça, à deux reprises.

—Ce n'est pas encore officiel, fit valoir Hugh, haussant un sourcil. Mais merci.

—Nous sommes ravis que vous ayez trouvé quelqu'un.

Daniel grimaça à nouveau.

—Qui plus est, quelqu'un qui apportera quelque chose de si merveilleusement différent dans notre village tranquille.

—Nous n'en sommes pas encore là, madame Clement, souligna Hugh.

—Je vous en prie, appelez-moi Audrey.

—Et nous avons d'abord des questions plus pressantes à régler, ajouta-t-il, concernant notamment l'actuelle lady de Floures, ou plutôt les ladies de Floures.

—Je vois, répondit Audrey, et elle chassa les chiens avec son pied pour pouvoir prendre place dans le fauteuil. Vous devez, naturellement, inviter votre mère, mais vous devriez inviter les autres d'une manière qui les découragera, gentiment, de venir.

Daniel se demanda si sa mère était allée trop loin. Mais Hugh, après une pause, répondit :

—Des idées ?

—Eh bien, je pense que pour votre mère, l'affaire est dans le sac – vérifiez qu'il n'y a pas un conflit de dates avec la nidification des hiboux, si une telle chose existe ? Quant à Carla, le mariage pourrait peut-être avoir lieu en même temps qu'un engagement déjà pris et difficile à annuler. Où vit-elle ?

—Elle vit en Italie, je crois. À Sienne ?

—Quelle est la course de chevaux qu'ils ont là-bas ?

—Le Palio.

—Quand a-t-elle lieu ?

—Juillet et août. Carla fait partie du comité, ou de ce qui fait office de comité. Son mari et elle ont toujours des chevaux en compétition, alors elle ne quittera pas la ville.

—Facile. Arrangez le mariage à ce moment-là. Wendy, cependant… c'est plus difficile, vous ne croyez pas ?

Daniel s'était déjà détourné de la conversation et passait mentalement en revue non pas les permutations de la liste d'invités mais les permutations de la liturgie. Que devrait-il inclure, et que devrait-il laisser ? Il faudrait prendre en compte les origines de la mariée, mais il ne connaissait que la chanson du bûcheron des Monty Python, et le numéro d'une opérette sur des cadets militaires de l'Ontario victorien intitulé *Farewell O Fragrant Pumpkin Pie*. Aucun de ces deux morceaux ne s'accorderait avec le service du Livre de la prière commune pour la célébration du mariage, auquel Bernard tiendrait sûrement, bien que Daniel utilise – et ait toujours utilisé – la version révisée de 1928, charmante et moins embarrassante (par exemple, la mention de la fornication avait été supprimée). Elle était aussi, strictement parlant, illégale, puisque la Chambre des Lords avait refusé de voter le texte qui l'aurait rendue légale, à une époque où les questions ecclésiastiques faisaient l'objet de vives controverses au Parlement.

—Brillant ! s'exclama Hugh.

Audrey venait de suggérer que le mariage ait lieu pendant un jour important du calendrier mondain d'Atlanta.

—Si son mari et elle sont aussi ambitieux que vous le dites, ajouta-t-elle, je pense qu'il y aura au moins une trentaine de jours durant lesquels ils ne pourront pas se libérer. Comment savoir lesquels ?

—Honoria, affirma Hugh. Elle connaît sûrement quelqu'un qui saura.

Il semblait ravi.

—Parfait, Daniel. Votre mère et vous formez une bonne équipe, et à vous deux, vous semblez avoir tout réglé.

Daniel n'avait jamais pensé que sa mère et lui formaient une bonne équipe en ce qui concernait les problèmes matrimoniaux mais il devait admettre qu'elle était douée. Aurait-il eu moins de difficultés avec les mariées de Belgravia, et leurs mères, si sa propre mère avait été disponible pour l'aider ?

Après cela, Cosmo, qui avait mangé quatre moitiés de barres United pendant que personne ne le regardait, vomit à côté de l'imprimante.

29

Dora et Kath aussi prenaient le café, non pas au Flowers mais à la table de la cuisine, dans leur petit cottage qui donnait sur le ruisseau. Theo était assis avec elles et grattait le ventre de Scamper ; le chien s'était mis sur le dos, incapable de résister aux caresses que Theo lui offrait telles des flatteries à un Tudor.

—Ça change, observa Kath. Scamper déteste le recteur.

—Il déteste les chiens, Kath, pas le recteur, fit valoir Dora.

—Ah, bon ? Qui est un vilain toutou, hein ? fit Theo en grattant à nouveau le ventre de Scamper. Heureusement que je suis venu sans eux, alors

—Vous ne seriez pas entré, sinon.

Sur la cuisinière légèrement rouillée et bancale, l'eau bouillit, et le café fort et amer, au goût des deux sœurs, jaillit comme un geyser dans le haut de la cafetière.

—Daniel doit aimer votre café, en revanche ?

—Il préfère sûrement celui de la salle paroissiale, en ville. C'est un snack maintenant, ils font un cappuccino avec une machine, comme il aime.

—Vous le voyez beaucoup ?

—Oui, tout le temps, répondit Kath. Nous allons beaucoup à l'église. Et dans un endroit comme Champton, on ne pourrait pas se cacher même si on le voulait.

—Non, je veux dire, est-ce qu'il vous rend visite ? En tant que pasteur ?

—Oui, il frappe à la porte. Contrairement au chanoine Gill, qui entrait sans frapper, jusqu'à ce que je lui dise de ne plus le faire. Votre frère est du genre… quel est le mot… courtois.

—Ma mère trouve qu'il est courtois à l'excès. Elle estime qu'il est trop réservé, qu'il fuit les combats.

Dora lui lança un regard.

—Il n'a pas vraiment besoin de se battre maintenant que votre mère est là. Elle peut le faire pour lui.

—J'avais remarqué.

Dora versa le café dans de petites tasses.

—Comment a-t-elle réussi à convaincre Stella Harper d'abandonner la bataille pour sauver les bancs ?

Kath se tourna vers elle.

—Je ne savais pas qu'elle avait changé d'avis.

—Si, j'étais à la poste avec Mme Harper l'autre jour, votre mère est arrivée, et le sujet des bancs est revenu sur le tapis. Mme Harper a fait un de ses sourires froids et elle a dit que ça ne la dérangeait pas si le recteur faisait enlever les bancs finalement. Votre mère a souri aussi, mais ce n'était pas un sourire gentil. Je me suis dit qu'elle remuait le couteau dans la plaie. Comment a-t-elle fait ?

Theo haussa les épaules.

—Je n'en ai aucune idée, mais ça lui ressemble.

Kath demanda à Dora :

—Pourquoi tu ne m'en as pas parlé ?

—Oh, je ne sais pas, je n'y avais pas pensé jusqu'à maintenant, répliqua-t-elle en haussant les épaules. Mais c'est souvent comme ça, je trouve, avec les recteurs. Ils ont besoin de quelqu'un qui est de leur côté pour se battre à leur place pendant qu'ils tendent l'autre joue, étant donné que c'est ce qu'ils doivent faire, je suppose. Le chanoine Dolben était pareil. Il est resté à Champton pendant des années. Vous croyez que votre frère va rester longtemps ?

—Comment pourrait-il avoir envie de quitter Champton ? répondit Theo, acceptant le café que Dora lui offrait.

Le cottage, minuscule, faisait partie d'une rangée de maisons construites dans les années 1700 pour ceux qui travaillaient au domaine. Elles étaient encore occupées en majorité par d'anciens serviteurs et locataires ; elles avaient autrefois un toit en chaume qui était maintenant en tuile, un exemple de l'une des rares améliorations que le domaine finançait.

Quelqu'un frappa à la porte de service, l'ouvrit puis cria :

—Dora ? Kath ?

—Par ici, mon chou !

C'étaient Nathan et Alex. Tous deux eurent l'air surpris de voir Theo à la table de la cuisine. Alex se demanda ce que quelqu'un qu'il associait au quartier louche de Soho faisait dans la cuisine des Sharman. Nathan avait l'air embarrassé. Il portait un sac et quelque chose bougeait à l'intérieur. Scamper se précipita à ses pieds, sa petite queue s'agitant si violemment qu'on aurait dit une hélice.

—Bonjour, Theo, comment allez-vous ? demanda Alex.

—Très bien. Je fais des recherches pour mon nouveau rôle, et ces deux dames m'aident énormément.

Nathan jeta un coup d'œil à Theo, puis détourna le regard.

—Ne t'inquiète pas pour lui, mon gars, assura Dora, en désignant Theo d'un signe de tête. Ce n'est pas un mouchard.

—Je vous ai pris un lapin, un gros, Dora. Vous voulez le garder ou le manger ?

—Voyons à quoi il ressemble.

Nathan ouvrit le sac et sortit un lapin de la taille d'un blaireau, en le tenant par la peau du cou. Scamper aboya et le lapin s'agita.

—Oh, il est beau, non ? lança Alex.

—On le mange, décréta Kath.

—Vous voulez que je m'en occupe, Kath ? offrit Nathan.

—Non, mon chou, passe-le-moi.

Elle empoigna le lapin et se dirigea vers la porte de service.

Nathan se tourna vers Theo.

—Grand-père m'a dit que vous êtes passé le voir, pour parler de films.

—En quelque sorte. C'est pour un rôle que je suis en train de préparer. Un pasteur, comme mon frère. J'essaie d'avoir une idée de la vie paroissiale.

—Pour sûr, vous pourrez vous en faire une bonne idée chez les Liversedge, intervint Dora. Si vous avez de la chance, vous repartirez avec un lapin, un faisan ou des pigeons. Un muntjac si vous avez vraiment beaucoup de chance.

—Un muntjac ?

—Un petit cerf, expliqua Alex. Vous avez dû en voir passer dans le parc.

—Ah, oui. Je pensais que c'étaient des animaux d'ornement.

—Ils servent de gibier, ils ne sont pas là pour le décor. Champton était l'un des premiers domaines à en avoir. Le duc de Bedford les a donnés à mon arrière-grand-père pour que nous ayons toute la panoplie. Nous avions toutes sortes de cerfs avant, depuis les cerfs élaphes jusqu'aux muntjacs – nous les mangions tous. La seule chose que nous ne mangeons pas, ce sont les cygnes et les paons, et nous les mangions aussi, autrefois.

—Il faut qu'on continue de chasser les cerfs, dit Nathan, sinon il y en aura trop. Grand-père peut vous en préparer un, si vous voulez ?

Theo regarda par la fenêtre, juste à temps pour voir Kath, devant une petite baraque, assommer le gros lapin avec un rouleau à pâtisserie, d'un seul coup expert. L'animal se raidit puis se ramollit dans sa main.

30

Daniel venait de nettoyer les biscuits United à moitié digérés sur le tapis de son bureau quand il vit Anne Dollinger marcher dans l'allée avec un air déterminé, comme un témoin de Jéhovah en mission.

—Daniel, dit-elle, puis-je vous voir à propos de quelque chose ?

—Bien sûr.

Il l'invita à le suivre dans le bureau, où elle s'assit, l'air mal à l'aise, sur des coussins portant encore le creux formé par Hugh.

—Que puis-je faire pour vous ?

—Comment allez-vous, Daniel ? C'est une période vraiment affreuse, et nous nous demandions comment vous supportez la situation ?

—Merci, c'est très gentil de votre part. Je vais bien, je crois. Et vous, comment allez-vous ?

—Très secouée, ce sont des moments terribles.

Elle hésita un instant. Puis elle reprit :

—Il y a quelque chose qu'il faut que je vous dise.

—Je vous écoute.

—Quelque chose dont je me suis souvenue, à propos du jour du meurtre. Ça m'est revenu aujourd'hui, et je ne sais pas si c'est pertinent. Je souhaitais avoir votre avis.

—Continuez.

—J'ai vu Norman Staveley marcher le long du ruisseau, l'air pressé. Il venait de la direction de l'église, et c'était à peu près à l'heure du meurtre parce qu'il y avait *Stop the Week* à la radio, à environ 19 h 30. Rien d'inhabituel, sauf qu'il était pressé et que cela m'a surprise.

—Pourquoi me dire cela maintenant ? N'avez-vous pas été interrogée par la police ?

—Si, bien sûr, mais je n'y ai pas pensé sur le moment. Ce n'est qu'aujourd'hui, quand je l'ai vu passer devant la boutique, ou plutôt chanceler, que ça m'est revenu. D'habitude, il est plutôt calme, et sa hâte m'a paru bizarre. J'en ai parlé à Stella, et ensuite, je me suis souvenue du jour du meurtre. Mais que devrions-nous faire ? Je ne veux pas attirer des ennuis à Norman, et ce n'est sans doute rien…

—Vous devez le dire à la police. Tout de suite.

—Nous nous demandions si vous pouviez le faire, étant donné que vous connaissez ce sympathique sergent…

Plus tard ce jour-là, un autre visiteur passa, attendu cette fois à l'heure du thé, mais qui les avait prévenus de sa venue au dernier moment. Garé dans l'allée se trouvait le moyen de transport très reconnaissable de l'évêque, la Rover Sterling noire rutilante ressemblant à la reine Victoria en veuvage à côté de la Golf compacte de Theo. Elle était dotée d'une vitre de séparation, étant donné la distinction et l'ancienneté du diocèse de Stowe, afin que le titulaire de l'évêché puisse s'épargner la conversation de son chauffeur, qui était aujourd'hui son chapelain. Pour Daniel, une visite de l'évêque signifiait en général des ennuis, et la nouvelle de son éminente et imminente arrivée avait plongé Audrey dans une frénésie d'hospitalité faussement décontractée. Un cake aux noix avait été acheté au salon de thé, à un prix excessif, la cafetière argentée avait été nettoyée, et certaines des plus belles tulipes Ballerina d'Audrey, qu'elle avait gardées pour le Festival des fleurs, avaient été coupées et arrangées en bouquets disposés partout dans la maison.

Mais l'évêque avait demandé à Daniel de lui montrer l'église, la scène du crime, en privé, laissant Audrey et Theo divertir le chapelain dans la cuisine. Le révérend Gareth Nuttall, qui occupait cette fonction, était mince, élégant et soigné, contrairement à son supérieur. Il demanda à aller au petit coin, expression qu'il prononça avec des guillemets, et pendant que les chiens les suivaient dans le couloir avec un air curieux, Theo commenta :

—Seigneur, M. Slope est encore vivant.

Audrey avait pensé la même chose. Slope était le chapelain obséquieux de l'évêque de Barchester dans les romans d'Anthony Trollope, qui faisaient encore office de guide pour les membres du clergé plus d'un siècle après avoir été écrits.

—Ce « petit coin », ce « appelez-moi Gareth », ça ne fait pas très Trollope, cependant ? observa-t-elle.

—J'ai remarqué que tu ne lui avais pas dit ton prénom en retour.

—Certainement pas. Tu sais qu'ils ont filmé *Barchester* à Stowe ? Quand le producteur a téléphoné au doyen pour demander ce qu'ils devraient faire pour que ça ressemble aux années 1860, le doyen a répondu : « Rien. »

Gareth réapparut dans la cuisine, les chiens encore sur ses talons. Il les repoussa de manière peu subtile avec son pied, chaussé d'une Oxford noire qui semblait trop élégante. Theo commença à le questionner.

—Chapelain de l'évêque ? C'est comme un valet ?

—Non, pas un valet. Plutôt un aide de camp.

—Et vous savez où sont enterrés tous les corps ?

Gareth tira sur une double manchette.

—La discrétion est nécessaire, comme vous pouvez le comprendre.

—Serez-vous un jour évêque vous-même ?

Le chapelain tira sur l'autre double manchette.

Daniel et l'évêque se tenaient dans le chœur et observaient la nef, où le corps d'Anthony avait été découvert.

—C'est un tel combat que vous menez là, Daniel. Je suis navré.

—Merci, Excellence. Je ne sais pas ce qui est le plus difficile : l'acte lui-même, ou ce que cela provoque chez d'autres.

—Que voulez-vous dire ?

—Le meurtre – double – ou ce qu'il fait remonter à la surface.

—Oh, ça. Je ne parlais pas des meurtres. Je parlais de votre réorganisation.

Daniel avait presque oublié le projet d'installation de toilettes et de retrait de bancs. Il lui semblait que cela faisait une éternité que cette question avait surgi et bouleversé tout le monde.

—C'est tellement mieux d'ouvrir l'espace, ne trouvez-vous pas, *ad majorem Dei gloriam*[1] ?

—Cela m'était sorti de l'esprit. Mais comment êtes-vous au courant de ce projet ? demanda Daniel.

—Je suis au courant de tout. Je sais aussi que ce sera plus difficile pour vous que ça ne l'a été pour le doyen quand il a fait retirer les bancs de la cathédrale. Nous n'avions qu'à convaincre les chanoines – notoirement incorruptibles, mais sur cette question, tous du même avis, pour une fois. Il faut que vous emmeniez les fidèles à la cathédrale. Pour leur montrer ce que nous avons fait. Cela pourrait vous aider ?

—J'ignore si cela m'aiderait. Après ce qui s'est passé, peut-être que nous ne devrions rien faire, absolument rien, pendant quelque temps.

—On ne peut pas faire du surplace.

—C'est ce que j'ai dit à une paroissienne qui se plaignait à ce sujet. Elle pensait exactement le contraire, et je commence à me demander si elle n'avait pas raison.

—Il est normal que vous pensiez cela en ce moment, car vous devez composer avec beaucoup de choses déplaisantes. Mais ça passera.

1. « Pour une plus grande gloire de Dieu ».

—Oui. Cela nous aiderait si nous pouvions arrêter le meurtrier.

—En effet. On les retrouve presque toujours au bout du compte. Peut-être pourrais-je prendre une tasse de thé, maintenant ?

Gareth sembla soulagé quand l'évêque revint, cette fois par la porte de service, pour entrer dans la cuisine où Audrey l'avait installé au lieu du salon. Il suivit Daniel et l'évêque jusqu'au bureau et chercha un siège mais l'évêque déclara :

—Merci, Gareth, ce sera tout.

—Monseigneur.

Et Gareth s'éclipsa.

—J'aimerais qu'il ne m'appelle pas comme ça, dit l'évêque. Quand il a pris son poste, il m'a fallu un jour ou deux avant de comprendre qu'il s'adressait à moi.

—Ne pouvez-vous pas lui ordonner de ne pas le faire ?

—Si, je suppose, mais il est si pointilleux. J'ai l'impression qu'il me juge.

L'évêque s'affala presque sur le Canapé des Larmes et Daniel se dit qu'il aurait dû lui offrir son propre fauteuil, pour une question de confort, et aussi parce que c'était la coutume quand un évêque venait dans une église. La meilleure chaise pour le *sacerdos magnus*, le grand prêtre. Bien que l'ecclésiastique déteste la déférence de son chapelain – et Daniel se demandait si elle le dérangeait réellement à ce point –, il était né pour être évêque : il était fils d'évêque, et avait été ordonné juste après ses études à l'université théologique de Cuddesdon. Il avait été lui-même chapelain d'un évêque, doyen d'un collège de Cambridge et principal de son ancien collège théologique, puis nommé à l'évêché de Stowe. Une ascension exemplaire. Il était, cependant, plus complexe que son parcours ne le laissait penser. Il avait été chercheur à Cambridge et à Oxford, mais aussi athlète : dans sa jeunesse, il avait pratiqué l'aviron et le rugby. Sa nature studieuse l'avait emporté, et la silhouette athlétique et élancée de sa jeunesse s'était alourdie avec l'âge.

Il se redressa sur le canapé, trouvant une position un peu moins inconfortable.

—Alors, Daniel. Comment allez-vous ?

—Assez bien, merci, Excellence.

—Votre mère semble en excellente forme.

—Elle l'est.

—Ce doit être difficile pour elle, avec tout ce qui s'est passé.

Daniel réfléchit.

—Pas vraiment, elle semble plutôt apprécier, avoua-t-il en souriant.

—Et vous ? C'est un lourd fardeau que vous portez là.

—On fait avec. Que peut-on faire d'autre ?

—Et comment va la paroisse ?

—Perturbée, instable, anxieuse. Perdre deux des nôtres par meurtre est… tectonique. Et je crois que nous savons tous, consciemment ou inconsciemment, que le meurtrier est l'un d'entre nous.

—Vous en êtes certain ?

—Je le pense. Si l'on se fonde sur les preuves, cela pourrait être n'importe qui, un psychopathe qui passe – ce scénario convient à certains – mais mon sentiment, ma conviction, est qu'il s'agit de l'un de nous.

—Pourquoi ?

—Je sais qu'il y a une histoire derrière ces meurtres, que je ne peux pas encore voir et qui expliquera tout. C'est un peu comme lire Isaïe avant la naissance du Christ : cela pointe dans une certaine direction, mais on ne peut pas encore voir laquelle.

La porte s'ouvrit à la volée et Audrey apparut avec un plateau. Gareth suivit, portant le gâteau.

—Merci, dit l'évêque. Quel gâteau splendide, madame Clement.

—Puis-je le trancher et distribuer les parts, madame Clement ?

—Ne vous en faites pas pour cela, Gareth, intervint l'évêque, nous nous débrouillerons.

Après une seconde, Gareth, se retira, encouragé, gentiment, par Audrey.

—Du thé, Excellence ? demanda Daniel, et il le servit.

—L'Écriture est un tel puzzle. Les Juifs lisant Isaïe pourraient l'interpréter d'une façon bien différente, bien entendu. Nous avons eu toutes ces années de catéchisme, alors notre récit est imprimé en nous. Êtes-vous hébraïste ?

—Non.

Daniel coupa le gâteau. Il était à la fois collant, épais et léger.

—Pas vraiment ma tasse de thé non plus. Nous devions étudier le grec et l'hébreu quand j'étais étudiant, et lire tous les Pères de l'Église en grec et en latin. Mais c'était le grec que j'appréciais le plus – cela m'a appris à résoudre les puzzles.

Daniel hocha la tête d'un air qu'il espérait attentif et sirota son café.

—Les détails sont toujours importants. Mais n'oubliez pas de faire un pas de recul aussi. Je me souviens avoir passé des heures à étudier un problème textuel assez mystérieux chez les Éphésiens, pour essayer de déterminer quelle version – la différence était minime – était la plus ancienne et pourquoi elle avait été modifiée. Un jour, j'étais dans la bibliothèque, en train d'étudier le texte de près, et un théologien biblique à côté de moi étudiait les Colossiens, un sujet, comme vous le savez – comme il est pédant, pensa Daniel – étroitement lié au mien. Nous avons commencé à aller au pub et à discuter, et je me suis rendu compte qu'il souhaitait que les Colossiens disent certaines choses de certaines manières, et que je voulais que les Éphésiens disent des choses différentes de différentes manières. Il essayait d'élaborer de grandes structures sur la fondation de l'épître, et je lui répétais qu'il ne pouvait pas faire ça, que le texte n'était pas sûr, tandis que lui me serinait que mon obsession pour les petits détails revenait à essayer d'interpréter le cycle de l'*Anneau du Nibelung* en regardant le pupitre du second bassoniste. Est-ce que vous me suivez ?

Daniel acquiesça d'un signe de tête et se demanda s'il devrait attendre poliment que l'évêque prenne une bouchée de sa tranche de cake plutôt que de manger en premier.

—Et ensuite, j'ai eu une révélation. J'ai fait un pas de recul, et au lieu de regarder les détails, j'ai regardé le paysage, et je me suis rendu compte que la question n'était pas de savoir quelle variante était la plus ancienne – car, d'une certaine manière ce n'était pas important. Important si on souhaite établir un texte original, mais qu'est-ce qu'un texte original ? Ce que l'auteur – qui n'était pas Paul, au fait – a écrit ? Le premier jet ? La version finale ? La version qui est allée dans les églises le long de la côte égéenne ? La version qui est entrée dans le canon ? Une fois que j'avais cessé de chercher la version originelle, tout s'est ouvert comme une fleur, et j'ai commencé à me poser des questions plus intéressantes. Pourquoi ce texte comptait-il pour les gens qui le lisaient, le chérissaient et le préservaient ?

Il prit enfin une bouchée de gâteau.

—Archiloque a dit que nous sommes soit des renards, soit des hérissons, commenta Daniel. Nous connaissons des tas de choses, ou une seule grande chose, c'est l'un ou l'autre.

—Peut-être que les hérissons devraient être davantage comme des renards, et les renards davantage comme des hérissons. Faites un pas en arrière, Daniel, reculez… Eh bien, ce cake est absolument succulent !

Daniel se demandait où l'évêque voulait en venir.

Il ne tarda pas à le savoir.

—Nous reculons depuis quelque temps, nous observons le diocèse, nos ressources, et les défis à affronter, et je souhaiterais évoquer avec vous la possibilité d'une réorganisation paroissiale.

Le café de Daniel refroidit dans sa tasse.

—Une réorganisation paroissiale ?

—Oui.

—Champton avec une autre paroisse ?

—D'autres paroisses.

C'était inattendu. Impensable. Mais – faire un pas en arrière et réfléchir – la fusion des paroisses était devenue la norme, avec des assemblées de fidèles plus petites, un clergé dispersé et des finances réduites. Pourquoi cela devrait-il être différent pour Champton ? Mais la paroisse de Champton était différente. Comment St. Mary pouvait-elle fusionner avec n'importe quel autre endroit ? C'était une église à part, liée à la vie du domaine, pas à celle des villages voisins, et l'atteler à tout autre territoire serait comme marier un morse et une pyramide. Et puis, il y avait Bernard ; il faudrait un évêque courageux pour annoncer à lord de Floures qu'à l'avenir, il allait devoir partager son recteur.

—Des paroisses ?

—Oui. Vous savez que Maurice Legge prend sa retraite ? Et cela veut dire qu'il y aura un poste vacant aux Badsaddles.

Upper Badsaddle et Lower Badsaddle, au nord du domaine. Cela pourrait aussi bien être Oulan-Bator.

—Il y a quelques détails juridiques à régler, dit l'évêque, prenant un air bienveillant, mais accepteriez-vous d'envisager de devenir recteur de St. Mary de Champton, de St. Thomas the Martyr d'Upper Badsaddle et de St. Catherine de Lower Badsaddle ?

La musique de ces mots lui plut pendant un instant, mais juste un instant.

—Je suis très honoré que vous ayez pensé à moi, Excellence. Vous avez mentionné des détails juridiques ?

—Oui, les protecteurs laïcs et toutes ces choses. Lord de Floures est à vous, Upper Badsaddle est à moi, et Lower Badsaddle est à St. Alphege de Cambridge, qui se trouve être mon ancien collège, et je suis sûr qu'ils seront raisonnables. Donc, la question est, pensez-vous que lord de Floures sera raisonnable ?

—Je suis sûr qu'il pensera se montrer raisonnable, Excellence. Seulement, il se peut que vous ne soyez pas de son avis.

—Ah.

—Les Floures sont les protecteurs et les propriétaires du domaine depuis des siècles. Bernard prend son rôle très au sérieux.

—Vraiment ?

—Oui.

—Le triple marié lord de Floures ?

—L'erreur est humaine.

—Tout à fait, mais si je peux être franc avec vous, Daniel, l'époque où le protecteur payait pour le toit du chœur et attendait en échange que ses bâtards soient baptisés est révolue.

Je ne me souviens pas que vous ayez hésité à prendre l'argent de Bernard quand la cathédrale voulait que l'orgue soit réparé, pensa Daniel. Mais il ne dit rien.

—Je pense qu'il est peut-être temps pour lord de Floures – pour nous tous – d'affronter la réalité. J'ai bien compris qu'il trouvera que cette réalité à affronter est difficile, c'est pourquoi je souhaitais vous parler, Daniel, afin de voir si vous pouviez, comme Jean le Baptiste, ouvrir la voie.

Comme vous me connaissez peu, pensa Daniel.

—Ne serait-ce pas plus approprié que cela vienne de vous, Excellence ? Ou de l'archidiacre ?

—Au bout du compte, oui. Mais je serais très heureux si vous pouviez déployer vos compétences diplomatiques comme vous l'avez fait avec tant de succès par le passé, et pour lesquelles nous vous avons été – et continuons à être – si reconnaissants.

—Alors, bien sûr, je parlerai à lord de Floures, Excellence.

—Bien, bien. Maintenant, comment supportez-vous la pression de ces dernières semaines ? Vos fidèles et vous êtes constamment dans mes prières. Si vous avez besoin de quoi que ce soit, il vous suffit de demander.

L'inspiration lui vint.

—Eh bien, il y a peut-être quelque chose, Excellence.

—Ce que vous voulez !

—La seconde victime, Ned Thwaite. Sa mort n'a pas été négligée à proprement parler, mais celle d'Anthony Bowness, pour des raisons évidentes, a obtenu beaucoup plus d'attention, ce qui, pour la famille Thwaite, a été un mal pour un bien, à mon sens. Personne n'a envie d'être au cœur d'une attention médiatique comme celle que la mort d'Anthony a suscitée, mais je crois que la veuve et les filles de Ned ont eu le sentiment qu'elles avaient été mises de côté, et que le décès de Ned n'avait pas été suffisamment reconnu. Le médecin légiste a terminé son travail, alors nous avons commencé l'organisation des obsèques. Et il me semble que cela aiderait beaucoup la famille – et la paroisse, je crois, dans cette période très difficile – si vous pouviez diriger la cérémonie.

Le sourire de l'évêque se raidit légèrement.

—Si, bien sûr, vous pouvez trouver un peu de temps ? Je sais que vous êtes très occupé.

—Je suis, Daniel, un pasteur avant tout. Si vous avez besoin de moi…

—Oh, oui, nous avons vraiment besoin de vous.

—… alors, bien sûr, je le ferai. Vous pouvez peut-être voir cela avec Gareth ?

—C'est très gentil, Excellence. Et vous resterez pour le déjeuner ensuite ? Lord de Floures a très gentiment proposé de nous accueillir. Ses buffets sont plutôt bons.

31

Après avoir dit au revoir à l'évêque et à son chapelain, Daniel ne se précipita pas au manoir. D'abord, il passa quelques coups de fil. Après quoi, il eut une conversation épuisante avec son frère sur ce que le bas clergé pensait du haut clergé, puis déclara qu'il allait écrire un sermon. Ce ne fut que lorsqu'il entendit Theo partir en voiture qu'il se rendit à pied au manoir, en passant par le parc. Il entra par la cuisine, où Mme Shorely était installée derrière son bureau. Elle leva les yeux vers lui.

—Vous cherchez lord de Floures ?

—En effet, madame Shorely.

—Il est dans son bureau. Dois-je le prévenir de votre présence ? Il est avec quelqu'un. Ce policier que vous appréciez.

Que faisait Neil Vanloo avec Bernard ?

—Si cela ne vous ennuie pas, madame Shorely.

Tandis qu'elle prenait le combiné du téléphone aux nombreuses touches, avec lequel la cuisine communiquait même avec les recoins les plus éloignés de la maison et du domaine, il remarqua que son bureau était placé devant un placard peu profond. La porte était ouverte et Daniel vit des dizaines, voire des centaines de clés, accrochées à des dizaines de crochets. Parmi elles se trouvaient celles qui ouvraient le pavillon de cricket, le pavillon des bains, l'abri de jardin, l'église…

—Le recteur souhaite vous voir, Monsieur… bien, Monsieur.

Elle reposa le combiné.

—Il dit que vous pouvez les rejoindre. Vous connaissez le chemin ?

Daniel s'aventura d'un pas incertain dans le couloir sombre qui reliait la cuisine aux espaces résidentiels. Des portes simples donnaient sur des pièces splendides, ou sur d'autres couloirs. Daniel trouva d'abord son chemin jusqu'au salon et de là, jusqu'au bureau de Bernard. Ce dernier et Neil Vanloo étudiaient une pile de documents étalés sur le bureau.

—Entrez, Dan. Un verre ? Le sergent ici présent refuse de se joindre à moi.

Ce n'était pas une invitation que Daniel pensait pouvoir décliner, alors il opta pour un whisky soda, ce qui donna à Bernard une raison de finir son premier verre et d'en prendre un second.

—Le sergent Vanloo nous rapporte les documents d'Anthony, sur lesquels il travaillait le jour où il a été tué.

Daniel interrogea Neil du regard.

—Y a-t-il des choses éclairantes ?

—Apparemment, non. Ce sont surtout des inventaires qui datent de cent ans environ. Des listes de métiers.

—Anthony étudiait notre âge d'or, l'ère de Victoria, reine et impératrice, expliqua Bernard. De grandes parties de chasse, des flottes de serviteurs, des jardiniers et des sous-jardiniers, des palefreniers. Nous pourrions faire une exposition pour les portes ouvertes.

Daniel se dit qu'il y avait un monde entre d'un côté, les registres, les inventaires et les listes, et de l'autre, la vie des gens qui les avaient créés, la plupart inconnus et n'ayant rien laissé d'eux à part une feuille de salaire, une fiche de poste ou une faible trace dans la mémoire de leurs arrière-petits-enfants.

—De quoi souhaitiez-vous me parler, Daniel ?

—L'évêque est venu prendre le thé.

Bernard parut déconcerté.

—Lequel ?

—Le nôtre. J'ai des nouvelles.

Neil Vanloo se leva.

—Il faut que je parte. J'aimerais vous dire un mot plus tard, Daniel, si vous avez un moment ?

—Oui, bien sûr. Voulez-vous m'attendre au presbytère ? Ma mère vous ouvrira.

—Merci.

Bernard avait l'air agacé.

—Laissez-moi vous raccompagner, sergent.

Pendant que Bernard reconduisait le policier vers la sortie, Daniel feuilleta les livres sur le bureau de Bernard. Les couvertures en tissu étaient estampées de titres en noir : *Écuries*, *Menuiserie*, *Majordome*, *Gouvernante*. L'écriture sur les pages, une ronde anglaise régulière et gracieuse, était charmante. C'était un art qui se mourait à l'aube de l'ère informatique. Daniel se rappela une machine qu'il avait vue dans une papeterie. On tapait sur un clavier et les mots apparaissaient sur un écran, afin que l'on puisse les corriger avant que tout soit imprimé, aussi nettement qu'avec une machine à écrire. Le prix était prohibitif, mais, bientôt, Daniel en était convaincu, tout le monde taperait sur un clavier, et l'écriture manuscrite – avec son individualité, son caractère, ses particularités, ses notes marginales – disparaîtrait.

STALLES, ÉCURIES : RÉPARÉES
MOBILIER DE L'ÉGLISE : FABRIQUÉ, INSTALLÉ.
BUREAUX, POUR LA SALLE DE LECTURE
DE LA BARONNE : FABRIQUÉS, INSTALLÉS.

Un membre pieux de la famille Floures avait fait construire la salle de lecture de la baronne, pour l'instruction morale des villageois, après avoir fait fermer le pub de crainte que les terrassiers qui construisaient le chemin de fer n'y dépensent tout leur salaire et ne fichent la pagaille. L'alcool avait rapidement vaincu la littérature, le pub avait rouvert et la salle de lecture avait été transformée en maison.

Bernard était de retour.

—Pourquoi le sergent souhaite-t-il vous voir ? J'ai essayé de le faire parler mais il s'est fermé comme une huître.

—Je ne saurais dire, Bernard.

—Eh bien, moi, je peux vous le dire. Norman Staveley a été convoqué au commissariat. Vous voulez savoir pourquoi ?

—Pas spécialement.

—Il est la dernière personne à avoir vu Anthony vivant. À l'église, le soir de sa mort. Il y a eu une dispute. Norman prétend être parti après cela ; peu après, vous avez découvert le corps d'Anthony. L'intègre conseiller n'a pas jugé cette information utile pour l'enquête de police. Ce type a toujours été louche.

Daniel garda le silence.

—Tout comme son père et son grand-père avant lui, ajouta Bernard. Ils travaillaient ici, ainsi que leurs épouses. Ils ont déménagé. Il y avait quelque chose de suspect dans leur départ, bien que papa n'ait jamais dit quoi. Maman ne pouvait pas supporter le grand-père.

Tout en parlant, Bernard se servit un autre verre. Le troisième ?

—Quelles nouvelles de l'évêque de Stowe ?

—Ça ne va pas vous plaire.

Et en effet, cela ne lui plut pas. Pas du tout, même. Daniel ne laissa aucun blanc dans son récit, afin que Bernard ne puisse pas protester, et termina en expliquant qu'il avait gentiment extorqué à l'évêque la promesse d'officier pour l'enterrement de Ned Thwaite.

—Donc, il sera à votre merci, Bernard, ou redevable, au moins. Et tout le monde sera présent, conclut-il.

—Quel sombre idiot ! De quel droit me dénie-t-il mon droit ? Nous sommes les châtelains de Champton depuis la guerre des Deux-Roses ! Je lui ai donné dix mille livres pour ce foutu orgue ou je ne sais quoi ! Comment ose-t-il ? Je vais lui écrire une lettre très véhémente, comptez là-dessus.

—Ne vous emballez pas, Bernard. Réfléchissons. L'évêque veut, pour des raisons évidentes, réunir Champton et les Badsaddles. .

—Les Badsaddles ! Qu'est-ce que Champton a à voir avec les Badsaddles ? Ils étaient pour le PARLEMENT !

—Je doute que cela aille très loin sans votre consentement, Bernard. Et, connaissant l'évêque, une fois que nous lui compliquerons la tâche, il passera à autre chose.

—Eh bien, nous la lui compliquerons, c'est sûr.

—Oui. En commençant par les obsèques de Ned. Il serait bon que vous disiez quelques mots pour l'occasion, afin de remercier l'évêque pour son soutien continu aux fidèles.

Bernard réfléchit, mesurant la pertinence de cette suggestion.

—Bonne idée, approuva-t-il. Quand a lieu l'enterrement de Ned, au fait ?

—J'ai pensé qu'un intervalle décent entre celui de Ned et d'Anthony serait préférable pour Jane et les filles. Le médecin légiste a fini l'autopsie, alors nous pouvons commencer les préparatifs.

—Une semaine, c'est assez décent ?

—Je vais me renseigner. Tout dépendra des disponibilités au crématorium. Les cendres de Ned vont être dispersées au-dessus de la vallée où il a grandi.

Neil Vanloo attendait dans l'étude quand Daniel revint. Audrey, tel un prédateur encerclant sa proie, rôdait. Mais Neil était l'enquêteur, pas le suspect. Il répondit à ses politesses par d'autres politesses, jusqu'à ce que l'arrivée de Daniel la contraigne à une retraite réticente.

—Criez si vous avez besoin de quelque chose ! lança-t-elle pendant que Daniel refermait la porte.

—Que s'est-il passé ? demanda-t-il à Neil.

—Nous avons reçu le conseiller Staveley au commissariat. Il a parlé.

—Était-ce lui, à l'église ?

—Oui. Il était allé voir Anthony. Il l'avait vu quitter le pub et l'avait suivi. Il pensait que personne ne l'avait vu. Anthony disait ses prières, mais Staveley l'a interrompu. Il l'a apostrophé.

—À quel sujet ?

—Anthony étudiait les archives et avait trouvé quelque chose que Norman ne voulait pas qu'il découvre. Des livres de comptes, qui montraient que le domaine avait payé une somme rondelette à son grand-père, qui était chauffeur lorsqu'il a quitté son emploi.

—Un pot-de-vin ?

—Oui, un gros pot-de-vin. Il s'avère que le grand-père de Staveley avait mis la tante de lord de Floures dans une situation extrêmement compromettante. Ils ont acheté son silence, suffisamment cher pour le faire partir, mais au lieu de quitter la région, il a ouvert un garage à Braunstonbury, et a réussi d'une manière ou d'une autre à devenir le garagiste principal du domaine. Au bout du compte, cela a permis à Norman et à Dot de s'installer à Champton. Mieux encore, Norman a pu devenir un pilier du parti conservateur et être élu conseiller du comté. Le président du conseil était lord de Floures. Voir Norman lui rappelait constamment cette histoire.

—Et pour Norman, voir lord de Floures lui rappelait sans cesse que son succès prétendument dû à son travail acharné, une belle histoire thatchérienne étayée par ses titres honorifiques, était en fait un peu trouble.

—Exactement. Norman ne pouvait tout simplement pas permettre que ses secrets soient dévoilés. Alors, il a parlé à Anthony, lui a offert de l'argent, mais Anthony n'était pas intéressé.

—Et ensuite ?

—Norman prétend l'avoir laissé là. Il est rentré chez lui. Peu après, il a vu des lumières bleues clignoter, puis quelqu'un a téléphoné à Dot et lui a appris la nouvelle. Depuis, il se rongeait les sangs. Votre opinion ?

—Il y a un motif, une opportunité… mais je ne crois pas que Norman soit coupable. Il est peut-être prétentieux, mais ce n'est pas un meurtrier. Et puis, pour quelle raison aurait-il tué Ned ?

—C'est aussi ce que j'ai pensé. Mais Norman n'est pas notre seul suspect. Il y a aussi Nathan Liversedge.

—Nathan ? Comment ça ?

—La police du Hampshire nous a transmis des informations à propos d'un vol avec violence. Quelqu'un a dérobé la pension d'une vieille dame, elle s'est débattue, il l'a mise K.-O. Joe Blewett, le suspect, a pris la fuite. Or, les Blewett et les Liversedge ont des liens de parenté, qui remontent à des générations. Nous pensons que Joe Blewett est Nathan Liversedge. Quand Nathan est-il arrivé à Champton ?

—Peu de temps après moi. Six ou sept ans, peut-être ?

—Les dates correspondent. Autre suspect : le grand-père. Il a eu une sacrée vie.

—C'est ce que j'ai entendu dire.

—Qu'avez-vous entendu dire ?

—Je crois qu'il était boxeur dans sa jeunesse.

—Oui, il se produisait dans les foires et participait probablement à des combats à mains nues illégaux. Il est devenu chasseur de dettes. Au pub, on dit qu'il faisait plus que de recouvrer des dettes.

Daniel ne réagit pas. Remarquant son silence, Neil demanda :

—Selon vous, est-il possible qu'Anthony et Ned aient découvert la vérité sur Nathan, et qu'Edgy les ait tués pour le protéger ?

—Il est possible qu'Anthony et Ned aient découvert quelque chose sur Nathan. Mais je ne crois pas qu'Edgy les ait tués.

—Pourquoi ?

—Ça ne colle pas.

—Ça ne colle pas à votre image mentale ?

—Non.

Neil sembla sur le point de poser une autre question, mais se ravisa. Il réfléchit, puis ajouta :

—Je ne suis pas sûr d'avoir tous les éléments, Daniel.

—Personne n'a jamais tous les éléments.

—Vous savez ce que je veux dire.

Daniel avait espéré ne pas en arriver là, mais il n'avait plus le choix.

—Il faut que je parle à quelqu'un, déclara-t-il. Pouvez-vous attendre ?

—Ne soyez pas bête.

—Vous me faites confiance, Neil ?

Neil l'observa.

—Oui. Mais il s'agit d'une enquête sur meurtre.

—Sur la base de cette confiance, peut-on reprendre cette conversation plus tard ? Il me faut une demi-heure. Trente minutes de plus ou de moins, ça ne changera rien.

—Vous m'en demandez beaucoup, Daniel.

—Je sais.

Le policier soupira.

—Vous avez une demi-heure, céda-t-il.

—Merci.

Daniel laissa Neil dans son bureau. Il tâcha de ne pas faire de bruit avec ses clés afin de ne pas alerter sa mère, mais les chiens l'entendirent et leurs aboiements la firent venir.

—Daniel !

—Oui, Maman ?

—Je suis au courant pour Norman. Tout Champton en parle. C'est lui, le coupable ?

—Tu sais que je ne peux rien dire.

—Eh bien, si Norman Staveley est un meurtrier, je mange mon chapeau. Mais mangeons plutôt des rognons au sherry, ton plat préféré. J'ai envoyé Theo chez le boucher.

La promesse de manger des rognons de chez Dennis avec une succulente sauce au sherry, un plat qu'il aimait depuis l'enfance, était bien plus alléchante que celle d'un bol de porridge accompagné d'un thé, un régime auquel il devrait peut-être s'habituer si ce qu'il s'apprêtait à faire se révélait être une entrave à une enquête pour meurtre.

—Cela peut attendre un peu ?

—Je suppose. Ton frère est encore au pub.

Elle regarda par la fenêtre et vit une voiture garée à côté de la Golf.

—Le policier est encore là ?

—Oui, dans le bureau, mais je ne serai vraiment pas long.

Daniel prit son manteau sur la patère.

Tandis qu'il fermait la porte derrière lui, il entendit la voix d'Audrey s'élever.

—Sergent, j'ai entendu dire que les félicitations étaient de mise !

32

Tandis qu'il marchait sur le chemin, Daniel ferma son manteau pour se protéger de l'air frais du soir. Que savait Edgy de la relation entre son petit-fils et Alex ? Jusqu'à quel point pourrait-il le supporter quand l'information s'ébruiterait ? Un homme avec un homme. Une chose impardonnable dans la tradition d'Edgy, même si le monde à l'extérieur était en train de changer. Et Daniel doutait que la relation entre Alex et le jeune Gitan plaise à Bernard. Peut-être Anthony savait-il ? L'archiviste avait-il reconnu ses propres penchants chez ces deux jeunes gens ? La situation était-elle plus complexe qu'elle n'en avait l'air ?

Daniel n'avait pas envie d'y penser. Alors il songea à Edgy. Un jour, alors que Daniel lui avait rendu visite, le vieil homme lui avait soudain parlé de son ancienne vie, et de ce qu'il avait fait dans le cadre son travail – un acte commis sans aucun scrupule à l'époque, mais qui, l'âge aidant, revenait le hanter. Une histoire à propos d'un homme qu'il avait supprimé dans une ville du sud de l'Italie. Edgy s'était glissé derrière lui, avait doucement ramené sa tête en arrière et avait passé une lame sur sa gorge – et dans un sifflement et un gargouillement, la vie avait quitté le corps de cet homme. Mais ce n'était pas un homme, c'était un adolescent, et depuis que Nathan était venu vivre chez Edgy, l'air surpris sur le visage de la victime resurgissait dans sa mémoire, et parfois, dans ses rêves nocturnes, ce n'était pas son visage qui apparaissait mais celui de Nathan.

—Il faut que vous en parliez à la police, avait déclaré Daniel.

Edgy avait ri.

—Hors de question. Ce que je veux, c'est avoir la conscience tranquille, pas que les gens fourrent le nez dans mes affaires. Et ça remonte à loin, mais pas assez loin pour que mes clients pensent que ce n'est plus leurs affaires.

—Je ne peux pas vous offrir la paix que vous recherchez si vous ne rapportez pas ces faits.

—Dans ce cas, je vais devoir m'en passer, Recteur.

—Alors pourquoi me racontez-vous tout cela ?

La route se termina et l'allée menant au manoir commença. Entre les deux se dressaient les grilles, de magnifiques ouvrages en fer forgé ornés de dorures, dans lesquels les armoiries des Floures étaient incrustées entre des couronnes de fleurs. Ces gens aimaient imprimer leurs marques de propriété sur tout, depuis les ex-libris aux monogrammes sur les mouchoirs. Si ce n'étaient pas les armoiries, c'était la couronne de fleurs. Daniel s'avisa que c'était un rébus, une représentation illustrée de leur nom, qui signifiait « Fleur » en normand.

Les portes étaient suspendues entre deux piliers massifs surmontés d'aigles, et sur la droite, un clavier était placé sur un poteau étonnamment asymétrique, à hauteur de vitre d'un Land Rover. Daniel se pencha, plissa les yeux et tapa le code, 1066. Le moteur vrombit et les portes s'ouvrirent lentement. Mais Daniel ne monta pas l'allée. Il était devant la loge nord, où Alex vivait la journée (il passait ses nuits dans la loge sud, dans laquelle sa salle de bains et sa chambre étaient situées). Il frappa à la porte.

Ce fut Honoria qui l'accueillit.

—Bonjour, Dan. Alex est là.

Le jeune homme était allongé sur le canapé de son salon-atelier, en train de picorer dans une assiette de ce qui ressemblait à des testicules ratatinés, posée en équilibre sur son ventre.

—Alex, est-ce que ça va ?

—Non.

—Il faut que je vous parle.

—À quel sujet ?

Daniel se tourna vers Honoria, qui l'avait suivi dans le salon.

—Honoria, cela vous ennuierait de nous laisser seuls ?

—Oui, ça m'ennuierait.

C'était embarrassant.

—Il faut que je parle à Alex d'un sujet confidentiel.

—Je n'ai aucun secret pour ma sœur, rétorqua Alex. Voulez-vous une tomate séchée ? offrit-il en lui tendant l'assiette.

—Non, merci.

Daniel réfléchit un instant.

—Alex, cela implique quelqu'un dont je ne dois pas trahir la confiance.

—Nathan et Alex sont amants, Dan, intervint Honoria. Vous l'ignoriez ?

Daniel garda le silence un long moment.

—Je me disais que vous aviez peut-être une liaison, finit-il par répondre. C'est à propos de cela que je dois vous parler, Alex. Je promets d'être aussi discret que possible, mais il s'agit d'une enquête pour meurtre, et l'information va sortir.

—Sortir ? fit Alex.

—Ce n'est pas illégal, Alex (il fit un calcul mental). Vous êtes tous les deux majeurs, et les écarts de conduite arrivent.

—Les écarts de conduite ?

—Oui. J'ai appris que les gens sont bien plus enclins à pardonner de telles choses que nous ne le pensons.

—Que faites-vous quand vous avez un écart de conduite, Daniel ? Vous vous envoyez en l'air avec un jeune Gitan ?

—Non, ce n'est pas ma tasse de thé, mais je tiens à vous rassurer…

—Nous ne sommes pas des écarts de conduite, Daniel, nous sommes amoureux.

—Oh, Daniel, ils s'aiment depuis des années ! renchérit Honoria d'un ton presque brusque.

Son frère étouffa un rire et Daniel eut à nouveau le sentiment de paraître ridicule. Mais ensuite, il vit qu'Alex n'était pas en train de rire mais de pleurer.

Honoria s'assit à côté de lui et le serra dans ses bras pendant que son corps était secoué de sanglots.

—Trésor, trésor…

Daniel resta muet, gêné d'avoir mal compris la nature de la relation entre Alex et Nathan. Ce n'était pas une liaison transgressive, faite de brèves étreintes dans les bois, mais une histoire d'amour.

Quand Alex fut calmé, Honoria lui donna un mouchoir avec lequel il s'essuya les yeux.

—Seigneur, je dois avoir une mine terrible.

Puis il reporta son attention sur Daniel.

—Vous pensiez qu'avec Nathan, je voulais juste m'encanailler, hein ?

—Non… en fait, oui.

—Que j'étais un prédateur, que j'exploitais Nathan pour ma satisfaction perverse ?

—Je n'avais pas saisi que Nathan et vous étiez amoureux. Je voyais juste deux jeunes gens qui se cachaient, comme s'ils partageaient quelque chose dont ils avaient honte.

—Nous n'avions pas honte, Dan, nous étions prudents. Vous imaginez la réaction de papa ? Et d'Edgy ? Pas de cloches du mariage ou de tiare des Floures pour moi. Ou pour Nathan. Le village va adorer. Nous n'aurons plus qu'à nous réfugier à Sitges.

Daniel se demanda où se trouvait cet endroit.

—Mais comment auriez-vous pu savoir ? Oui, ça a commencé par un petit coup vite fait derrière un arbre, sur mon initiative. Et, oui, je fantasmais sur le beau Gitan… Notre relation a continué, jusqu'au jour où j'ai pris conscience qu'entre nous, ce n'était pas seulement sexuel.

—Qu'est-ce qui a provoqué cette prise de conscience ?

Alex garda le silence. Puis il reprit :

—Ned Thwaite, au pavillon des bains. Nous étions allongés Nathan et moi, et il y avait un visage derrière la vitre. C'était Ned, avec son appareil photo, son carnet de notes, et sa curiosité infinie.

33

Dans le bureau de Daniel, Neil était posté devant la fenêtre et regardait les ombres qui s'étiraient sur la pelouse. Au-delà, le superbe parc s'étendait, ordonné et bien entretenu. À l'intérieur du presbytère, cependant, l'ordre était bousculé. Pour une fois, c'était Daniel qui était assis sur son propre Canapé des Larmes, comme un suppliant.

Neil se retourna vers lui.

—Edgy est passé aux aveux, déclara-t-il. Il est venu au commissariat il y a une heure.

—Oh, non, non, non... Ce n'est pas possible.

Un silence s'ensuivit, puis Neil soupira.

—Dan, il a avoué. Il y a un motif, il y a une opportunité, tout correspond.

—Sauf qu'Edgy n'est pas coupable.

—Imaginez. Alex commence à faire des avances à Nathan. Nathan cède, par peur de perdre son travail, pour l'argent, peut-être parce qu'il est homo ou qu'il s'ennuie à mourir. Anthony les surprend, les menace, leur fait du chantage ou autre. Edgy le découvre. Il a des antécédents.

Daniel se contenta de hausser les épaules.

—Nathan lui parle d'Alex, et d'Anthony, poursuivit Neil. C'est une menace pour son petit-fils, une menace pour lui-même – la réputation, l'image, le statut familial, tout cela compte. À la fin de la journée portes ouvertes, il voit Anthony qui se dirige vers l'église…

—Mais *quid* de Norman Staveley ?

—Edgy a vu le conseiller Staveley entrer et sortir de l'église. Ça l'a rendu plus inquiet. Peut-être que Staveley savait aussi pour Nathan et Alex ? Alors il s'est décidé. Il est entré dans l'église. Il a parlé à Anthony, il lui a fait peur, ce qui n'était pas difficile. Il a appris ce qu'il voulait savoir. Anthony n'avait rien dit à Norman Staveley, c'est pourquoi ce dernier est toujours en vie, selon moi. Mais Anthony… Edgy a trouvé le sécateur, l'a tué – un travail de professionnel, comme nous l'avons toujours dit – puis s'est enfui.

—Et pour Ned ?

—Ned a surpris Alex et Nathan au pavillon des bains. Nathan le raconte à Edgy, Edgy règle le problème. Il nous a apporté l'appareil photo de Ned…

—Le Canon AE-1 ?

—Oui, un Canon AE-1. Il ne contenait pas de pellicule, mais c'est celui de Ned, indéniablement. Il y a son nom dessus, sur une étiquette.

—Que dit Nathan ?

—Pour l'instant, rien.

Daniel prit un stylo de plastique jaune, non pas parce qu'il voulait écrire, mais parce qu'il avait besoin de s'occuper. C'était, remarqua-t-il, le modèle préféré de Neil, un Pentel SP 0,9 mm.

—Ça suffit, Dan. Je crois qu'il faut qu'on parle de manière officielle. J'ai besoin que vous veniez au commissariat.

Daniel expira.

—Oui, bien sûr. Laissez-moi juste le temps de prévenir ma mère.

Dans la cuisine, Audrey était en train de rouler des rognons sanguinolents dans la farine, une tâche qu'elle appréciait car les abats ainsi enfarinés lui faisaient penser à des prunes de Damas.

Elle arqua un sourcil.

—Ne me dis pas que tu es suspect ?

—Pas exactement.

—Que diable veux-tu dire par là ?

—J'aide les policiers à mener leur enquête.

Audrey s'essuya les mains sur son tablier.

—Theo a dû aller chez Dennis le boucher pour acheter des rognons. Moi, il a fallu que j'aille au pub pour prendre une bouteille de sherry. Afin de te préparer ton repas préféré. Laisse-moi parler au sergent.

—J'aimerais mieux que tu t'abstiennes.

Mais elle était déjà sortie de la pièce. Cosmo et Hilda s'empressèrent de la suivre.

—Sergent, je ne comprends pas pourquoi vous semblez si décidé à gâcher notre dîner. Mon fils n'est pas à votre service, que je sache.

—Il s'agit d'une enquête pour meurtre, madame Clement, rappela Neil.

Les chiens regardèrent le policier puis Daniel.

—Allons-y, Neil, lança Daniel.

Les teckels agitèrent la queue, espérant toujours que chaque départ soit à leur bénéfice.

Ce n'était pas le cas cette fois-ci. Daniel ferma la porte, remarquant que sa mère avait le même air frustré que Cosmo et Hilda.

—Je vais conduire, décréta Neil.

Daniel s'apprêta à monter à l'arrière.

—Ne soyez pas bête, Daniel, dit Neil.

Ils s'installèrent tous les deux à l'avant et se sentirent aussitôt gênés d'être aussi proches.

Et puis, Theo apparut dans l'allée. Il approcha du véhicule.

—Bonjour, dit-il, et il fit signe à Daniel de baisser sa vitre. J'ai manqué le dîner ?

—Non, mais moi, je dois le manquer. Je vais au commissariat pour faire une autre déposition.

Theo expira un souffle qui sentait la bière et les cigarettes.

—Pourquoi maintenant ? demanda-t-il.

Neil se pencha vers la vitre ouverte.

—Des nouveaux éléments, Monsieur.

—Vous parlez de Norman Staveley ? Tout le monde en discutait au pub. C'est lui le coupable ?

—Pas Norman, répondit Daniel. Quelqu'un d'autre.

—Ce n'est pas toi ?

—Non, ce n'est pas moi, évidemment.

—Qui, alors ?

—Si ça ne vous ennuie pas, Monsieur, intervint Neil, il faut qu'on se mette en route.

Mais Theo ne bougea pas.

—Ce n'est pas Edgy ? insista-t-il.

Daniel et Neil gardèrent le silence.

Theo rit.

—Ne soyez pas ridicules ! Ça ne peut pas être Edgy !

Ce fut au tour de Neil d'avoir l'air déconcerté.

—Ses mains, dit Theo.

Le téléphone sonna. Daniel, qui dégustait tranquillement ses rognons et leur onctueuse sauce au sherry, alla répondre.

—Vous aviez raison. Ce n'est pas lui le meurtrier, dit Neil.

—Sans conteste ?

—Sans conteste. Il arrivait à peine à écarter les doigts, alors il pourrait encore moins frapper quelqu'un à mort avec un sécateur. Mais pourquoi ne l'avez-vous pas dit, tout simplement ?

Daniel ne pouvait rien dévoiler de ce qu'Edgy lui avait confié, à propos de ses péchés et de sa carrière dans le crime, qu'il avait abandonnée non pas par mauvaise conscience, mais pour cause d'arthrite.

34

— Mes chers fidèles, je suis très heureux d'être avec vous aujourd'hui pour dire adieu à Ned, de me tenir parmi vous en tant que pasteur dans cette période de ténèbres, et de proclamer à nouveau que nous vivons dans la lumière du Christ, une lumière que toute l'obscurité du monde ne peut éteindre.

Une semaine s'était écoulée depuis cette journée extraordinaire, durant laquelle l'héritier de Champton, l'évêque de Stowe et le sergent de Braunstonbury étaient tous venus au presbytère. C'était ainsi qu'Audrey s'en souviendrait, plutôt que comme du jour où son fils avait failli être emmené par le sergent pour répondre à des questions relatives à une enquête pour meurtre. Ce moment infamant était presque oublié, et l'attention de tous aujourd'hui se portait sur la voûte du chœur, sous lequel le trône épiscopal (en réalité, l'ancienne chaise du secrétaire de mairie de Braunstonbury) avait été placé pour accueillir l'évêque.

Gareth, son chapelain – en soutane, surplis et étole mauve – se tenait gauchement derrière lui, sur le côté, pour tendre et tenir des objets : une mitre, une crosse, son texte. L'évêque était bien moins tatillon sur sa tenue que son chapelain, mais Gareth l'avait forcé à mettre la chape que Daniel utilisait pour les mariages et sa mitre assortie, qui avait appartenu à un précédent titulaire dont le grand-oncle avait été l'évêque de l'Arctique. Ce dernier avait sans doute une tête particulièrement large car chaque fois que la mitre était utilisée, il fallait la tapoter un peu afin qu'elle reste stable sur le visiteur, ce qui rendait les choses délicates lorsqu'il fallait l'enlever et la remettre à certains moments du service.

Étant donné la présence de l'évêque et de son chapelain, les stalles cléricales étaient un peu chargées. Daniel s'était par conséquent assis ailleurs, près du banc des Floures. Bernard, Hugh, Honoria et Alex – dans un spectacle de piété familiale, auquel Bernard tenait – portaient tous la même tenue que pour l'enterrement d'Anthony à peine dix jours plus tôt. Il y avait un conflit de préséance, avec non pas un mais deux seigneurs en compétition, l'évêque et le protecteur du domaine, et également la veuve et ses filles, qui formaient un trio larmoyant au premier rang. Daniel avait un jour dirigé une messe d'enterrement à Belgravia, à laquelle avait assisté un membre mineur de la famille royale pour représenter la reine, ce qui impliquait un ordre de préséance complexe, dicté par le bureau du lord chambellan, qui requérait que la famille s'assoie non pas en dernier, mais en avant-dernier, la dernière place dans l'ordre d'arrivée étant réservée à la représentante royale afin d'éviter un crime de lèse-majesté. Daniel avait dû s'affairer dans l'allée pour accueillir la famille avant l'arrivée de la représentante, mais quand celle-ci était apparue, il ne l'avait pas reconnue car il l'avait confondue avec une cousine, et il y avait eu un terrible moment dans le narthex, quand la jeune femme lui avait souri pendant que Daniel attendait une autre personne.

L'évêque, comme beaucoup de ses pairs, appréciait son rôle de pasteur en chef, d'une part parce qu'il lui renvoyait un reflet plus flatteur que la plupart des missions qu'il devait accomplir, et d'autre part, parce qu'il lui permettait de plaire aux gens plus facilement. Le prélat était doué avec les foules, sa personnalité forte et extravertie, parfois écrasante à table ou dans un bureau, étant faite pour les églises, les cathédrales, la Chambre des lords. Il rayonnait de confiance, et les paroissiens s'ouvraient comme des fleurs au soleil ; c'était un étranger, mais avec les meilleures intentions. Sa présence contribuait à transformer en enthousiasme un peu de l'angoisse qui s'était abattue sur la paroisse depuis le jour où Anthony était mort sur le banc où Kath et Dora Sharman, à leur place immuable, étaient assises, vêtues de leurs habits du dimanche.

L'assemblée chanta des hymnes du Yorkshire, d'où Ned était originaire, puis Katrina Gauchet, qui lui avait succédé à la direction de l'école primaire, prononça un discours, louant son engagement de toute une vie pour l'éducation des jeunes, pour sa gestion de l'école du village, et pour le soutien plein de tact qu'il lui avait apporté lorsqu'elle avait repris son poste.

—Ned était un ami inestimable, toujours prêt à donner des conseils, mais seulement quand ils étaient sollicités. Il était généreux de son temps et aussi de ses connaissances : avec l'école, et avec moi. J'étais très touchée qu'il m'aide à rechercher la famille française d'Hervé. Sa mort n'a fait que renforcer notre désir de continuer « la poursuite désintéressée de la connaissance », comme il aimait le dire, et à laquelle il a dédié son existence.

Elle se tourna vers Jane et les filles.

—Mais avant tout, c'était un mari et un père, dévoué à Jane et à leurs filles, et nous sommes de tout cœur avec elles dans cette épreuve.

Angela lut un passage de l'Ecclésiaste.

—« Il y a un temps pour tout, un temps pour toute chose sous les cieux : un temps pour naître, et un temps pour mourir… »

Elle hésita très légèrement sur le mot « mourir » mais se reprit.

—« Un temps pour planter, et un temps pour arracher ce qui a été planté. Un temps pour tuer, et un temps pour guérir… »

Daniel n'aurait pas choisi cette lecture, qui affirmait avec insistance que tout dans la vie et dans la mort résulte de l'action de Dieu. Ce texte convenait très bien pour une grand-mère de quatre-vingt-dix ans, qui avait eu une vie bien remplie et qui s'était préparée à partir, mais pas pour un homme tué à un moment qui semblait si aléatoire, si cruellement précoce. Néanmoins, les cadences parallèles étaient apaisantes.

—« Un temps pour pleurer, et un temps pour rire ; un temps pour se lamenter et un temps pour danser… »

Je vous en prie, Seigneur, pensa Daniel, et il pria pour la guérison de cette communauté, pour le retour de son équilibre, pour la justice pour Ned et pour Anthony, et pour la personne, ou les personnes, qui avaient infligé cette chose terrible à Champton et à ses habitants.

La voix d'Angela ralentit à mesure qu'elle approchait de la fin du passage.

—« Ce qui est a déjà été ; et ce qui sera a déjà été ; et Dieu ramène ce qui est passé. »

Elle retourna sur le banc et prit la main de Jane.

Daniel quitta sa stalle, fit une révérence devant la croix de l'autel et devant l'évêque puis monta en chaire. Il regarda l'assemblée : les Thwaite à l'avant, les Sharman au fond, les Floures sur le banc familial, les groupes de Champtoniens habituels, un peu déplacés ici et là par des étrangers, le sergent Vanloo, policier consciencieux, M. Williams et ses hommes en noir, impassibles.

—J'ai vu l'évêque la semaine dernière, commença Daniel, et il entendit derrière lui le bruissement de robes épiscopales. Nous avons parlé de ce qui nous est arrivé ces dernières semaines, et je lui suis très reconnaissant pour ses conseils et sa présence parmi nous aujourd'hui.

Il se tourna à demi et fit une petite révérence.

—Ce qui m'a marqué – et ce qui m'a taraudé toute la semaine – est une chose qu'il a dite à propos de la perception. La voici : parfois nous devons faire un pas en arrière pour voir ce qui est évident ; parfois, le fait que nous soyons préoccupés par ce qui est devant nous signifie que nous manquons la vue d'ensemble. Nous devons reculer, regarder le paysage, voir comment la question qui absorbe toute notre attention s'y intègre.

À présent, la foule s'installait dans l'inattention tranquille que les fidèles de l'Église d'Angleterre accordent aux prêcheurs.

—Il y a quelques semaines, nous nous sommes retrouvés pour célébrer Pâques. Quand l'aube s'est levée, les ténèbres du Vendredi saint ont été chassées, de manière définitive, décisive, par la lumière du Christ ressuscité. Comme Marie et les apôtres, qui sont allés dans un cimetière pour y trouver un corps, ne l'ont pas trouvé, et sont repartis, déconcertés, nous aussi, nous devons nous habituer à vivre dans un monde qui semble exactement le même mais qui est transformé.

L'un des hommes des pompes funèbres consulta sa montre.

—Le miracle de la vie inattendue alors que nous attendions la mort se retrouve déjà dans l'histoire du peuple de Dieu, des Israélites à Mériba, rétifs, plaintifs, inquiets, assoiffés – et puis, Moïse frappe le rocher avec son bâton, une source d'eau jaillit, et tout le monde boit. Parler de rafraîchissement salvateur, et de la vie au-delà de la mort, peut sembler particulièrement difficile à un moment où nous ne sommes que trop conscients de la réalité de l'absence.

Jane Thwaite se mit à pleurer. Ses filles serrèrent sa main un peu plus fort. Angela adressa un regard à Daniel.

—Nous savons que Ned rejoint le mystère de l'éternité de Dieu, comme Anthony l'a fait avant lui, et comme nous le ferons tous ; mais ce que nous voulons, c'est qu'il passe cette porte, comme si rien ne s'était passé. Alors à quoi nous sert de savoir que les morts vivent à nouveau dans un endroit que nous ne pouvons ni voir, ni entendre, ni visiter ?

Il posa le regard sur les fidèles.

—Nous devons… nous devons…

Il hésita. Ou plutôt, il cessa de parler et regarda l'assemblée. Un silence. Après quelques secondes, les gens qui avaient les yeux baissés relevèrent la tête. Un silence. L'un des hommes de M. Williams se leva, pensant que c'était la fin de la cérémonie et qu'il était temps de porter le cercueil. Silence. Les secondes devinrent vingt, puis trente, et ceux qui n'avaient pas écouté du tout commencèrent à penser qu'on leur avait demandé d'observer une minute de silence pour Ned, et qu'ils l'avaient manquée, alors, doucement, ils adoptèrent une attitude plus solennelle. Deux minutes, maintenant ? Des bruissements derrière lui, puis des pas.

—Daniel, est-ce que ça va ? murmura le chapelain de l'évêque.

Mais Daniel n'écoutait pas. Il songeait à ce moment, à côté du ruisseau, le matin de l'enterrement d'Anthony, quand le mouvement des aulnes et le mouvement de l'eau avaient vibré, et qu'il avait vécu ce moment spectral, quand la membrane entre ce monde et un autre monde s'affine.

—Daniel, qu'y a-t-il ?

Il était en train de vivre la même sorte de moment, tandis qu'il observait les fidèles et voyait pour la première fois le sens caché de cette vue d'ensemble. Il sut pourquoi les meurtres s'étaient produits. Il sut qui les avait commis. Et dans la composition vibrante face à lui, il retint un détail, le visage du sergent Neil Vanloo.

35

Bob Achurch escorta l'évêque vers la sortie, suivi par Daniel et Gareth, puis par les hommes portant le cercueil, et enfin par Jane et ses filles. Une fois dehors, l'évêque prit la parole.

—Est-ce que ça va, Daniel ? Que vous est-il arrivé tout à l'heure ?

—Je suis désolé, je ne vais pas pouvoir assurer l'hommage au crématorium.

—Eh bien, moi non plus. Gareth, vous devrez vous en charger. Daniel, voulez-vous vous asseoir ?

—Non, il faut que je parle au sergent, l'homme qui suit ma mère.

Audrey, qui marchait aussi vite que la décence le permettait à un enterrement, dépassa les Thwaite, Neil sur ses talons.

—Daniel, que s'est-il passé ? s'enquit-elle. On aurait dit que tu avais eu une absence.

—Pas une absence, Maman, une révélation.

—Bon, il faut que tu viennes boire quelque chose. Une tasse de thé ? Ou un whisky ?

—En fait, il faut que je vous parle, dit-il à Neil.

—Je m'en doutais. Y a-t-il un endroit où nous pourrions parler en privé ?

—Allons au presbytère, nous y serons tranquilles. Maman, tu veux bien t'occuper de l'évêque ?

Audrey plissa les yeux.

—Oui, bien sûr. Mais que dois-je dire à Bernard ?

—Dis-lui que je viendrai au manoir dès que possible. Et demande-lui de faire en sorte que les gens restent jusqu'à mon arrivée.

Jane et ses filles les rattrapèrent.

—Est-ce que ça va, Daniel ?

—Jane, je suis navré, je ne peux pas vous accompagner au crématorium. Le chapelain de l'évêque officiera à ma place.

—D'accord, mais vous, ça va aller ?

—J'irai mieux dans une minute. Je vous retrouve au manoir.

Pour éviter d'autres questions et esquiver la foule qui commençait à sortir de l'église, Neil et lui firent un détour pour se rendre au presbytère.

Ils s'installèrent à la table de la cuisine. Les chiens s'agitèrent en voyant Neil, mais se calmèrent plus rapidement que d'habitude, ce qui poussa Daniel à se demander si le policier avait les pouvoirs surnaturels d'un Crocodile Dundee.

—Ça va, Dan ? On dirait que vous avez bien besoin d'un verre, en effet.

—Je sais qui a commis les meurtres. Je sais pourquoi ils ont été commis. Et je pense que vous devriez envoyer des agents chez Stella Harper.

36

Bernard se tenait dans le salon. Cette fois encore, c'était lui qui fournissait le champagne et les sandwiches. Mais aujourd'hui, son esprit n'était pas tant fixé sur le coût de son hospitalité que sur l'irritant prélat en mauve, qui non seulement l'évitait mais qui en plus empiétait sur son rôle légitime d'hôte. L'évêque conversait en ce moment avec Alex, qui tâtait la qualité des bandes de soie mauve à franges accrochées à une sorte de large ceinture qui s'efforçait de contenir la circonférence épiscopale. Audrey Clement avait ordonné à Bernard de continuer à offrir du vin et des sandwiches jusqu'à ce que Daniel et Neil Vanloo arrivent, ce qui était particulièrement ennuyeux car les sœurs Sharman étaient introuvables, laissant le service à Mme Shorely, aussi aimable qu'une Mme Danvers – la gouvernante revêche dans *Rebecca* – et à Honoria, qui semblait apprécier sa mission. Bernard se serait bien gardé de l'avouer mais une part de lui ne voulait pas que sa fille serve les boissons avec son employée de maison, car cela menaçait une distinction qu'il souhaitait préserver.

Anne Dollinger aussi tournait autour de l'évêque, or plus longtemps les discussions dureraient, plus longtemps Bernard devrait attendre avant d'aborder un ou deux sujets pertinents qui relevaient de sa responsabilité, en tant que maître du domaine.

Hugh parlait avec Katrina et Hervé Gauchet des gènes complexes, qui au Canada n'avaient rien d'inhabituel : la moitié de la population avaient des origines françaises, écossaises, autochtones et métisses, car dans un pays frontière, les choses sont susceptibles d'être mélangées.

Nathan Liversedge, dans sa propre version des habits du dimanche, mangeait des sandwiches. Il sembla mal à l'aise quand Nicolas Meldrum lui demanda s'il savait ce qui était arrivé à la colonie de chauve-souris, une espèce incommodément protégée selon lui, qui avait été découverte dans les anciennes écuries mais qui semblait maintenant avoir disparu.

Dot et Norman Staveley étaient présents, affrontant la disgrâce de Norman, qui n'était finalement pas aussi grave qu'ils l'avaient craint. Audrey tenta d'étouffer sa déception quand Dot lui parla du programme des Jardins ouverts et s'efforça de la convaincre de faire venir Theo en tant qu'attraction supplémentaire, le presbytère n'offrant en temps normal que des confitures, des chutneys et des marmelades.

—Je lui demanderai, Dot, mais il tourne une nouvelle série et j'ignore s'il sera disponible.

Pour couper court à la discussion, elle lança :

—Au fait, je vous trouve tellement courageuse.

« Tout Champton est ici, toute la vie est ici », pensa Bernard. Mais l'atmosphère changea quand Jane Thwaite et ses filles revinrent du crématorium. Jane, qui semblait fatiguée, redressa les épaules et prit sans hésiter un verre de champagne dès qu'il fut à sa portée. Angela et Gillian, l'une stoïque, l'autre effondrée, encadrèrent leur mère pendant que les gens venaient leur dire combien ils étaient désolés, qu'Angela avait fait une lecture magnifique, et à quel point ils aimaient…

L'évêque, qui marchait à reculons pour échapper à Anne Dollinger, était arrivé sans s'en rendre compte dans le coin du salon où se trouvait Bernard.

—Excellence, comme c'est aimable à vous d'être venu !

L'évêque se tourna pour lui faire face.

—Puis-je vous parler une minute ?

—Bien sûr, Bernard. Je discutais justement de vos projets très intéressants concernant la réorganisation de l'église…

—Les projets, les projets, les projets ; ce dont je voulais vous parler…

Le prenant par le coude, il l'entraîna à l'écart.

Mais tout Champton n'était pas là.

Alex fut le premier à remarquer la fine colonne de fumée qui s'élevait au-dessus du lac.

Neil la remarqua aussi pendant que Daniel et lui attendaient que la voiture de police arrive au presbytère.

—D'où cela vient-il, Dan ?

La fumée montait en ligne droite par cet après-midi sans vent.

—Ça vient du parc. Ils font brûler des branches de mélèzes, je pense. Nicolas a dit qu'il y aurait un élagage autour du lac.

—Ce n'est pas la bonne sorte de fumée.

Daniel l'observa, les sourcils froncés. Comment Neil savait-il faire la différence entre une bonne et une mauvaise fumée ? Puis, il comprit d'où venait le feu.

—Neil, le pavillon des bains !

À cet instant, la voiture de police apparut dans l'allée, sans gyrophares ni sirènes, mais en écrasant le gravier quand elle freina et s'arrêta.

Neil se précipita à l'extérieur, et Daniel entendit les chiens aboyer et gratter la porte dans la cuisine.

Il suivit Neil jusqu'au véhicule de patrouille. Le sergent parla aux deux agents en uniforme, utilisant le jargon de la police, et conclut par une tape sur la voiture, dont le toit fut éclairé par sa barre lumineuse bleue.

—Daniel, nous devons aller au pavillon des bains. Peut-on prendre le Land Rover ?

Daniel courut chercher les clés. Les chiens étaient déchaînés, prenant ses allées et venues comme le signal d'une promenade. Neil attendait à côté du Land Rover.

—Je vais conduire, déclara-t-il avec fermeté.

Daniel lui confia les clés et, quelques instants plus tard, ils parcouraient l'allée du presbytère pour rejoindre le parc, au son des grincements et des bruits de crécelle du véhicule.

—Les pompiers sont en route, déclara Neil. Et vous aviez raison au sujet de Mme Harper.

—Oh, non, non !

—Morte dans un fauteuil, la télé encore allumée, les rideaux tirés. Personne n'a rien remarqué ?

—C'est une tradition ici de garder les rideaux tirés le jour d'un enterrement, pour le moment où passe le corbillard. Par respect. Comment Kath est-elle morte ?

—Nous n'en sommes pas sûrs. Elle était en robe de chambre, et il y avait un mug, une assiette et une fourchette à dessert sur la table d'appoint. Ainsi qu'un cake sur le plan de travail dans la cuisine.

—Aux noix ?

—Oui, en effet. Comment le savez-vous ?

—C'était son préféré.

La fumée était plus épaisse à présent, et tandis qu'ils contournaient les arbres et se dirigeaient vers le lac, Daniel vit non seulement la fumée mais aussi des flammes orange derrière les vitres du pavillon des bains. Malgré la distance, il entendit le feu rugir et crépiter. Les flammes se reflétaient sur la surface du lac mais aussi sur les fenêtres du manoir, de l'autre côté du parc, comme des étincelles. Puis d'autres étincelles, bleues, apparurent quand la voiture de police arriva. De minuscules silhouettes se tenaient sur la terrasse du manoir, observant la scène. Tandis que le Land Rover se rapprochait, Daniel porta le regard vers le côté opposé du lac, et distingua deux silhouettes qui se détachaient contre le feu, celles des agents en uniforme, et entre elles, une troisième, qui leur arrivait à peine aux épaules.

Daniel devina, rien qu'à la forme de la silhouette, qu'il s'agissait de Dora Sharman. Il se précipita vers elle.

—Dora, où est votre sœur ?

Dora pointa du doigt le pavillon des bains, à présent à peine reconnaissable, envahi par les flammes orange. La chaleur était si intense que lorsqu'elle se propagea sur le lac, tous firent un pas en arrière.

—Elle est là-dedans, dit Dora.

Daniel songea aux prêtres de Baal, consumés par le feu divin.

—Seigneur, aie pitié… dit-il à voix haute.

—Elle est partie après l'enterrement. Elle vous a sûrement vus tous les deux. C'est pendant le sermon que vous avez su ?

—Oui.

—C'est ce que je pensais. Elle aussi, j'imagine. Je me demandais quand vous alliez comprendre. Qu'est-ce qui vous a mis sur la piste ?

—Le fait de vous voir, elle et vous, assises là où vous vous asseyez toujours, comme toujours. La tête penchée sur le côté, les mains croisées dans votre giron.

—C'est comme ça qu'on nous a appris au catéchisme. Mais comment avez-vous fait pour deviner le reste ?

—La fresque. Une des silhouettes est assise précisément de cette façon, avec exactement la même pose. Je vois cette pose chaque dimanche, quand Kath et vous êtes installées au fond de l'église. Et elle était là, dans la fresque. J'ai compris qu'il devait s'agir de l'une de vous, et vous m'aviez confié que vous étiez dans le Norfolk pendant la guerre et que Kath était restée ici. Ensuite, tout est devenu clair.

—Qu'est-ce qui est devenu clair ? demanda Neil.

—Ce qui est arrivé à Kath. Mais Dora, vous saviez ?

—Bien sûr que je savais.

—Non, je veux dire, vous saviez ce que Kath avait fait ?

Dora réfléchit un instant.

—Il y a savoir et savoir.

Elle jeta un coup d'œil à Neil.

—Je n'ajouterai rien de plus là-dessus pour l'instant.

Dans un fracas épouvantable, le toit du pavillon des bains s'effondra, une colonne d'étincelles tourbillonna, s'élevant dans l'air enfumé, et la vapeur siffla quand les poutres rouges et brûlantes atterrirent dans le lac.

À huit cents mètres de là, sur la terrasse du manoir, Alex de Floures pensait à la fin du *Crépuscule des dieux*, quand le Walhalla, embrasé, s'enfonçait dans les eaux du Rhin.

—Fantastique… fit-il à voix haute, mais Honoria fut la seule à l'entendre.

37

Bernard servit les boissons. Daniel et Neil, Alex, Hugh et Honoria, ainsi qu'Audrey et Theo étaient installés dans la bibliothèque. À travers les fenêtres, on pouvait voir au loin un camion de pompiers pulvériser l'eau du lac sur ce qui restait du pavillon des bains. Des pompiers étaient entrés à l'intérieur et avaient découvert un corps. Une femme, pensaient-ils, d'environ un mètre soixante.

Daniel et Neil avaient apporté dans la maison une faible odeur de fumée, comme l'odeur des vêtements le lendemain des feux de la Saint-Jean, et quand quelqu'un en humait une bouffée, un sentiment sombre l'envahissait.

Ce n'était pas le cas d'Audrey.

—Kath Sharman ! s'exclama-t-elle. Comment diable une femme de son gabarit, et de son âge – un minuscule petit oiseau – a-t-elle pu frapper et tuer deux hommes qui faisaient deux fois sa taille ?

—Parce qu'elle savait ce qu'elle faisait.

—Oui, approuva Daniel, je pense qu'elle le savait. Cet endroit n'était pas seulement une maison de repos pendant la guerre.

—Non, renchérit Bernard. C'était aussi un centre d'entraînement pour les SOE.

—Les SOE ? demanda Honoria.

—Les *Special Operations Executive*, précisa Bernard. Des hommes – et des femmes – recrutés pour être envoyés derrière les lignes ennemies en France et travailler avec la Résistance. Ils venaient ici pour s'acclimater à la francité, je suppose, alors il y avait aussi des agents de renseignement. Le peintre en était un. Et Kath Sharman, qui avait été bonne ou cuisinière, je ne me souviens plus exactement, faisait partie du personnel qui était resté pour faire tourner le manoir quand les Français sont arrivés. Et je suppose que les choses ont suivi leur cours.

—Une liaison amoureuse ! s'exclama Audrey. Entre une fille de cuisine et un fringant officier français.

—C'était une histoire d'amour, à mon avis, et dans le chaos de la guerre et des déplacements, la fille de cuisine – je ne pense pas que c'était une fille de cuisine, mais laissons cela pour l'instant – a franchi une limite. Je ne parle pas de la limite qui sépare l'aristocratie des domestiques, cette distinction s'était déjà estompée, ou de la limite entre ce qui était convenable et ce qui ne l'était pas – quel sens cela avait-il alors que le monde était en feu ? C'était la distinction entre les soldats et les civils, que les Français, surtout les artistes, comme toi, Alex, n'ont jamais semblé considérer comme importante, contrairement à nous.

Honoria parut déconcertée.

—Es-tu en train de dire que Kath faisait partie des SOE, Papa ?

—Non, bien sûr que non. Ou peut-être que je me trompe ?

Audrey prit la parole.

—Elle n'avait pas besoin d'en faire partie. Elle était intelligente, pleine de ressources. Peut-être que vous n'avez pas vu cela en elle parce qu'elle n'était qu'une domestique ? Peut-être qu'aucun de nous ne l'a vu ; Dora et elles n'étaient que les deux sœurs, les vieilles filles qui vivaient dans une petite maison, dans un village où les gens pointent encore l'index quand un avion passe. Mais beaucoup de femmes auxquelles personne ne prêtait attention ont accompli des choses extraordinaires pendant la guerre.

—Ici au manoir, dit Bernard, tous ces gens étaient une grande famille, et Kath en était l'un des membres.

—Elle était un peu plus qu'une sœur, Papa, souligna Alex. Je trouve vraiment extraordinaire qu'ils l'aient formée pour qu'elle devienne une tueuse.

—Elle était amoureuse, je suppose.

—Et lui aussi, ajouta Daniel, c'est pourquoi il l'a peinte dans la fresque du pavillon des bains.

—Quel personnage est-ce ?

—La maîtresse.

—C'était Kath Sharman ?

—Oui, c'était elle. Je ne l'ai pas vu au début, car, comme vous, il ne m'est pas venu à l'esprit que Kath pouvait être un sujet pour un peintre. Je ne la voyais pas comme il la voyait.

—Ce genre d'erreurs commence à devenir une habitude, glissa Honoria.

Daniel poursuivit :

—C'était une liaison amoureuse, nouée dans la tourmente de la guerre, quand tout était incertain et que le monde tremblait.

—Et son amant, l'artiste, était dans l'avion qui s'est écrasé dans le parc, expliqua Bernard. Elle a dû l'apprendre. Peut-être a-t-elle vu le crash ? Nous n'étions pas là quand cela s'est produit. J'étais vraiment triste d'apprendre que le peintre était mort, mais il n'était pas le seul. Nous ne nous attardions pas sur ces choses-là. Mieux valait les laisser s'effacer.

—Mais il a laissé une trace dans la fresque, que personne n'a vue, ou presque personne, dans le pavillon des bains. Ce n'est que quand j'ai reculé et que j'ai cessé d'observer les détails que je l'ai reconnue. D'après sa silhouette, ses contours, sa pose. C'est ainsi qu'elle s'assoit dans l'église, la tête penchée exactement de la même façon. Je l'ai remarqué car elle était l'une des rares personnes qui écoutaient vraiment quand je prêchais.

Certains furent légèrement gênés, mais pas Bernard, qui ne remarqua rien.

—Et donc, vous avez compris que Kath avait un passé, un lien avec le Français. Un lien intime, déclara-t-il.

—Et un enfant, ajouta Neil.

Bernard acquiesça d'un signe de tête.

—Oui, possible. Je me souviens qu'elle était venue à Rudnam, c'était en 1943, ou dans ces eaux-là, et Dora, qui était déjà là pour s'occuper de maman, était aux petits soins pour sa sœur.

—Elle avait déjà eu son bébé ?

—Je suppose que oui. C'était ainsi qu'ils géraient ces situations à cette époque, mon père et le recteur. Les servantes non mariées et enceintes étaient envoyées dans le Norfolk ou dans l'Argyll pour accoucher discrètement, ensuite l'enfant était confié à l'adoption.

—Et ensuite, elle a été obligée de revenir ici, dit Audrey. Tout le monde était sûrement au courant, mais personne ne disait rien. Elle pleurait un amant dont elle ne pouvait pas parler, et la perte d'un enfant dont elle ne pouvait pas parler. Alors elle les a enterrés tous les deux, dans sa mémoire, dans ses sentiments, dans son cœur. C'est terriblement triste.

—Le chanoine Dolben m'a dit quelque chose à ce sujet, commença Daniel, mais Neil l'interrompit et demanda :

—Hervé Gauchet ?

—Je pense, pas vous ? Donc, il était près d'elle. Mais je ne pense pas qu'il sache que Kath est sa mère.

—Était sa mère, rectifia Honoria. Mais rien de tout cela n'explique pourquoi elle a tué Anthony et Ned.

—Je crois savoir, avança Daniel. Où Kath et Dora s'asseyaient-elles toujours ?

—Au fond, à gauche, répondit Audrey.

—Au fond. Pourquoi ?

—Parce qu'à Champton, les gens s'assoient d'abord au fond, répondit Alex.

Daniel secoua la tête.

—Parce qu'on y est à l'abri des regards.

—Pourquoi voulaient-elles se cacher ?

—Pour pleurer. L'intransigeante Kath, qui ne versait jamais une larme et regardait le monde sans ciller.

Comment pouvait-elle partager, ou même montrer, son chagrin ? Alors elle s'asseyait au fond, et c'est devenu sa place, où seule Dora pouvait voir ses larmes, qui jaillissaient telle l'eau du rocher.

—Qu'est-ce qui a tout déclenché ? demanda Bernard.

—Quelque chose que j'ai dit. J'ai annoncé un projet de réorganisation de l'église. Le banc du fond, son banc, allait être retiré – rappelez-vous tout ce qu'on lui avait arraché. Alors, l'idée de perdre le peu qu'elle avait, sa place dans l'église, l'endroit où elle pouvait vivre son chagrin en privé, lui était insupportable. Quelque chose s'est brisé en elle. Je ne me doutais de rien.

—Mais pourquoi tuer Anthony ? Elle est venue à l'église, l'a vu prier au fond, à sa place ? C'est ça ? demanda Audrey.

—Il n'était pas en train de prier.

—Il était agenouillé sur un coussin devant un banc. Que faisait-il d'autre ?

—Tu te souviens que nous avons parlé des bancs du fond ? demanda Daniel. S'ils étaient médiévaux, comme quelqu'un l'avait avancé, alors les retirer aurait été bien plus difficile. Mais quand Bernard et moi avons parcouru les documents d'Anthony l'autre jour – Neil les avait rapportés –, j'ai trouvé un registre de menuisier datant des années 1880. Il y avait une entrée pour le mobilier d'église. Je ne vois aucun ouvrage en bois qui aurait pu être concerné, à part, peut-être, les bancs. S'ils avaient été fabriqués par un menuisier du domaine dans les années 1880, il aurait laissé sa marque dessus. Je pense que c'est ce qu'Anthony faisait. Il cherchait la marque du fabricant pour voir si les bancs étaient victoriens, comme le bon marguillier appliqué qu'il était. S'ils l'étaient, alors ils pouvaient être enlevés, et Kath perdait sa place.

Audrey paraissait encore perplexe.

—Mais comment a-t-elle su que c'était ce qu'il faisait ?

—C'étaient les portes ouvertes. Anthony était dans son bureau, près de l'ancienne cuisine. Kath et Dora étaient de service, montrant aux gens comment les serviteurs vivaient autrefois, dans la cuisine et les greniers. Je me souviens qu'elle se plaignait des escaliers. Alex a fait fuir Anthony, qui a laissé le registre du menuisier ouvert sur son bureau. Kath l'a sûrement vu et a compris ce que cela signifiait. Elle s'est rendue à l'église pour examiner les bancs. Comme Anthony. Elle ne pouvait pas le laisser révéler à quiconque ce qu'il avait découvert, je le crains.

—Alors elle l'a tué. Mon Dieu !

—Oui. Elle a pris un sécateur, qui n'est pas une arme létale très efficace, d'ailleurs. Mais elle savait comment tuer. Elle s'est glissée derrière Anthony, lui a mis la tête en arrière et a enfoncé la pointe des lames dans la carotide. Il a sûrement perdu conscience en quelques secondes. Ensuite elle est simplement rentrée chez elle, sans que personne lui prête attention. Seule Dora pouvait remarquer son absence.

—Et Ned ?

—Ned a fait intrusion dans son passé. Il travaillait avec Katrina Gauchet sur un projet scolaire pour l'anniversaire de la Seconde guerre mondiale l'an prochain. Ils comptaient recréer la vie à Champton pendant la guerre. Ned interrogeait des gens qui avaient vécu à cette époque et posait des questions sur les Français libres. Il est allé voir le vieux Gilbert Drage, qui était dans son jardin en train de s'occuper de ses dahlias ou de je ne sais quelles fleurs. Gilbert se souvenait des Français, en fait, il a plutôt fulminé contre eux – des mercenaires, des assassins et des violeurs – et dans la maison d'à côté, assise à sa fenêtre, se trouvait Kath Sharman, je suppose. Et l'idée que le vieux Gilbert ait pu sans le savoir dévoiler le secret qu'elle détenait était… insupportable.

—Et ayant tué une fois, elle pouvait tuer à nouveau, commenta Audrey.

—Oui, dit Daniel. En questionnant Gilbert, Ned a signé son arrêt de mort, je le crains. Et il y avait aussi la fresque. Cette œuvre fascinait Ned et, étant un passionné, il avait décidé de la prendre en photo. Je ne sais pas si Kath l'a vu traîner dans le coin ou si elle était déjà dans le pavillon. Je pense que c'était elle qui s'y rendait régulièrement, d'ailleurs. Il est rare que les vagabonds nettoient après leur passage. Elle a pris l'ancre… comment Nathan l'avait-il appelée ?

—Le grappin, précisa Neil.

—Oui. Elle a dû se faufiler derrière Ned et le frapper avec le grappin, et ensuite faire rouler son corps dans le lac.

—Mais elle aurait dû être couverte de sang, fit remarquer Alex. Et poignarder quelqu'un dans l'artère carotide, cela fait jaillir des litres de sang aussi ?

—Elle se tenait derrière Anthony, souvenez-vous, et le sang a dû jaillir devant lui. Pour ce qui est de Ned, elle était dans le pavillon des bains, elle a pu se nettoyer là-bas. D'ailleurs, elle portait toujours son manteau et son chapeau sombres, alors le sang ne se voyait sans doute pas, et quand bien même il se serait vu, qui l'aurait remarqué ?

—Parfois, un barrage cède quand il y a un meurtre, expliqua Neil, ensuite il y en a un autre, et un autre.

—Dieu merci, il n'y en a eu que deux, souligna Honoria.

—Pas seulement deux, rectifia Daniel. Je suis navré de vous annoncer à tous que Stella Harper a été retrouvée morte chez elle tout à l'heure.

Des cris de surprise résonnèrent dans la pièce.

—Je me demandais pourquoi elle n'était pas aux obsèques, dit Audrey.

Neil intervint.

—Nous ne pouvons rien dire là-dessus pour l'instant.

—Les bancs ! s'exclama Theo. Quand j'étais chez les Sharman, Dora a dit que Stella avait abandonné le combat pour sauver les bancs. Kath a eu l'air très surprise ; j'ai trouvé sa réaction étrange. Mais c'est pour cette raison. Stella était la principale défenseuse des bancs. Et tout à coup elle ne l'était plus.

—Que s'est-il passé ? demanda Daniel. Stella n'a jamais été du genre à renoncer… Maman, c'était toi ?

Audrey se redressa sur sa chaise.

—Je lui en ai parlé. J'ai fait valoir mes arguments. La raison l'a emporté.

—Cela aurait-il suffi à pousser Kath à la tuer, cependant ? demanda Honoria.

—La trahison, affirma Bernard. Insupportable pour elle après deux meurtres. Et elle n'était pas une femme indulgente.

—Le cake aux noix, glissa Audrey.

—Le cake aux noix ?

—Quand je suis revenue du pub hier – elle jeta un regard circulaire dans la pièce – où j'étais allée acheter du sherry pour tes rognons – nous étions à court après la visite de l'évêque –, sur le chemin du retour, j'ai vu Kath sur le seuil de chez Stella Harper avec une boîte à gâteau. Stella adorait le cake aux noix de Kath. Est-ce comme ça qu'elle est morte ?

—Comme je l'ai dit, madame Clement, nous ne pouvons rien dire sur…

—Mais comment Kath connaissait-elle les poisons ? demanda Theo.

—Son père était garde-chasse ici, expliqua Bernard. Les gardes-chasses avaient de l'arsenic, de la strychnine, et toutes sortes de choses. Edgy en a encore sans doute dans son abri.

—Et n'oubliez pas qu'il y avait un laboratoire ici pendant la guerre, rappela Daniel. Je ne pense pas qu'ils faisaient des dégâts simplement avec du bicarbonate de soude et du sulfate de cuivre. Mais ce laboratoire n'a-t-il pas été démonté après la fin du conflit ?

—Non, répondit Bernard. Quand nous sommes revenus, c'était comme si les Français s'étaient évaporés. Ils avaient tout laissé.

Alex hocha la tête.

—Une des dépendances était pleine de tubes à essai, de condenseurs et de tas de bocaux de Dieu sait quoi. J'en ai utilisé un paquet pour mon spectacle de fin d'études.

—Elle devait être si désespérée, avança Honoria. Une douleur de toute une vie, un secret, la honte, tout cela sur le point d'être découvert. Et son fils. Seigneur, que va penser Hervé quand il l'apprendra ?

—Je ne sais pas, dit Daniel. Je me demande si c'est pour cela qu'elle a décidé d'en finir. Elle ne pouvait pas affronter le fait qu'Hervé découvre qui elle était et ce qu'elle avait fait.

38

L'église St. Mary de Champton, fleur du style gothique perpendiculaire anglais, était encore plus florale en ce week-end du Festival des fleurs.

Un débat assez houleux avait eu lieu pour déterminer s'il fallait le maintenir ou non. Anne Dollinger estimait qu'il devait être annulé, une marque de respect pour Stella Harper. « Notre Festival des fleurs serait un événement très triste sans elle », avait-elle plaidé. D'autres avaient objecté que l'ambiance du festival serait en décalage avec celle du village, encore en deuil après avoir perdu quatre de ses habitants, car c'était bien le corps de Kath Sharman que les pompiers avaient sorti de sous les poutres calcinées et les festons de plâtre couverts de suie du pavillon des bains.

Mais c'était Audrey qui avait le mieux compris l'humeur générale. Elle avait fait remarquer que la nature et la foi proclament toutes deux que la vie continue, et qu'aussi grande soit la perte, des pousses vertes apparaissent, et avec elles, un nouvel espoir.

—C'est exactement ce qu'il nous faut, à nous tous !

—Bien dit ! avait approuvé Norman Staveley.

Maintenant que sa réputation était entachée et que tout le monde savait que son statut social n'était une expression ni de la nature ni de la vertu, Norman connaissait un surprenant renouveau, dans sa vie et dans son mariage.

Dot avait souri.

Margaret Porteous avait protesté, dans un effort pour asseoir son autorité dans le vide laissé par Stella, et suggéré que le thème soit changé pour le remplacer par un autre plus solennel. « La Mémoire », peut-être quelque chose avec du romarin et des lys ? Mais Audrey avait opposé un argument inattaquable : « L'Ultime Frontière », choisie avant les événements des dernières semaines, était un thème on ne pouvait plus approprié pour ceux qui avaient atteint la destination dont aucun voyageur ne revient.

Les jeunes pousses n'étaient pas si visibles ; elles ressemblaient plutôt à une série de petites explosions figées dans le temps. Plusieurs dames avaient opté pour des explosions de couleur flamboyante, afin de suggérer l'excitation de ce que Mme Braines appelait le « Cap Carnaval ».

D'autres avaient préféré l'espace et le firmament, les plus enthousiastes étant Alex et Honoria, qui avaient créé des corps célestes avec des boules de mousse, qu'ils avaient parsemées de fleurs, accrochées à des ficelles qui pendaient de baguettes, et envoyées en orbite en les accrochant en hauteur, où, fraîchement arrosées, elles s'égouttaient, mouillant les visiteurs qui passaient dessous.

Eppur si muove, pensa Daniel. Et pourtant elle tourne. Mais les créations d'Alex et d'Honoria avaient bien failli ne jamais tourner, car depuis le départ d'Edgy et Nathan, qui avaient quitté Champton en pleine nuit pour rejoindre un autre domaine, il y avait moins de gens capables et volontaires pour installer l'infrastructure que leur exposition nécessitait. Theo, qui, à l'inverse de Daniel, était assez manuel, avait apporté son aide. Il avait aussi été d'un grand secours lorsqu'Alex avait été terrassé par son premier chagrin d'amour. Daniel se faisait des reproches – pour avoir échoué à comprendre la nature de la relation entre Nathan et Alex, et, à cause de cette incompréhension, pour ne pas avoir apporté force et réconfort à un être profondément blessé, contrairement à son frère. C'était pour Theo une bonne leçon sur les rudiments du ministère et de l'accompagnement pastoral, qu'il pourrait mettre à profit dans *Clerical and Medical*, ou quel que soit le titre de sa série.

Eppur si muove, pensa à nouveau Daniel, tout en observant depuis le banc de l'orgue la galerie étroite à l'extrémité ouest de la nef, où les musiciens avaient autrefois accompagné, sans fausse note, les fidèles. Aujourd'hui, cet espace était occupé par l'orgue et ses tubes élégants, et dessous, par la console à trois claviers sur laquelle Daniel jouait des pièces du XVIIIe siècle simples, qui convenaient à la fois à l'instrument et au musicien. De temps en temps, pour son propre divertissement, il mêlait des morceaux de toutes les chansons florales qui lui venaient à l'esprit, *The Honeysuckle and the Bee*, *Red Roses for a Blue Lady*, et le *Duo des fleurs* de l'opéra

Lakmé, qui provoquait des murmures de surprise car tout le monde reconnaissait l'air du spot publicitaire pour la British Airways.

Les grilles en fer menant aux tombes de la famille Floures étaient ouvertes et Margaret Porteous, qui assumait maintenant les responsabilités d'Anthony mais aussi de Ned, racontait les histoires de ses occupants avec le ton indulgent de quelqu'un qui évoquait des histoires de famille plutôt que les événements essentiels de la Glorieuse Révolution. Quelles histoires seraient narrées à propos de la génération présente, et de l'ombre étroite et sombre qui obscurcissait les années d'exercice de Bernard ? L'actuel lord de Floures était indifférent à l'opinion de la postérité, mais très préoccupé par les experts en sinistres, les contrats d'assurance des bâtiments, et la façon dont la destruction tragique du pavillon des bains pourrait être transformée en profit, un sujet dont il discutait en ce moment même avec Nicolas Meldrum dans la bibliothèque.

Jane Thwaite était dans l'église, avec Angela et Gillian. Les filles venaient régulièrement passer le week-end avec leur mère, qui s'adaptait au veuvage dans lequel elle avait été plongée si brutalement.

Puis Daniel vit les Gauchet, en train d'inspecter la création de l'école sur le thème de l'Exploration spatiale ; et avec eux se trouvait Dora Sharman, pour sa première apparition publique depuis la mort terrible de sa sœur, et les révélations sur les actes horribles que cette dernière avait commis. Hervé, enfin réuni avec la tante dont il avait ignoré l'existence, aurait été la vedette du jour si la révélation de son histoire n'avait pas pris une forme si affreuse.

Daniel fronça les sourcils. Les Thwaite étaient là, et Dora était là. Personne ne savait encore ce que Dora avait su de l'entreprise meurtrière de Kath. Daniel ne pensait pas qu'Angela tolérerait la présence de Dora, ici, en public, comme si la justice avait été rendue et l'équilibre restauré. Tandis qu'il observait la scène, les Thwaite tournèrent à un angle, les Gauchet et Dora à un autre, et les deux groupes se retrouvèrent soudain face à face, sans possibilité de s'échapper. Daniel ignorait si quelqu'un d'autre avait remarqué ce qui se passait. La lente et fluide dynamique des gens qui avançaient, s'arrêtaient et avançaient à nouveau masquait le drame de la rencontre, la fille de la victime croisant la sœur de la meurtrière.

Il vint à l'esprit de Daniel que son point de vue, en hauteur et à une certaine distance, était approprié, car les dynamiques de la foule n'étaient discernables que d'en haut et de loin. Neil Vanloo était comme lui, pensa-t-il, à un angle différent et à une hauteur différente, mais il voyait, comme Daniel, les configurations que ceux qui sont proches de l'action ne peuvent pas voir. Neil était passé un après-midi quelques jours après les révélations, une fois son travail officiel terminé, et avait demandé à visiter l'église correctement. Il s'avérait que le sergent était mieux informé sur les édifices ecclésiastiques qu'il n'en avait l'air, et qu'il était capable de différencier une armoire liturgique d'une sedilia. La visite s'était prolongée, la conversation aussi, et quand le soir était venu, ils étaient montés au sommet de la tour, observant, par-delà le presbytère, le manoir. Dans les ombres projetées par le soleil couchant, un tableau était apparu, fait de bandes de terres cultivées depuis le Moyen Âge, des contours d'un petit groupe de bâtiments, et d'ouvrages de terre sans doute encore plus anciens que la famille Floures.

Et puis, Angela fit un signe de tête à Dora, Dora lui rendit son signe de tête, les Gauchet allèrent à droite et les Thwaite dans la direction opposée. Tandis qu'ils se mêlaient à nouveau aux lents courants de la foule, Daniel se tourna vers l'orgue, appuya sur une touche, puis sur une autre, et se mit à jouer un joli petit air de Maurice Greene, dans lequel il inséra habilement *La Fleur que tu m'avais jetée* de *Carmen*.

Remerciements

J'aimerais remercier Alan Samson, Federico Andornino, Lucinda McNeile, Virginia Woolstencroft et toute l'équipe d'Orion.
Tim Bates et toute l'équipe de PFD.
Le Margaret Thatcher Funeral Lunch Club.
Les membres du doyenné de Higham.
Le révérend Michael Thompson.
Le révérend chanoine docteur Robin Ward.
Le comte et la comtesse Spencer.
La baronne et professeure Sue Black.
Le docteur Frank Salmon.
Le conseiller Andy Coles.
L'Efficace Baxter.
… et tous les gens qui s'arrêtent pour discuter avec les pasteurs.

Retrouvez-nous sur les réseaux sociaux :

City éditions

www.city-editions.com
@cityeditions
www.facebook.com/cityeditions/
@CityEditions
@cityeditions

Achevé d'imprimer en juillet 2023
sur les presses de la Nouvelle Imprimerie Laballery
58500 Clamecy
Numéro d'impression : 307009

Imprimé en France

La Nouvelle Imprimerie Laballery est titulaire de la marque Imprim'Vert®